ひかりの魔女

さっちゃんの巻

山本甲士

双葉文庫

1

今年のゴールデンウィークはずっと天気がよかったけれど、終わった途端、雨降りの日がしばらく続いた。金曜日のこの日も朝から降っていたけれど、昼前になってようやく上がり、窓の外が少し明るくなってきた。

窓際のテーブルで弁当を食べ終えた重ノ木《しげのき》さちが、弁当箱を片付け始めると、隣に座っていた一年生の浜《はま》ひとみちゃんが「さっちゃん、待っててー、ひとみ、まだ食べてないから」と甘えた声で言った。

「大丈夫、ちゃんとここで待ってるって」

さちがそう答えると、ひとみちゃんは「うん」とうなずいてプチトマトを口に押し込んだ。

ひとみちゃんはこの施設内にいる間はたいがい、さちのそばにいたがる。トイレに行くときもついて来るし、弁当を食べるのも一緒。さちが五年生用のドリルをしているときは、ひとみちゃんも隣で一年生用のドリルをする。こんなになつかれてしまったのは、絵本や児童小説の読み語りをしてあげたことがきっかけらしい。最近では、さちがその日の勉強のノルマをこなし終える午後三時頃になると、ひとみちゃんは本棚から数冊の児童書を持って来て、「読んで」とせがんでくる。そして、さちが読み始めると、他の低学年の子たちも周りに集まって来る。

さちは五か月前の、四年生の三学期に入って不登校になり、二月の上旬から、くすのきクラブというフリースクールに通うようになった。以前は青少年センターとかいう建物だったところをフリースクールのNPO団体が借りて運営している。古い建物だけれど冷暖房が入るし、普段子どもたちが使う二階の広い部屋はカーペット敷きで、壁際にはソファが四つある。ソファはたいがい、古株の中学生男子が占領して、マンガ本を読んでいる。くすのきクラブではスマホのゲームや携帯ゲーム機は使用禁止だけれど、マンガ本の持ち込みはOKだ。

室内を見回すと、この日も十人ちょっとの小中学生たちが既に決まった場所に陣取って、弁当やパンを食べたり、マンガ本を読んだり、おしゃべりしたりしている。女子は仲のいい子同士でおしゃべりをするけれど、男子はあまりしない。もともと友達を作りたがらない子や、作りたくても上手くいかなかった子たちが集まってくる場所だから、活気がないのは仕方のないことだ。というより、小学校の休み時間みたいにうるさくないので、さちはこのちょっと暗いけれど落ち着いた雰囲気は嫌いではなかった。

少し離れたテーブルでさっきまで低学年の男子たちと一緒に弁当を食べていたボランティアスタッフの井手《いで》さんが「ババ抜きやる人ー」と手を上げ、何人かの男子と女子が集まった。井手さんは平日にいつも来てくれる大学生のお兄さんで、子どもたちには笑顔で話しかけてくれるし、さちがドリルをやっていて答えを見ても意味が判《わか》らないときには親切に教えてくれる。その井手さんが、同じボランティアスタッフの女子大生、納《のう》富《どみ》マイさんに話しかけるときは妙に緊張してるのが、さちには判る。話しかけないときでも、ちらちらとマイさんの反応を確かめていることも知っている。井手さんは髪が短くておでこがちょっと前に出ていて細身。本人は「やせマッチョなんだ」と言って、二の腕の筋肉を見せたことがあるけれど、スポーツができる中学生レベルという感じだった。もちろん、さちはそのことを口にはせず、「すごーい」と小さく拍手をしておいた。自分たちの面倒をみてくれる人にお世辞を言うぐらいの常識は持っている。

トランプ、ボードゲーム、将棋、オセロなどのアナログもののゲームはやっていいことになっていて、井手さんはちょいちょい、子どもたちと一緒にやっている。将棋とオセロはまあまあ強いらしい。大学生ボランティアは井手さんとマイさんの二人で、さちがお母さんから聞いたところによると、二人とも教育関係の勉強をしていて、ここでボランティア活動をすることで大学の単位がもらえるらしい。単位というのは、大学で進級したり卒業したりするために必要なポイントみたいなものだ。

ひとみちゃんも弁当を食べ終えたので、さちは「ひとみちゃんもババ抜き、入れてもらったら?」と聞いてみた。

「さっちゃんは?」

「やってもいいけど、まずはトイレに行きたい」

「じゃあ、ひとみも行く」

ひとみちゃんは自分のことをひとみと言っている。それだけで何となく、甘やかされて育ったんだろうなと想像できる。

トイレで用を足した後、窓の外を見ると、うっすらと青みがさしてきた空に虹がかかっていた。左側だけが見える中途半端な虹だったけれど、さちはちょっと興奮して「あっ、虹だ」と指さした。ひとみちゃんも「ほんとだー」と反応し、外階段に出てもっとよく見ようということになった。

廊下の突き当たりにある、金網が入ったすりガラスの重い扉を開けて、外階段へ。コンクリートの階段はまだあちこちが濡れていて、踊り場の隅には少しだけ黒っぽい水たまりができていた。

ひとみちゃんが「わーい、虹だ」と拍手した。

さちは、いつだったかクイズ番組で虹ができる理由を知ったはずなのだが、すっかり忘れてしまい、ひとみちゃんに説明することができなかった。雨上がりに、太陽とは反対側の空にできるということは覚えているけれど、メカニズムまでは思い出せない。

幸い、ひとみちゃんは「虹はどうしてできるの?」と質問してはこなかった。

部屋に戻って本棚にある『天気のひみつ』という学習マンガを引っ張り出して、テーブルの上で広げた。ひとみちゃんが「何を読むの？」と聞いてきたので、「虹ができる仕組みを調べようと思ってね」と答える。

――虹はな、太陽の光が空気中の水滴によって屈折、反射するときに、水滴がプリズムの役割を果たして、光が分解されて七色の帯に見える現象なんじゃよ。だから雨上がりの空だけでなく、水しぶきをあげる滝の近くにもできることがあるし、太陽を背にしてホースで水まきをしたとき、霧吹きを使用したときなどにも小さな虹ができるわけじゃ。

学習マンガのキャラクターとして登場する、白いひげのおじいちゃん博士がそう解説している。判るようで、やっぱりよく判らない。ひとみちゃんにも読んであげたが、「ふーん」と薄い反応だった。

さちは算数のドリルを始めた。帰ったらお母さんから、四教科のドリルを最低一ページずつやったかどうかのチェックが入り、できていなかったら夕食後にやらされる。これまでに三回だけ、そのペナルティを受けたことがある。

隣で「うんこ漢字ドリル」を始めたひとみちゃんが小声で「あとで本読んでね」と言ってきたので、「うん、後でね」と応じる。毎日のことなのだから、いちいち言わなくていいと思うのだけれど、ひとみちゃんは念押ししないではいられない性格らしい。

一段落したところで室内を見回す。

全十五巻ぐらいある日本史マンガをソファで黙々と読んでいる中学生の男子。一度全巻読み終えて、また読み直しているようだ。教科書で歴史を勉強している同学年の子たちよりも、日本史については詳しいに違いない。

腕で隠しながらノートにマンガを描いている、確か小六の女子。見せてと頼んだら、女子には見せてくれる。割と上手だけれど、ホラー系のマンガばかり描いてるようで、ちょっと怖い。

井手さんに勉強を見てもらっている低学年の子たち。井手さんは算数の問題などを、ゲームのアイテムなどに置き換えて説明してくれたりするので判りやすく、それを聞きたくてわざと質問する子もいる。

手品の本を見ながらトランプで練習している、小六か中一の男子。達人になると、トランプの束を片手で持っただけでその枚数が正確に判る、みたいなことを他の男子に話しているのを聞いたことがある。その域を目指して練習を続けたら、彼はもしかしたらプロのマジシャンになれるかもしれない。

丸く削った消しゴムをボールにし、ボールペンのノックする部分の反発力で転がしてサッカーゲームらしきことをしている三年生の男子。割り箸《わばし》と洗濯ネットらしきものを使って手製の小さなゴールネットまで作っている。彼の頭の中では今、サッカーのワールドカップがリアルに再現されているのかもしれない。

色鉛筆を使ってガンダムの絵を描く中学生男子。輪郭はガンプラの箱などから描き写したものらしいけれど、金属部分のつなぎ目の汚れやサビまで丁寧に描いていて、アニメ作品の絵よりも本物っぽい。

同じテーブルで一緒に勉強しながら、ひそひそ声でおしゃべりしている小五と小六の女子たち。多分また女子アイドルグループの話だ。さちもあのテーブルで勉強した時期があるけれど、そのせいでドリルのノルマが達成できなくなることがあり、そもそも女子アイドルグループにも興味がなかったし、ひとみちゃんの面倒もみなければならないこともあって、最近は距離を置いている。でも学校での仲間はずれみたいな感じではなくて、その子たちとは普通に話せるから気持ちがざわつかずに済んでいる。

ここは友だちづき合いが濃すぎることもなく、薄すぎることもなくて、ちょうどいい。みんな多かれ少なかれ、いじめを受けた体験があってここに来る。そしてここにはいじめる側の子はいない。さちは、いじめをする子だけのクラスを作ればいいのに、そうすれば、いじめが発生する確率はうんと減るんじゃないかと思っている。

「うんこ漢字ドリル」に飽きたらしいひとみちゃんが、低学年の子たちのところに行って「あのねー、外の階段に出たら虹が見えたよ」と言った。何人かが反応して、見に行こうということになり、ひとみちゃんを含めて三人が部屋から出て行った。

しばらくして戻って来たひとみちゃんが「本当にあったんだもん」とほっぺたを膨らませ、一緒に帰って来た二年生のタカオ君が「どこにもないじゃん」と言った。

「本当にさっきは虹が見えてたんだよ。ね、さっちゃん、さっき虹が出てたよね」

「うん、見えてたね。もう消えてた？」

「うん、消えてた」

さちの証言もあり、その理由に、タカオ君はそれ以上のことは言わなかったけれど、不満そうな顔をしていた。さちは察しがついた。

ひとみちゃんはときどき、変な作り話をすることがある。部屋の窓から小さな妖精が飛んで行くのを見たとか、去年まで実はアメリカに住んでいたから英語がしゃべれたけれど、日本で暮らすうちに忘れてしまったとか。さちが「あんまりそういうことは言わない方がいいよ」とたしなめると、ひとみちゃんは「本当だもん」と、さっきみたいにほっぺたを膨らませる。悪気のないウソだとは思うけれど、そのせいで「ひとみちゃんはウソつきだ」というレッテルを貼られつつある。どうやら、さっき見た虹もウソだと思われてしまったようだった。

もしかして、日々読み語りをしてあげてるせいで、ひとみちゃんの想像力が膨らみ過ぎてしまって、作り話をするようになってしまったのだろうか。いつか、ひとみちゃんのお母さんが怒った顔でやって来て「あんたのせいでうちの子がウソつきになってしまったでしょ」と指さされたりしないだろうか。さちはその可能性に気づいて、ざわっとした感覚に囚《とら》われた。ひとみちゃんのお母さんは、あまり愛想がよくなくて、自分の娘がさちになついていることもあまりよく思っていないように感じるときがある。

そのとき、くすのきクラブ代表の高津原《たかつはら》さんが、見るからにかなり高齢の小柄なおばあさんを連れて部屋に入って来た。高津原さんは五十歳ぐらいのおばさんで、メガネをかけていてちょっと冷たそうな顔つきの人だったので最初はちょっと怖かったけれど、くすのきクラブに来る子どもたちに対してはいつも笑顔で優しく接してくれる人だ。さちが以前『オオカミ王ロボ』の児童書版を低学年の子たちに読み語りをしていたら、後ろでそれを聞いていた高津原さんがボロボロ泣き出して「ロボは奥さん思いのオオカミだったんだねー」と何度もうなずいていた。マスカラのせいで黒い涙が流れて、フィギュアショップで見たことがあるデビルマンみたいになっていた。

その高津原さんが手を数回叩いて、「ちょっといいかなー、新しいボランティアスタッフさんを紹介しますー」と言った。

ここのスタッフは、たまに以前ここに通っていた子どものお母さんなどが臨時の手伝いをしに来てくれることはあるけれど、基本的には高津原さんと井手さんとマイさんの三人でやっている。高津原さんは一階の事務室にいることが多いから、いつも子どもたちと一緒にいるのは井手さんとマイさんの二人。そんな中に、こんなおばあさんがボランティアスタッフとして加わる？

さちが最初に思ったことは、大丈夫なんだろうか、ということだった。すぐに身体の具合が悪くなったり、階段で足を踏み外して転げ落ちたりしないだろうか。

高津原さんが壁際のホワイトボードを移動させ、おばあさんがそこに専用の青いマーカーで、真崎ひかり、と名前を書いた。びっくりするぐらいに形がきれいな字だった。そしておばあさんは苗字の横に、まざき、と読み仮名も書き加えた。

「真崎ひかりと申します。毎週金曜日に、お邪魔させていただくことになりました。よろしくお願いします」

おばあさんはそうあいさつをすると一礼した。高津原さんが「ほら、大人があいさつしたんだから、君らもちゃんと立って礼をする」と手を叩き、みんなぞろぞろと立ち上がって頭を下げた。

近くにいた女子の一人が小声で「まじ？」と言った。それは、さちも心の中でつぶやいたことだった。

真崎さんはずっとにこにこしている。その表情を見ただけで、きっといい人なんだろうなと思う。でも格好が独特すぎる。

着物の上なんかに着る和風のエプロンを身につけている。確か、割烹着《かっぽうぎ》とかいうやつだ。その下は……陶芸家の人なんかが着ていそうな、青い柔道着みたいなやつ。作務衣《さむえ》というんだったか？　そして頭は白い手ぬぐいで髪が隠れている。姉《あね》さんかぶりというかぶり方だ。その格好のせいで、施設の玄関ではいたと思われる茶色のスリッパが浮いている。

そしてなかなかの小柄。さちもクラスの中で背が低い方だが、この真崎さんも子どもの頃はきっと男子たちから「ちび」とからかわれただろう。

さちは、真崎さんの服装以外にも、何となく違和感を覚えたが、その理由が何なのか、すぐには判らなかった。

「真崎ひかりさんは」と高津原さんがみんなを見回す。「昔は書道、つまり習字の先生をしておられました。裁縫《さいほう》や料理も得意な方です。字をきれいに書きたい人は、遠慮しないで教えてもらってください。あと、金曜日は昼前に来ていただいて、一階の調理室で、子どもでもできる料理の教室をやってくださることになりました。自由参加ですが、自分で料理ができるようになるといろんな意味で自信がつくものです。積極的に参加してください。参加した人はその料理がお昼ご飯になります。弁当を持って来なくて済みますね」

「あのおばあさん」とひとみちゃんがつぶやいた。「きっと、ひとみのおばあちゃんより年上だー」

それを聞いて、さちはさきほどの違和感の正体に気づいた。

顔のしわなどからして、真崎さんはきっと、さちのおじいちゃんよりももっと年上だろう。八十代の後半ぐらいかもしれない。なのに妙に背筋がしゃんとしているし、姿勢がいい。さっき礼をしたときも、日本人の動作のお手本みたいにちゃんとしていた。

顔が老けてるだけで、本当はもっと若いのだろうか……。

その後、真崎さんはにこにこしながら一人一人の子どもに「よろしくね」とあいさつをして回り、名前を聞いて、どんな漢字なのかも確かめて、メモ紙みたいなものにちびた鉛筆で書き留めていた。みんなの名前を覚えるつもりらしい。さちは、名前も学年も知らない男子が何人もいるので、後からやって来た人に初日のうちに追い越されてしまったような、奇妙な感覚になった。

真崎さんがさちのところにやって来て、「こんにちは。よろしくね」とにこにこ顔で言ってきたので、さちも「はい、よろしくお願いします」と座ったまま、あらためて会釈した。上手く笑顔を作れなかった。

「お名前を教えていただける？」と聞かれ、さちは「重ノ木さちです」と答えて、すぐ消せるようにドリルの余白部分にシャーペンで薄めの字を書いて見せた。

「いいお名前ね。〔さ〕と〔ち〕は、活字では鏡文字《かがみもじ》よね。鏡文字って判る？」

おお、気づいたか、この人。さすが書道の先生である。さちは以前〔さ〕と〔ち〕が鏡文字であることを利用したサインを密かにあれこれ考えてみたことがある。小学校の卒業が近づく頃になると、サイン付きメッセージをおしゃれなメモ帳に書き合うことになるだろうから、そのときまでに独自のサインを作っておこうと思ったのだけれど、このまま不登校が続けばその機会はないだろう。

「はい判ります。あと、お母さんの名前が」さちはさらに余白に名前を書いた。「知紗《ちさ》という名前で、ちさをひっくり返して、さちと名付けたそうです」

「へえ、ちささんの娘がさちさん。ちさとさち。童話のタイトルみたいでいいわね」

予想外の返答だったので、さちは「はあ」とあいまいにうなずいた。『ぐりとぐら』からの連想だろうか。

真崎さんは続いて、ひとみちゃんにもあいさつをして名前を尋ねた。もともと人見知りが激しく、初対面の大人が特に苦手なひとみちゃんは声を出すことができず、「うんこ漢字ドリル」の裏表紙を見せて、書いてある名前を指さした。さちは、もしかしたら真崎さんが「ちゃんと口で言いなさい」と怒り出すかもしれないと少し身構えたけれど、そんなことはなく、にこにこしたまま、「ひとみちゃん。確かに大きくて素敵な目をしてるものね」とお世辞めいたことを言った。

ひとみちゃんはそれがちょっとうれしかったようで、真崎さんが遠ざかった後、さちに向かって「大きくて素敵な目だって」と小声ではにかむように笑った。

その後、真崎さんはすることがなくなったようで、出入り口近くの椅子に座ってメモ紙を見ては室内を見回し、ぶつぶつと口を動かしていた。今日のうちに子どもたちの顔と名前を一致させるつもりらしい。

その途中で井手さんが真崎さんに近づき、「すみません。僕、字が下手で、履歴書や提出書類なんかに自分の名前を書くたんびに、ため息ついちゃうんですけど、どうすればもっときれいになりますかね。できたらちょっとアドバイスしていただけますか」と言って、近くのホワイトボードに、井手克哉《かつや》、と書いた。どこがどうよくないのか、さちにはよく判らなかったけれど、確かに上手とは言えない字だった。

真崎さんはあのにこにこ顔で「そうね、文字と文字もう少し離した方がいいかしらね」と応じて、井手さんが書いた隣に同じ名前を書いた。習字の教科書みたいな楷書《かいしょ》。ミスをしないであんなにきれいに書くなんてすごい。さちはその文字に目が釘付けになった。

「あー」と井手さんがうなずく。「字の形とかより、字と字の間隔が悪かったんだ」

「それと、口の字は、しっかりと閉じた方がいいかしらね」真崎さんはそう言って、井手さんが書いた克の字と哉の字の口の左上と右下部分を小さなマルで囲った。

確かに、真崎さんが書いた字は、ちゃんと口が閉じている。

「あー、そうか。それでどこか、間の抜けた印象になっちゃってたのか」

「井手さんは、ものをなくしたりすることって、ある?」

「あー、はい、なくす方ですねー。アパートの鍵をなくしたことが二回ありますし、居酒屋のトイレに財布を忘れたこともあります。幸い、店員さんが見つけてくれて返ってきたので助かりましたけど」

「字を書くときに閉じるべき部分をしっかり閉じない人は、しまりのない人だと言われるっていう話、聞いたことないかしら」

「いえ……」井手さんが後頭部をかいた。「でも、僕は確かに隙が多いっていうか、人込みで人にぶつかったり、ちょっとした段差でつまずいたりするんですよねえ」

「早く書こうとすればどうしても口の端っこが閉じてなかったり文字間隔が詰まったりするのよね。もう少しゆっくり、丁寧に書くようにすればどうかしら」

「なるほどー、確かにそうだ」井手さんがうんうんとうなずく。「歩くときも先の方を気にしてすぐ目の前のことがおろそかになるから、ぶつかったりつまずいたりするわけだ。確かに複数のことを同時にやったりするときに、そのうちの一つを忘れたりするんですよねー。そうか、字にもそういう性格が表れてたんだ」

真崎さんは黙って笑っている。

「よし」井手さんは片手のグーを反対の手のパーでぱちんと包んで続けた。「これからは何ごとも急がずあわてず、丁寧にやるようにしよう。そうすれば、しまりのある人間になれる。あれ？　しまりのある人間なんていう表現、あったっけ？」

「しまり屋さん、ならあるわよね」

「あー、そうそう、しまり屋さん。よし、今からでも欠点を直すぞー。真崎さん、いいことを教えていただきました。ありがとうございます」

真崎さんはやっぱり黙って笑っていた。

さちは、真崎さんの教え方が、こうだとストレートに指摘するのではなく、本人が答えにたどり着くように誘導するやり方だったことに気がついた。確かにその方が変な空気にならずに済むし、本人も自分で答えを見つけたような気分になって、達成感が得られる。

学校の先生たちよりも、この小柄なおばあちゃんの方がよっぽど教えるのが上手なんじゃないか。

さちは午後三時前にこの日のドリルのノルマを終えることができた。そのことを察したひとみちゃんが「さっちゃん、終わった？　読み語りしてくれる？」と聞いてきた。さちが「いいよ」と答えると、ひとみちゃんはさっそく奥の本棚へと小走りで向かい、数冊の児童書を持って来た。怪談話、ショートミステリー、あとは絵本の『ねずみのよめいり』と『ふらいぱんじいさん』の計四冊。『ねずみのよめいり』はひとみちゃんのお気に入りで、持って来る数冊の中にたいがい含まれている。

ひとみちゃんの動きでそれと察した低学年の子たち三人も集まってきた。二年生のタカオ君とかなえちゃん、一年生のあきと君。ひとみちゃんを含めたこの四人はときどきトランプやウノをやっている。年齢が近い者同士でやりたがるのは、高学年の子たちとやると勝てなくて悔しい思いをするから。

ショートミステリーの中の、消えた転校生の話を読み終えたところで、後ろから誰かが拍手をした。振り返ると、あの真崎さんがにこにこ顔で立っていた。

「すごく上手に読むのね。あんまり上手だから、頭の中に情景が浮かんできて、主人公の男の子の気持ちになってハラハラしたわ」

さちは照れくさくて「いえいえ」と小さく頭を振った。

「さっちゃんはね、読み語りがすっごく上手いの」さきほどはしゃべれなかったひとみちゃんが自慢げに言った。「絵本を読んでくれるときは、絵が動き出すんだよ」

タカオ君が「絵が動き出すってことはないって」と半笑いの顔になった。

「本当だよ」ひとみちゃんがほおを膨らませた。「いつもじゃないけど、ときどきは動き出すんだから」

「ひとみちゃんは想像力が豊かなのよね」真崎さんが笑ってうなずく。「だから、止まっている絵が動き出したように見えちゃうのよね」

ひとみちゃんは、その言い方には少し不満があるようだったけれど、「うん」とうなずいた。

真崎さんはその後も、近くの椅子に腰を下ろして、さちの読み語りを聞いていた。さちはちょっとプレッシャーを感じて、もうどこかに行ってくれないかなあと思ったけれど、一つの話を読み終えるたびに拍手をして、どきどきしたとか、最後はほっとしたとか感想を言ってくれるお陰で、だんだんと気分がよくなってきた。


くすのきクラブは朝九時から午後四時までが基本だけれど、スタッフの誰かに言えば途中で帰ってもいいし、遅刻しても怒られることはないし、家の都合などでしばらく居残りをしてもいいことになっている。実際、いつも十一時頃になってから来る子もいる。さちはお母さんとの約束で、時間どおりに登下校している。

午後四時にチャイムが鳴り、みんなが互いにあいさつをして三々五々部屋から出て行った。さちもいつも使っているリュックを背負い、ひとみちゃんが忘れ物をしていないかどうかチェックし、靴をはき替え、朝に使った傘を持って施設の門を出たところで、ひとみちゃんに「ばいばい、また明日」と手を振って別れた。ひとみちゃんは家が少し遠く、いつもお母さんが車で迎えに来ている。この日も駐車場の奥に白い軽自動車があり、ひとみちゃんはそちらに駆けて行った。ひとみちゃんのお母さんは、以前は建物の出入り口前で待っていて、さちにも「こんにちは」とあいさつをしてくれたけれど、最近は車の中で待つだけになった。ちょっと値踏みするような感じで見てくるところがあって、とっつきにくさを感じていたので、さちとしてはその方がありがたい。

空は割と明るくなっていた。

左に曲がって、通る車が少ない細い道に入ったところで後ろから「重ノ木さん」と声がかかった。振り返ると、あの真崎さんが笑いながら近づいて来るところだった。和風のエプロンに手ぬぐいをかぶった、あのままの格好で、片手に風呂敷包みを抱えている。足もとは紺色の地下足袋《じかたび》だった。割烹着を脱いで、頭に巻く手ぬぐいも紺色にしたら、ほとんど忍者だ。実は、手裏剣《しゅりけん》なんかを隠し持ってたりして。

ちょっとひるむ気持ちになりつつ「はい？」と応じると、真崎さんは「私も帰る方向がそっちなの。途中まで一緒にいい？」と聞いてきた。

嫌だとまでは思わなかったので、「はい、いいですよ」とうなずいた。真崎さんは高齢みたいだから、途中で転んだり、急に具合が悪くなったりしたら、近くの民家などに助けを求める必要があるだろうということもちょっと考えた。

真崎さんの下の名前は……ひかりさん。下の名前がさちと同じく、ひらがな。

道がせまいので、さちの後ろを真崎さんが歩く形になった。さちは、真崎さんのペースに合わせて少しゆっくり歩かなければならないだろうと思っていたけれど、真崎さんはすたすたと、さちと同じ速さでついて来る。「少しゆっくり歩きますか？」と聞いてみたけれど、真崎さんは「大丈夫。小柄だから身は軽いのよ」と笑顔で答えてから「ありがとう、気を遣ってくれて」とつけ加えた。

真崎さんと、どんな話をすればいいのだろうと迷っていると、真崎さんの方から「重ノ木さんは本当に読み語りが上手ね。周りで聞いてた低学年の子たちがみんな、目を輝かせてたもの。物語の世界に引き込まれてたわよ」と言ってきた。

「いえいえ」

「重ノ木さんは、さっちゃんと呼ばれてるのね」

「はい。低学年の子や女子からは」

「私も、さっちゃんと呼んでいいかしら」

他のスタッフの人たちはみんな重ノ木さんと呼ぶし、初日から距離を詰められる感じで戸惑ったけれど、「はい、いいですよ」と答えておいた。

そのとき、真崎さんが「あ、後ろから自転車が来るわよ」と言った。さちが振り返ると、確かに若い女の人が自転車に乗って近づいて来るところだった。

さちは自転車の音も聞こえなかったし、気配も感じなかった。なんで真崎さんには判ったのだろうか。本当に忍者の家系だったりして。

自転車が追い越して遠ざかったところで真崎さんは「さっちゃん、私には敬語を使わなくていいわよ」と言った。「親戚のおばあさん、ぐらいの感じでしゃべってくれると、私も話しやすいから」

初日からタメ口というのはちょっと抵抗を感じたけれど、「はい、じゃなくて、うん」とうなずいた。

一応、気を遣って、さちは「私の方は真崎さんと呼べばいいですか」と顔を横に向けて聞いた。

いいよ、と言われると思っていたのだが、真崎さんの返答は「できれば、ひかりさん、でお願いできるかしら。その方が親しく話せそうな気がするしね」というものだった。

ひかりさん。別にいいか。さちは「はい」とうなずいてから「うん、じゃあ、ひかりさんで」と言い直した。

道路幅が広い通りに入り、ひかりさんが横に並んできて、「私みたいなおばあちゃんが来たから、ちょっとびっくりしたでしょう」と続けた。

そりゃ、びっくりするって。ていうか、年よりもどちらかというと、その格好に驚かされたんですけど。さちはあいまいに「まあ……」と小さくうなずく。

「井手さんもマイさんも若いものね。何でそんな中におばあちゃんが入ってくるのって思うわよね、それは」

「うん、まあね」

「市報ってあるじゃない。市役所が発行して、自治会から配られる」

「ああ……あれね」中身を読んだことはないけれど、そういうのが毎月ポストに投函されていることは知っている。

「そこに、くすのきクラブのボランティアスタッフ募集ってあったから、電話で連絡させていただいて、面接に行ったの。そしたら代表の高津原さんから、くすのきクラブはお年寄りのための施設ではないのですがって言われちゃって。私が老人介護施設を探してると思ったみたい。それで、週に一回だけどできたらボランティアスタッフをやりたいと言ったら、しばらく絶句されてたわ」

真崎さんはそう言って、「うふふ」と少し肩をすくめた。

高津原さんがそういう勘違いをするのは当然だろう。

「どうしてボランティアスタッフになろうと——」思ったのですか、と言いかけて「思ったの?」と尋ねた。

「家にいても退屈だし、小中学生の子たちと一緒にいた方が認知症なんかにならないで済むかなって。年を取って身体を動かさないでいると、どんどん衰えてゆくしね」

それはあるかもしれない。さちは、家にいるおじいちゃんのことを思い浮かべた。ひかりさんよりも多分、十歳は年下のはずだけど、たいがいごろごろしている。そのうち認知症になったりする可能性もある。もしそうなったら大変だ。

「朝は犬の散歩をして」と真崎さんはさらにしゃべり続ける。「軽く運動をして、朝ご飯を作って食べて、家の掃除なんかをしたら、もうすることがなくなるのよ。だから独居老人にお弁当を配達してるNPOの手伝いをしたり、公民館で書道教室をやったりしてるの。老人ホームのお手伝いもときどきしてるのよ」

「へえ」こんなに年を取ってるのに老人ホームのお手伝い。さちは「年下のお年寄りもいる？」と聞いてみた。

「そうね、半数ぐらいは年下かな」

それはちょっとすごいかも。真崎さんが年下のお年寄りの世話をするなんて、なかなかシュールだ。シュールという言葉は最近覚えた。お笑い番組でコントをするコンビ芸人が「シュールな世界観」と紹介されていたので、お母さんに「シュールって？」と聞いてみたら、「自分で調べなさい」と言われ、家族が共用で使っているパソコンで検索すると、非現実的な、みたいな意味だった。もしかしたらお母さんは正解を知らなかったのかもしれない。後で「シュールの意味、どうだった？」と聞かれたからだ。

しかし、さちがより興味を覚えたのは、そっちではない。

「ひかりさん、犬を飼ってるの？」

「そ。見た目は柴犬だけど雑種のオスで、リキっていうの」

「リキ……強そうな名前」

「名前は勇ましいけど、おとなしいコなのよ。他の犬が吠えてきても知らん顔するし、誰にでも近づいて、遊んで欲しそうな顔で見上げるし」

ちょっと会ってみたい。

「何歳ぐらい？」

「知り合いからもらったときは確か六歳だと聞いてるから、今は八歳ぐらいかしらね。さっちゃんの家は何か動物飼ってる？」

「ううん」さちは頭を横に振った。「飼いたいと思ったことはあるけど、何も飼ってない」

そもそもお母さんが犬も猫もアレルギーで、うっかりなでてしまった手で顔を触ると、目の周りが腫《は》れてしまう。さちが三年生のときにお母さんに連れて行ってもらった、ふれあい動物園の子犬コーナーで、お母さんは誘惑に負けてなでてしまい、手を洗う前にうっかり顔を触ったらしく、その日の夜まで目の周りが腫れて、ものすごくかゆがっていた。

ていうか、不登校の身で、犬を飼いたい、などという頼みごとをできるわけがない。お母さんはタクシーの運転手をしているけれど給料は少ないみたいだし、おじいちゃんの年金を当てにするわけにもいかない。ホームセンターで見たところ、エサ代だけでも結構かかるようだし、予防接種だとか、あと怪我や病気をしたらもっともっとおカネがかかる。

「そう」真崎さんはうなずいた。「気が向いたら、リキに会ってやってね。子どもが特に好きなコだから」

さちはちょっと、その気になった。犬を飼えなくても、ときどきリキと遊べるなら、飼いたいという気持ちも抑えられそうだ。

いや、もしかしたら余計に自分の犬が欲しくなったりして。

さちは「リキはどれぐらいの大きさ？」と尋ねた。

「いわゆる中型犬で、体重は十二キロぐらい。この前、孫娘のミツキさんが予防接種を受けさせに動物病院に連れて行ったときに体重を量ったら、十二キロだったって。リキは朝と夕方に散歩させてるんだけど、朝は私、夕方はミツキさんが受け持ってるの」

ひかりさんは自分の孫娘をさんづけで呼んでいるらしい。

「ミツキさんは学生？」

「今は高校二年生ね。上にコウイチっていう大学生のお兄ちゃんがいるんだけど、今は家から出てアパートで一人暮らしをしてるのよ。大学が遠いところにあるから」

ひかりさんはさらに、二年ほど前から共働きの次男夫婦と同居していて、ミツキさんと併せて四人で暮らしていること、それよりも前は独身の長男と暮らしていたけれど、長男は事故死してしまったことなどを、淡々とした口調で話した。

話に合わせて返事をするうちに、さちもいつの間にか、おじいちゃんとお母さんと三人暮らしであること、おじいちゃんは年金生活でお母さんはタクシー運転手をしていること、三人が住んでいるのはおじいちゃんの家でお母さんの実家であること、家がどの辺にあるかといったことなどを話してしまっていた。

もちろん、さちが物心ついたときには両親が離婚していたことや、お父さんのことをほとんど知らないで育ったこと、なぜ不登校になったのかということは話さなかった。他人に話していいことと話すべきでないことの区別はつく。でも、ひかりさんのおしゃべりにつき合っていると、うっかりそういうプライベートな情報の断片ぐらいは漏らしてしまうかもしれない。気をつけないと。

片側一車線の県道に出て、歩道を進んだ。その先の交差点で信号待ちになったとき、左側から「真崎先生っ」という太い声がした。

信号待ちで停まった大型の白いワンボックスカーの運転席から、坊主頭の男の人が顔を出して、手を振っている。ひかりさんが「あら」と言った。

上半身の一部しか見えないけれど、その男の人が着ていた白いジャージは、筋肉でパンパンに膨れていた。首もびっくりするぐらいに太い。さちは、全身がぞくっとなった。

「先生、ご帰宅の途中ですか。よかったらお送りしますが」

男の人は大声でそう言った。

ひかりさんは両手でメガホンを作って「大丈夫よ、ありがとう」と答えた。すると男の人は「判りました。ではお気をつけて」と手を振り、さらに一礼してから窓を閉めた。

ひかりさんが「昔、書道教室に来てくれてた人なのよ」と笑って説明した。「そのときは小学生。今は空手の先生」

空手の先生。だからあんなにいかついのか。さちは、ヤクザではないことに、ほっと胸をなで下ろし、半ば無意識のうちに抱きしめていた傘を片手に持ち直した。

信号が青になった。交差点を渡りながら、遠ざかって行くワンボックスカーの後ろ側に〔空手　護身術　白壁会館〕と書いてあるのを見た。

二年前の夏に、ヤクザのせいで肩に怪我をした。中央公園の近くを歩いていたときに、急ブレーキの音がしてパンパンと乾いた音がしたと思ったら、急に左肩の後ろ側が痛くなってしゃがみ込んだ。そのときは何が起きたのか、全く判らなかった。

その後は、救急車に乗ったり、お医者さんから話しかけられたり、病室に来たおじいちゃんやお母さんがこれまで見たことがないほど深刻そうな顔をしたりと、テレビドラマでも見ているかのような、自分のことではないような奇妙な体験をすることになった。肩が痛かっただけなのに、周りの大人たちが大騒ぎするのが奇妙な感じだった。

ヤクザが撃った鉄砲の弾が、ビルの壁に当たって跳ね返り、さちの肩に当たったということは、手術前にお母さんから教えられた。お陰で退院後は、ヤクザ風の男を見かけると全身がぞわっとなって、手のひらなどに変な汗をかくようになった。

神社の前を通って右折すると、さちが住んでいる区域に入る。ひかりさんはまだついて来ていたので「私んちはその先だけど、ひかりさんちはどっちの方?」と聞いてみたところ、「私の家はもっと向こうの方なのよ」と方角を示さず、あいまいな答え方をした。

去年できた十二階建てマンションの前を通った。もともとこの地域は、二階建てと平屋の民家ばかりが集まる古くからの住宅街だったので、その中に場違いのような感じでにょきっと立っている。自治会や老人会が「街の景観と合致しない」として建設反対運動をし、さちのおじいちゃんも反対していたけれど、結局できてしまったマンション。おじいちゃんはしばしば「よそ者が増えたら、ろくなことにならん」と言っている。

ひかりさんが「あら、公園もあるのね」とマンションの方を向いた。

マンションの敷地内には児童公園がある。ブランコと砂場の他、すべり台とうんていがつながっている遊具が見える。まだ言われてはいないけれど、近いうちにおじいちゃんから「マンションの公園には行きなさんなよ」と釘を刺されそうな気がしている。

ひかりさんが「この辺り、昔は商店が割とあったのよ」と周囲を見回した。「電気屋さん、豆腐屋さん、古道具屋さん、時計屋さん。どれもこれも民家に変わったみたいね」

今は日本のどこにもそういうお店は、ほぼないだろう。電化製品や時計は家電量販店、豆腐はスーパー、古道具はリサイクルショップ。

さちの家は細い路地の奥にある。陽当たりが悪い路地で、左側のコンクリート塀の下の方にはコケが生えている。

「ひかりさん、私んち、ここです」

さちが立ち止まって指さすと、ひかりさんは「あら、そう。じゃあ、ここでお別れね。来週の金曜日もまた一緒に帰ってくれる?」とにこにこ顔で言った。さちが「はい」と手を振ると、ひかりさんも「ありがとう、おしゃべり、楽しかったわー」と、風呂敷包みを抱きしめながら笑い、「じゃあ、またね」と小さく手を振った。

もしかしたら家に上がろうとするんじゃないかと、ちょっと不安に思っていたので、さちは「ふう」と息を吐いて、ひかりさんの後ろ姿を見送りながら玄関チャイムを押した。

2

玄関のチャイムが鳴ると、インターホンから「はい」とおじいちゃんが応答した。「ただいまー」と告げると「はーい」と答えてインターホンは切れ、おじいちゃんがロックを解除しに来る。以前は鍵をかけていなかったけれど、近くにマンションができた後、おじいちゃんが「これからは防犯対策が必要だ」と言い出して、こまめに施錠するようになった。おじいちゃんはマンションの住人の中に悪い人がいると思っている。

玄関ドアのすりガラス戸に小柄なおじいちゃんの影が映り、解錠する音がした。さちが小柄なのは、おじいちゃんの遺伝だろう。お母さんはそうでもないから、隔世《かくせい》遺伝というやつだ。

ドアを開けるとおじいちゃんが笑顔で「よう、お疲れさん」と言い、さちは「うん」と返す。

おじいちゃんはこの日も、値引き品の緑色のジャージ姿である。これと同じような感じの青色ジャージもあって、交互に着ている。いつもジャージ姿だけど、スポーツをやっている人には見えない。おじいちゃんは小柄でやせていて、頭もハゲているので、むしろ具合が悪いから着脱が簡単なジャージを着ている、というふうに見えてしまう。実際、おじいちゃんは普段はまあまあ元気だけれど、血圧の薬や神経痛の薬なんかを飲んでいる。ときどき腰が痛くなって「いたたたた……」と顔をしかめながらソファに横になることもある。

洗面所でうがいと手洗いをして、ダイニングの床にリュックを置き、冷蔵庫からパック入りのオレンジジュースを出してコップにそそいだ。おじいちゃんはダイニングと一間続きになっているリビングのソファに腰を下ろす。テーブルには将棋盤と将棋の本と老眼鏡。おじいちゃんは今日も詰め将棋をしていたらしい。以前は公民館でやっていた将棋大会に出ていたこともあったけれど、最近は一人でやっているばかり。お母さんによると、大会で男子小学生に負けて恥をかいたことが関係しているようだった。詰め将棋で腕を磨いてリベンジしようとしているのか、それとも、もう大会には出たくないということなのか。できれば前者であって欲しい。

詰め将棋をしないときは、安売りセールのときにまとめ買いした昔の西部劇のＤＶＤを繰り返し見ている。アメリカで銃の乱射事件があるたびにおじいちゃんは「銃を持った奴らが街をうろついてるような国によく住んでられるよな」みたいなことを言うけれど、西部劇はいいらしい。

おじいちゃんが「ほい、ドリル」と片手を差し出してきたので、さちはリュックから出して、四教科のドリルそれぞれの今日やったページを開いてテーブルに置いた。おじいちゃんは再び老眼鏡をかけて、詰め将棋の本にはさんであった鉛筆で、ページの隅に［た］を○で囲んだマークを入れてゆく。［た］はおじいちゃんの名前である隆司《たかし》からきている。ドリルのチェックはもともとお母さんがやっていたのだけれど、ばたばたと夕食の準備をしながらチェックしていたお母さんを見て、おじいちゃんが「それは俺がやってやるよ」と申し出て、今はおじいちゃんの役目になっている。

マークをつけながら「判らなかった問題はなかったか？」と聞かれ、「あったけど解答を見たら判った」と答える。おじいちゃんは「ふーん」とうなずく。お母さんと較べるとおじいちゃんのチェックは甘い。問題の下に何かが書き込まれていたら、細かく目を通さないで〔た〕マークをつける。今日は四教科とも二ページずつ、計八ページできた。普段の平均は合計六ページぐらいだから、頑張った方である。というより、得意な問題と不得意な問題があるので、進み具合は運次第なのだが。

チェックを終えたおじいちゃんは「はい、ご苦労さん」とドリルを返して、また詰将棋を始めた。さちがリュックから弁当箱を出して、流し台で洗い始めると、パチンという音をさせながら「今日も特に何もなかったか」と聞いてきた。

普段は「うん、普通だった」と答えて会話は終わるところだけれど、「あ、新しいボランティアスタッフの人が来た。おばあちゃんだったよ」と言うと、おじいちゃんは「ん？」と反応して顔を上げた。「おばあちゃん？」

「うん、真崎ひかりさんていう人だけど、おじいちゃんよりももっと年上だと思う」

「年上って……そんなばあさんにボランティアスタッフが務まるのか？」

「さあ、判んないけど。でもしゃんとしてたよ。帰る方向が同じだったから、家の前まで一緒だったけど、すたすた歩いてた」

「俺より年上って、何歳ぐらいの人なんだ」

「多分……八十代、かな」

「くすのきクラブで何をするんだ、そんなばあさんが」

「もともと書道の先生をやってたんだって。あと料理や裁縫も上手だって。毎週金曜日に来て、料理教室をやってくれるんだって」

「あ、そう。俺よりも上の世代ってのは、子どもが転んで足をすりむいたりしても、唾をつけときゃ治るっていう価値観の人たちだからなあ。軍国主義みたいな考えを子どものときに叩き込まれて、それが今も抜けてない人だっている。気をつけた方がいいぞ」

「優しい人だと思うよ。しゃべっただけでそれが伝わる感じだから」

「ふーん」おじいちゃんは一応は納得したような感じで小さくうなずいたけれど、「帰って来る途中で、あれこれ聞かれなかったか？　ばあさんて人種は、他人の噂話が好きだから、家族構成だとか親の職業だとか、聞いてきたんじゃないか？」

「ううん。ひかりさんの方がしゃべってた。自分の家族のこととか」

さちは、少し情報を漏らしてしまったことは言わないでおくことにした。言ったらおじいちゃんは、それみたことか、という感じで、そのうちに厚かましい頼みごとをしてくるんじゃないかとか、変な宗教に勧誘されるかもしれないから気をつけろとか、そういう話を始めそうな気がする。おじいちゃんはここ数年、人の悪口とか、いろんなことに対する不満をよく言うようになった。前はそんなことなかったのに。お母さんによると、社会からリタイアした老人男性はそうなってくることが多いのだという。承認欲求とかいうやつで、自分は社会のために長年働いてきたのに周囲から敬意を払ってもらっていないと感じて、その不満が悪口や怒りっぽい態度になって出てしまう、みたいなことらしい。

二階にある自分の部屋に入り、ベッドに寝転んでマンガの『ちびまる子ちゃん』を読み直した。本棚にはいろんなジャンルの単行本マンガや児童小説があるけれど、新古書店の百円コーナーで買ったものばかり。重ノ木家では節約生活が当たり前で、お母さんは洋服もリサイクル店で買うことが多いし、髪の毛も自分で切っている。新刊のマンガを買いたいなんて口にしたら、きっとお母さんは「あんた正気?」と聞き返すだろう。

　マンガの次は小型ゲーム機でハムスターを育てるRPGゲームの続きをやった。ハムスターはエサをやり過ぎて太ってしまったので、運動をさせた。ところが太って鈍《どん》くなったせいで、ホイールという、中に入ってくるくる回す運動をやらせても何度も転げ落ちた。可愛がりが過ぎると本人のためにならないという教訓だ。

お母さんはだいたい、夕方の六時頃に帰って来る。壁の時計を見て、そろそろかなと思っていたら、外からエンジン音やタイヤがこすれる音が聞こえてきたので窓から見下ろすと、白い軽自動車が停まってお母さんが降りるのが見えた。駐車スペースは玄関がある路地とは反対側の細い道に面している。お母さんはタクシー運転手だけあって、手前のT字路から器用にバックで駐車スペースに車庫入れをする。

夕食はお母さんが作るけれど、さちはテーブルを片付けたり、言われたものを冷蔵庫から出したり、使い終わった包丁やまな板を洗ったりといった手伝いをすることになっている。けれどこの日はそれが必要なかった。

さちが階段を下りて「お帰り」と言ったけれど、お母さんは見るからに不機嫌そうな顔で、ダイニングテーブルの上にどんとポリ袋を二つ置いただけで返事をしなかった。おじいちゃんから「どうかしたんか」と聞かれて「ったく、頭にくるよっ」と、野良猫が威嚇してくるときみたいに目をつり上げて眉間《みけん》にしわを寄せた。

半透明のポリ袋に透けて見えるのは、お弁当のようだった。お母さんは、腹の立つ出来事があった日は、夕食を作る気をなくして、テイクアウト料理を買うことがある。

こういうときは黙っているに限る。余計なことを言うと八つ当たりの標的にされてしまう。おじいちゃんに任せておけば、何があったかは判るはずだ。

もう一つのポリ袋に入っていたのは、缶酎ハイのようだった。お母さんはそれを冷蔵庫に持って行って入れ、すぐさま一本取り出して流し台の前で立ったまま口をつけた。だけどすぐに思い直したようで細長いグラスを出してきて注ぎ直した。細いグラスに入れると缶酎ハイがシャンパンに見えなくもない。聞いて確かめてはいないけれど、多分シャンパンを飲んでるつもりを味わいたいのだと思う。

お母さんはそれを一気飲みしてから、ふーっと息を吐き、「ったく」と吐き捨てた。おじいちゃんと顔を見合わせる。おじいちゃんは軽く肩をすくめて老眼鏡を外した。たまにあるやつだから心配するな、という感じの仕草だった。

缶酎ハイは、お母さんがいつも飲んでいるものとはラベルが違っていた。目をこらすと〔9%〕という文字が大きくプリントされていた。普段は確か、アルコール度数は6%ぐらいのやつだ。

「客ともめたのか?」とおじいちゃんが聞くと、お母さんは頭を振りながら顔をしかめて二杯目を注いだ。

「腰の曲がったおばあさんが南部バイパスの、パチンコ店とかレンタカー営業所とかがある交差点の真ん中に立って、右往左往してたのよ。渡ってる途中で信号が赤になっちゃったらしくて。行き交う車はクラクションを鳴らすばっかりで誰も助けてあげようとしないから私、頭にきて。それでタクシーを少し先のコンビニに停めて、ちょうどまた信号が変わったところで駆け寄って、大丈夫ですかって声かけたら、どうも様子が変なのよ」

おじいちゃんが「様子が変?」と繰り返した。機嫌が悪い人と話すときは、意見を言ったりしないで聞き役に徹すべし。テレビの情報番組に出ていた化粧濃いめの女性心理学者がそう言っていた。

二杯目を飲んでまた、ふーっと息を吐いてからお母さんが続けた。

「とりあえずタクシーのところまで連れてって、住所を聞いたんだけど、判らないって言うのよ。何回も私に、すみませんでした、すみませんでしたって頭下げるし。知らない人が見たら、私がおばあさんをいじめてるみたいで」

「てことは」おじいちゃんが先を促《うなが》すと、お母さんはうなずいて「そ、認知症らしくて、名前も言えないのよ。それで、これは家族が目を離した隙に勝手に外に出ちゃって、帰り道が判らなくなったパターンだなってピーンときて、交番まで連れてったわけ」

「その交差点からだったら、一キロほど東に交番があったな」

「そ。ところがその交番に誰もいなくて。不在のときはこちらに電話をって書いてあったから、カウンターのところにあった電話で連絡取って事情を話したら、別件で出動しているところなのでしばらく待ってて欲しいって言われて。かれこれ三十分も待つ羽目になったのよ。その間もおばあさんが、すみませんでした、すみませんでしたって言いながら勝手に出て行こうとするし、それをなだめてるうちに私は私でトイレに行きたくなって」お母さんは三杯目を注いだけれど、残りは少しだった。「で、ようやくお巡りさんが戻って来て、引き渡したんだけど、私の名前から住所から勤務先からいろいろ聞かれて、いいことしたはずなのに何か職質かけられてるみたいでだんだん腹が立ってきて。トイレに行きたいって言ったら、交番のを使わせてくれたからよかったけど」

「じゃあ、何だかんだあったけど、無事におばあさんを引き渡せたわけだ」

「問題はそこじゃないのよ」お母さんは冷蔵庫から酎ハイをもう一本出してプルタブを引いた。おじいちゃんが「おいおい、そんなに飲んで大丈夫か」と言ったけれど、お母さんは「これが飲まずにいられますか。何なら明日、休んでやる」とグラスに注ぐ。

小五の娘の前で見せていい姿ではない。さちがよちよち歩きの頃に、その手を引いている写真の中のお母さんは、今よりもずっとやせていて、別人じゃないかというぐらい、かわいい顔だちだった。おじいちゃんは、女は母親になると変わるんだわ、と言っていた。

「うちのバカ部長がさー」とお母さんがさらに声を大きくした。「私がちゃんと経緯《いきさつ》を説明したのに、配車係からの連絡を無視しただの、無料で他人を乗せたのは就業規則違反だのと言い出して、説教し始めやがったのよっ。交番の中で待たされてたんだから、無線なんか聞こえねーっつーのっ。車にはねられるかもしれないお年寄りを保護したのに、ほめるどころか就業規則違反って、どういう感覚してんのよって話でしょ。お前は道徳というものを教わらなかったのかってのっ。始末書を書けって言われたけど、書きません、社長と話をさせろって要求したら、だったらまあ始末書はいいから今後は気をつけるように、だと。はあ？　次に同じようなことがあったら知らん顔で通り過ぎろってのかよっ。くそ部長がっ」

幸い、お母さんの怒りはそこがマックスだった。ほろ酔い気分になってきたみたいで、その後はみんなでテレビを見ながら普通に弁当を食べることになった。三人とも、幕の内弁当だった。普通の幕の内弁当よりもおかずの種類が多いやつで、さちがこれを食べるのは、一月にお母さんがタクシー客からもらったスクラッチくじが少額の当たりだったとき以来、二回目だった。

おじいちゃんが「さち、お前の塩ジャケと俺の唐揚げ、交換しないか？」と言ってきて、さちはやったーと思ったけれど、お母さんが「駄目よ、そういうことしてると栄養が偏《かたよ》るんだから」と反対し、おかず交換ミッションは中止となった。

テレビの全国ニュースが、マンションの室内で大麻を栽培していたグループが逮捕されたという事件を報じていた。案の定、マンションというワードに反応したおじいちゃんが「近くにできたマンションにも、そういう手合いがいるかもしれんな」と言った。「特殊電話詐欺のグループだとか、カルト教団なんかも、マンションをアジトにすることがあるっていうから、気をつけないと」

お母さんは、ご近所の人たちをそんなに悪く言ってー、などとたしなめたりせず、「確かに可能性はゼロじゃないよねー」と同調した。お母さんも、古い街の中にマンシ

ヨンがにょきっと建ったことを、よく思っていないようだ。確かに、見下ろされている
ような気はするけれど、悪い人が住んでいると決めつけるのもどうかと思う。

以前聞いた話によると、お母さんが子どもの頃、おじいちゃんは仕事人間で、あまり親子のコミュニケーションが取れてなかったらしい。今みたいに普通に会話をするようになったのは、離婚してこの実家にあらためて住むようになってからだという。お母さんは住まわせてもらっている立場だし、おじいちゃんも独り暮らしは寂しいだろうから、お互いに気を遣っている面があるようだった。

続いてローカルニュースになった。県内で収穫前の野菜や果物が盗まれる事件が頻発しているという。すると、おじいちゃんが「農家さんがどれほど苦労して野菜を作ってると思ってるんだ」と舌打ちした。おじいちゃんはもともと農家の息子で、せっかく育てた稲が台風で駄目になって、両親が悔し涙にくれるのを見て自分は育った、だから食べ物を粗末にしちゃいかん、という話を何度か聞かされたことがある。

お母さんが「そういう野菜も中央卸売市場なんかに持ち込まれたりするの？」と尋ねると、おじいちゃんは「適当な理由をつけて出荷者に委託するとか、方法はいくらでもあるだろう」と答えた。

おじいちゃんは以前、中央卸売市場というところで魚の競《せ》り人《にん》をしていたので、魚介類や野菜の流通に詳しいらしいけれど、さち自身はおじいちゃんがやっていた仕事につ

いて詳しく聞いたことはない。競り人というのは、オークションの進行役みたいな仕事だ。

スポーツニュースに替わり、しばらくサッカーや野球、バスケなどのメジャースポーツについて報じられた後、特集コーナーで一人の女性アスリートが登場した。

すると、おじいちゃんが「お、あのコ、顔がちょっと、さちに似てるな」と言い出した。さちが「どこが似てるの?」と言うと、お母さんが「本人は気づかなくても、他人から見たら似てるっていうのはあるものよ。確かに目と口の形が似てるよ」とあごでテレビをさした。

飯田早希《いいださき》というスポーツクライミングの選手だった。次のオリンピック代表候補だという。

お母さんが「早希だって。名前まで似てる」と続けた。「そういえばさちは駆けっこもドッジボールも苦手だけど、うんていとか登り棒は得意だったよね。スポーツクライミングは近いところがあるから向いてるかもよ」

また突飛なことを。

「さちは幼稚園のときに、登り棒のてっぺんまで上ってたよなあ」おじいちゃんもうなずいた。「それで思い出したけど、低学年のときに遠足で、川岸の急傾斜に帽子を落とした女子のために取りに行ってあげたんだろ」

「そうそう」お母さんが箸を縦に振る。「後でその子のお母さんが、ショートケーキ持ってお礼に来てくれたのよね」

二人とも、不登校になってしまった自分に気を遣って、少しでも自信を持たせようとしてるんだろう。さちは、オリンピック候補になんて自分がなれるわけがないでしょ、と心の中でつぶやいた。


就寝前にトイレを使うために階段を下りると、リビングダイニングに通じるドアが開いていて、頭にタオルを巻いたお母さんがまたソファで缶酎ハイを飲んでいた。お母さんは、多めに飲んだ翌朝は、スマホみたいな形をしたアルコール検査機でチェックしてから出勤している。お酒には強い体質みたいで、アウトになったことはないようだ。

トイレから出た後、おやすみと声をかけて部屋に戻ろうとしたら、お母さんの方から「おじいちゃんに聞いたんだけど」と声がかかった。「くすのきクラブに、おばあさんのボランティアスタッフが入ったって？」

「うん」

「うちの前まで一緒に帰って来たの？」

「うん。帰る方向が同じだったから」

「そういうことは、私にも言ってよ」

カンカンに怒りながら帰って来てしゃべりまくってるお母さんに、そんな報告をするタイミングなんかないと思うんですけど。さちは「言おうと思って、忘れてた」と言った。

「どんな人？」

「小柄で、にこにこしてた。昔は書道の先生をやってたんだって。金曜日に来ることになってて、料理教室をやってくれるって」

「ふーん。認知症の疑いはないの？」

「少ししゃべったけど、それはないと思う」

「まあ、代表の高津原さんが受け入れたんだから、心配するようなことはないと思うけど、年寄りの女の人って、他人の私生活を覗きたがることが多いから、いろいろ聞かれても詳しいことは教えちゃダメよ」

おじいちゃんと似たようなことを言ってる。さちは「うん、判ってる」とうなずく。

「じゃあ、その人、ええと」

「真崎ひかりさん」

「何歳ぐらいの人？」

「年は聞いてないけど、おじいちゃんよりも十ぐらい上かも。元気そうで、すたすた歩くから、健康年齢はもっと下だと思うけど」

「その真崎さんが来る日は、一緒に帰って来ることになりそうなわけ？」

「多分。嫌だとは言えないし、別に嫌じゃないし」

「真崎さんがそうしたがってるようだったら、つき合ってあげなさい」

「うん、そうだね」

「見た目は元気そうでも、急に具合が悪くなったりするかもしれないから、一緒のときは注意して見とくのよ。もし倒れたり、転んで怪我をしたりしたら、すぐに近くの家の人に救急車を呼んでくださいって頼むこと。いい？」

「うん、判った」

今日、認知症のお年寄りを保護したことが頭にあるのか、お母さんは、ひかりさんがよぼよぼの頼りにならないおばあさんだと思っているようだった。


ときどき、なかなか眠れない夜がある。この日がそうだった。さちは強く目を閉じて、ネットで調べた呼吸法をやってみた。八秒ぐらいかけてゆっくり吸い、八秒ぐらいそのまま息を止め、それから八秒かけて息を吐く。こうしているうちに眠気がやってくる。

今日はお母さんが仕事のことで怒っていた。でも今日の出来事はきっと、爆発のきっかけに過ぎなかったのだろう。

お母さんは基本的に朝から夕方までしかタクシーの運転をしない。会社に頼んで、夜の勤務はなしにしてもらっている。それは、夜間は女性運転手にとって危険が多いというだけでなく、家族で過ごす時間を大切にしているからでもある。でもそのせいでタクシー運転手としての営業成績がよくなくて、上司や同僚からいろいろと心ないことを言われて悔しい思いをしているらしい。普段からそういう状態だから、今日みたいにさらに嫌なことがあると、ついに爆発してしまうのだ。

かわいそうだと思うけれど、うらやましさも感じている。さちは、お母さんみたいに相手に言い返したり、怒りの感情を表に出したりすることができない。お母さんとは性格が似ていない。

お母さんはそういう性格だから、さちが不登校になったとき、一人で学校に乗り込んで、担任の先生や校長先生に咬《か》みついたという。実際に何があったのかは見ていないので判らないけれど、あの日帰って来たお母さんは今日みたいにとても怒っていたこと、「学校はいじめる奴らの味方か」「何が、仲よしだと思ってました、だ」などと毒づいていたことで、だいたいのことは想像がついた。

鉄砲の弾は、肩の後ろ側から入って骨に当たって止まった。手術で弾は摘出され、しばらくの入院と、その後の通院で治った。運動機能に支障がなくて済み、リハビリを担当してくれたミキさんというお姉さんは「さっちゃんは持ってる子だから」と言っていた。弾が当たったことは不運だけれど、無事に快復できたことは確かに幸運だったと考えることはできる。

でもやっぱり幸運ではなかった。

傷痕は残り、水泳や体育で着替えをする日は、大きめの絆創膏《ばんそうこう》で隠している。水泳のときは、視線を感じる。

それだけだったらたいしたことではなかったけれど、周りのみんなの態度が変わった。学校では先生たちが腫れ物に触るような態度を取るし、何度かカウンセラーの先生がやってきて、さちだけ保健室で時間を過ごす時期があった。クラスのコたちも妙によそよそしくなった。どう話しかけていいか判らないのだろうなと理解はできたけれど、仲がよかった恵里香《えりか》ちゃんが他のコのグループに入って、そちらとばかり話すようになったのはショックだった。スーパーで買い物をしているときや帰り道などにクラスメートのお母さんが声をかけてきて、大きな声で「暴力団の抗争なんかに巻き込まれて大変だったね」「私だったら怖くて外に出られなくなるわよ」などと言われたこともあった。そっとしておいてあげる、見守ってあげるということができない、無神経なおばさんたち。

四年生の一学期に、宿題を丸ごと忘れたことがあった。正直に「忘れました」と言ったところ、先生は「うん。重ノ木さんの場合は仕方がないよね。あんなことがあったんだから、宿題が手につかないこともある」とうなずき、叱られなかった。休み時間のときに男子の誰かが「あーあ、俺も撃たれてたら宿題しなくて済むのになー」と言うのが聞こえた。振り返って誰なのかを確認するのが怖くて、下を向いていた。

夏休み前、掃除をしていたときに紙切れを拾い、広げてみると、「あいつ、親が暴力団関係者だから巻き込まれたらしいよWW」と書いてあった。見回すと、クラスの中で一番イケてる女子三人組が離れたところでにやにやしていた。わざと拾わせて読ませたのだと判った。急に心臓がどきどきしてきて、めまいに襲われ、しゃがみ込んだ。他の女子たちが「どうしたの」「大丈夫？」と声をかけてきたけれど、それが善意によるものなのか悪意に満ちたものなのかが判断できず、対応できなかった。すると「無視かよ」という声が耳に届いた。

次の週の、恵里香ちゃんの誕生日会に呼ばれなかった。一年生のときから毎年、お互いに手作りの招待状を渡していたのに、くれなかった。理由を尋ねる勇気がなくて、当日に電話がかかってくるかもしれないと思っていたけれど、かかってこなかった。

お陰で四年生の夏休みは、誰とも遊ばず、家で宿題をしてゲームをしてマンガ本を読むだけの日々だった。お母さんは仕事が大変そうだから相談しなかった。そのときは弾が当たったトラウマで外出したくないのだろう、時間が解決してくれるはずだとお母さんは考えていたんじゃないかと思う。

四年生の二学期に、将来の夢をカードに書いて掲示板に貼るという企画があった。さちは「読み語りおねえさんになりたい」と書いた。低学年のときから国語の授業中に当てられて教科書を朗読すると、先生から「いい声で読むね」「聞きやすくて上手い」とほめられることが多く、四年生になると放送委員に推薦されて週に二回、給食時間中に放送室で児童向けの短編小説や落語を朗読するようになっていたため、その特技を活かしたいと思ったからだった。するとそれを見た男子たちが「そんなの誰でもなれるし」「職業じゃねえだろ」と言うのが聞こえた。後で自分のカードを見てみると、鉛筆で薄く［ちっせえゆめ］と落書きされてあった。女子の誰かが担任の先生にそのことを言ってくれたけれど、先生はそれを消しゴムで消しただけだった。若い女の先生。名前が思い出せない。別に思い出したくもないけれど。

隣の県で農家をやっている、おじいちゃんの甥《おい》に当たるシズオおじちゃんの家で法事があったとき、親戚のおばさん二人が廊下で「知紗さん、受け取っとけばよかったのにねえ」「そうよ、おカネに罪はないんだから」「カッコつけたがりなのよ」とひそひそ話をしているのが聞こえた。トイレを借りるためにふすまを開けようとしていたさちは手を止め、そっと広い仏間に戻った。

受け取る、というのは暴力団からの賠償金のことだろう。弁護士がお母さんに連絡してきて、治療費や慰謝料として何百万円かのおカネを支払いたいと言ったらしいのだけれど、お母さんもおじいちゃんも断ったことは知っている。おじいちゃんは「悪いことをして集めたおカネなんて受け取れるか」と言っていた。

二学期の後半に入ってとうとう、登校しようとすると心臓の鼓動が速くなり、吐き気にも襲われるようになった。体調不良で三日休んだところで、何かを察したらしいお母さんから「私は百パーセントさちの味方なんだよ」と言われ、めそめそ泣きながら事情を話した。翌日お母さんは学校に乗り込んで担任の先生や校長先生とやり合い、不登校になった。その後、お母さんはフリースクールについて調べ、さち本人の意向も確かめて、くすのきクラブというフリースクールを見つけ、三学期の途中から通い始めることになった。

お母さんは中学の陸上部のときに、練習中に水分を取ることを禁止されて、夏に熱中症で倒れたことが学校や教師を嫌いになるきっかけだったという。顧問の男の先生は救急車も呼ばず、お母さんを日陰で寝かせておいただけで、後で何とか立てるようになったお母さんに向かって「根性が足りないからそういうことになるんだ」と怒ったという。おじいちゃんも、くすのきクラブに通うことを賛成してくれた。おじいちゃんも子どものときに、男性教師から平手で耳を叩かれて鼓膜が破れたり、ブリキ製のちりとりを踏んで曲げたのはお前だろうと決めつけられて、何時間も廊下に立たされたりしたことがあったという。

お母さんもおじいちゃんも学校や教師を嫌っていることは、幸運だったのかもしれない。いじめや仲間はずれに遭って体調が悪くなっても、無理矢理登校させようとするタイプの親もいる。考えただけでも地獄だ。

くすのきクラブは、短時間でも顔を出せば、その日は学校に登校したものとしてカウントしてくれる。いじめる子がいないから心臓の鼓動が速くなったり吐き気に襲われることもない。くすのきクラブに行けてよかったと思う。

でも、一方で別の不安がだんだんと大きくなってきていた。

このままでは学校の勉強からどんどん遅れてしまって、中学もやっぱり行けなくなってしまうんじゃないか。そして、どこの高校にも入れないんじゃないか。入れたとしても学力が低くてガラの悪いところになってしまって、またいじめられるんじゃないか。

ドリルはちゃんとやっている。判らないところはボランティアスタッフの井手さんとマイさんが教えてくれる。でも学校の勉強は授業の量がもっと多い。ドリルを一日平均六ページぐらいしかできてない状態で大丈夫なんだろうか……。

お母さんもはっきりとは言わないけれど、不登校になってしまった娘がその失点を挽回して、ちゃんと成長してくれるかどうか、不安に思っているはずだ。ときどき、何かを言いかけて思いとどまるような素振《そぶ》りを見せることがある。ストレスが溜まっていて、たまにはヘタレな娘にきつい言葉を浴びせたくなるけれど、それをやってしまったら信頼関係が壊れると思っているのだ。嫌なことをされたら大声で怒りなさいよ、とか、そんなことではいつまでもいじめられるよ、とか、そういう言葉だ。

いろいろ考え始めると、ますます眠れなくなる。
さちはもう一度、眠るための呼吸法を始めた。

翌週の火曜日、くすのきクラブでプリントが配られた。金曜日に一階の調理室で、子ども料理教室をやるので、参加希望者はお米半合、生卵二つ、あと、みそ汁に入れる具材を一種類持って来てね、とあった。みそなど調味料は、くすのきクラブの運営費から出るらしい。プリントの最後にはカッコ書きで（忘れても参加はできるよ）と書き加えてある。くすのきクラブの人はみんな優しくて、忘れ物などのミスをしても怒られることはない。ここが最後の居場所だということをスタッフの人たちは判ってくれている。

その日の帰り道、国道の向かい側にある大きな病院に、見覚えのある女の子が一人で入って行くのが見えた。片手で杖《つえ》をついている。手に持つタイプの杖ではなくて、前腕部を固定する装置がついたやつだ。

あの病院に通ってるのか……。片足が不自由なのに親のつきそいなしで、一人で病院に行くのって割とすごいことかも。あの子はどの辺に住んでるのだろう。

名前は知らないけれど、さちが不登校になる少し前に、隣のクラスに転校してきた子だった。片足が悪くて、学校でもあの杖を使っていた。体育の時間に、杖なしでケンケン走りをしたり、ドッジボールに参加したけれど転倒するのを見たこともある。なぜ片足に不具合があるのかは知らないけれど、足のせいであの子はいじめられてるんじゃないか。

そのうちに、あの子もくすのきクラブにやって来るかもしれない。もしそうなったら、普通に話しかけてあげよう。足や杖をじろじろ見たり、ぶしつけな質問なんかしないで、全然気にしてないふりをしてあげよう。

その日の夕方、お母さんに子ども料理教室のことを伝えると、「じゃあ金曜日は弁当、作らなくていいの？」と聞かれ、そうだよと答えると、「おお、ちょっと助かるかも」とうれしそうな顔をした。

３

金曜日、午前十一時半から一階の調理室で子ども料理教室が始まった。一応は自由参加ということになっていたけれど、登校した子は全員集まったみたいだった。

調理室に入ると、既に大きな二つの炊飯器からは湯気が出ていて、大鍋のみそ汁も出来上がっていたようだった。さちはみそ汁の具材として、小松菜を二把、朝に提出していた。他の子が「みそ汁のいい匂いがするー」と言った。

今日の課題は、目玉焼きだった。調理台についているガスコンロだけでなく、カセットコンロも用意されていた。

四人ずつ、三つの調理台に分かれて丸椅子に座った。さちは窓際の調理台を選び、ひとみちゃんも当然ながらその隣に座った。

ひかりさんは初対面のときと同じあの格好で、大鍋に大きなお玉を突っ込んで、みそ汁をかき混ぜていた。最初に見たときは変な服だなと思ったけれど、料理をする姿は、むしろあの格好が合っている。

代表の高津原さんが、ホワイトボードに書いてある目玉焼きの作り方を指さしながら、手順を説明した。

後でフライパンを洗わなくて済むように、具材がひっつかないアルミホイルを敷く。そんなものがあることを、さちは初めて知った。コンロの火を点け、中火でしばらく温める。油を垂らして、油ひきで全体に広げる。油ひきというのは、先にはけみたいなのがついているスティック状のやつだ。フライパンが熱くなってきたら弱火にして、卵を割り入れる。卵を割るときは、シンクの角などにぶつけると殻の破片が入ってしまうことがあるので、調理台などの平たいところで割る。二人一組になって、一つのフライパンで二つずつ作る。卵を割り入れたらふたをして、そのまま待つ。弱火で二〜三分経ったら黄身の表面にうっすら白い膜ができる。ふたを開けてそれを確認したら火を止めて再びふたをする。この段階で白身はだいたい固まっているけれど、黄身はまだ液状のまま。後は余熱で黄身が固まってゆくのを待つ。待ち時間は好みの黄身の固さに合わせて一～二分ぐらい。完成した目玉焼きをフライ返しなどで二つに切り分け、皿に移して出来上がり。

それぞれの調理台に高津原さん、井手さん、マイさんが分かれてついてくれて、手順をあらためて説明してくれたので、間違えることなくできた。さちがいる調理台は井手さん。ひとみちゃんは、ガスコンロの点火をしたことがないというので、さちが教えてあげて、何度かやらせた。最初は怖がっていたひとみちゃんだったが、慣れると「点いたっ」とうれしそうな顔をした。

ひとみちゃんは卵を割るときに少し勢いがつきすぎて、白身が少し調理台にこぼれたけれど、フライパンの真ん中にきれいに卵を落とすことができた。でも一つ目が真ん中になったので、続いてさちが割り入れるときは、フライパンの端っこになってしまった。すると井手さんがアルミホイルの端を指でつまんで動かし、二つの卵が真ん中にくるように修正してくれた。ひっつかないアルミホイルを使うと、こういうメリットもあるのだ。

ひとみちゃんは壁の時計を見ながら「一分経ったよ」「一分半経ったよ」と時間を気にするので、さちはそのたびに少しふたを開けて「まだ黄身の表面が白くなってないから」と教えてあげた。

他の子たちも目玉焼きを作るのは初めてみたいで、意外と興味津々という表情で手を動かしていた。さちも初めてだった。小学生が一人でガスコンロを使うのは危ないということで、お母さんから、家の中で使っていいのは電子レンジ、オーブントースター、電気ポットだけと言われている。だからカップ麺やトースト、チンするだけでできる冷凍食品しか作ったことがない。そういうのを〔作る〕と言っていいのかどうかは微妙だけれど。

目玉焼きは、白身の縁がきれいな円形にならず、ちょっといびつになってしまったけれど、黄身の表面がうっすらピンクになっていて、悪くない出来だった。さちが皿に取り分けると、ひとみちゃんが「わーい、自分で作った目玉焼き」と拍手した。

持って来た卵は二個だったので、もう一個分はどうなるのだろうと思っていたら、ひかりさんが今から、だし巻き卵の作り方を実演してくれます、と高津原さんが説明した。真ん中にある調理台でひかりさんが四角い卵焼き用のフライパンをコンロに置き、点火。ひかりさんは油ひきで表面に油を塗り、右手に菜箸《さいばし》、左手には取っ手がついた大きなピッチャーを持った。

「ここに溶き卵とだし汁を混ぜたものが入っています」ひかりさんが少し大きめの声で説明した。「だし汁は、かつお節や昆布から取りましたが、スーパーに売っている白だしやそばつゆでも大丈夫です。量はお好みで。だし汁の水分が多いと食べたときにじゅわっと染み出てくるのを楽しめますが、多すぎると形が崩れやすくなりますから、ひっくり返すのが難しくなります」

高津原さんが「だし巻き卵は作るのがちょっと難しいので、真崎さんに作ってもらいますが、この料理教室で学んでいけば、半年後ぐらいにはみんなも作れるようになると思います。今日のところは、真崎さんが作るのをよく見ておいてください」と補足した。

「火加減は中火ぐらい」ひかりさんが卵焼き用のフライパンを持ち上げてコンロの火を見せた。「熱くなってきたところで、だし汁を混ぜた溶き卵を入れます。最初は卵半個分よりも少し多めぐらい」

ピッチャーから溶き卵が注がれると、じゅっと音がして、卵が焼けてゆく。卵の表面に空気のドームがいくつかできて、ひかりさんはそれを菜箸で潰し、フライパンをすばやく傾けてドーム跡の穴に周辺の溶き卵を流し込んでふさいだ。そして、卵の表面がまだ完全に固まらないうちに菜箸を使ってくるりくるりと巻いてゆく。ひかりさんは作り慣れているようで、フライパンをちょっと持ち上げたり傾けたりしながら、きれいな形に巻いていった。

誰かが「いい匂い」と言った。だし汁の匂いだ。

巻いた卵を隅っこに追いやったところでまた油をひく。ひかりさんが「油をこまめに薄くひくことが大切です。それをしないと卵が鉄板にくっついて巻くのに失敗してしまいますから」と説明し、再び溶き卵を投入し、さらに巻いてゆき、だし巻き卵が大きくなってゆく。ひとみちゃんが「雪だるまみたいに大きくなってゆくね」と言った。

ひかりさんは計三回、溶き卵を流し込んで、だし巻き卵を完成させた。乾いたまな板の上に載った完成品の表面はきれいに光っていて、うっすらと食欲をそそる焦げ目がついている。ひかりさんが「しばらく置いてから六等分に切ります。すぐに触ると手が火傷《やけど》してしまうし、余熱で中が固まってからの方が、切りやすくなりますから」とにこにこ顔でみんなを見回した。さちと目が合うと、かすかにうなずいたみたいだった。

「さあ、まだまだ作っていただくからね」と高津原さんが言ったとおり、ひかりさんはあざやかな手さばきで、次々とだし巻き卵を作っていった。

十数分後には、各調理台に昼ご飯が並んだ。ご飯、みそ汁、だし巻き卵三切れと目玉焼き。みそ汁には、油揚げ、豆腐、ネギ、小松菜などの葉物野菜がたっぷり入っていて、湯気と共に美味しそうな香りが鼻の奥に届いた。

みんなで手を合わせて「いただきます」と唱和。「あー、腹減ったー」という声が聞こえた。

さちは、まずはだし巻き卵に箸を伸ばした。口に入れると柔らかくて温かくて、じゅわっとだし汁が染み出てきた。お母さんが作る卵焼きはもっと固くてぱさついてるけれど、これは全くの別物だ。高級な和食のお店に行ったことはないけれど、そういうところで出て来そうな美味しさだった。

普段はキティちゃんのスプーンとフォークで弁当を食べているひとみちゃんも、この日は箸で頑張っている。ちょっと変な持ち方だけど、ちゃんとだし巻き卵を切ってつまんで、口に運んでいる。

みそ汁も、こんなに美味しかったのかとびっくりするぐらいに、出汁《だし》とみそと具材が力を合わせていた。野菜はまだシャキシャキ感が残っていて、一番いいタイミングで完成した感じだった。遠くから「まじ？　めちゃめちゃ美味しいんですけど」という男子の声が聞こえた。同じ調理台で食べていた井手さんもみそ汁をすするなり「わあ、超旨い」と目を見開き、だし巻き卵を一口食べて「あー、上品な味」と目を閉じ、「ただの卵料理なのに何でこんなに……」と食べかけの残りを見つめた。

ご飯も、炊きたてだからというだけじゃなくて、普段食べているものとは違って、見た目がつやつやしていたし、嚙むと確かな甘みを感じた。匂いもいい。ご飯だけでもいける。

目玉焼きには塩をかけた。ひとみちゃんはウスターソース。まだ固まっていない黄身を箸でつついて、白身を少し切り分けて、黄身につけて食べる。だし巻き卵みたいに高級な味ではなかったけれど、これはこれでちゃんと美味しい。自分で作った料理だから、美味しさが増すのかもしれない。

普段のくすのきクラブでの昼食は、みんなが勝手に食べているけれど、今は調理室全体に、ちょっとした一体感が漂っていた。めったに笑わない中学生女子が、同じ調理台にいる他の中学生女子と何か話して笑っている。午前中に「俺、卵って好きじゃないから、あんま食いたくないなー」と言っていた小六男子の皿は空になっていた。

ただの目玉焼きが、みんなの気持ちをちょっと変えたみたいだった。今までやったことがなかったこと、できると思っていなかったことができたという、本当に小さな壁だけれど、それを乗り越えたということが、ちょっとした興奮と喜びになった感じだった。

ひとみちゃんが「美味しいね」と当たり前のことを言ってきた。でも気持ちは判る。さちは「うん、美味しいね」とうなずいた。

午後はまず、漢字の書き取り練習から始めた。国語の教科書の後ろの方にぎっしり並んでいる漢字を、百円ショップで買ったマス目ノートに二十回ずつ書いてゆく。書きながら、音読みと訓読みを交互に小声で言って、読み方も覚える。さちが使っているノートは普通の五年生用漢字ノートに較べると、マス目が少し小さい。買って来たお母さんははっきりとは言わなかったけれど、同じ一冊なら少しでもたくさん書けた方が得だという考えなのだろう。

ひとみちゃんは隣で未確認生物の本を読んでいる。読んでいるというより、写真や挿絵を眺めるのが好きなのだ。

ひかりさんがにこにこしながら近づいて来た。さちが書いているノートを見て、「丁寧に書いて、感心ね」と言った。そういえばひかりさんは、井手さんの字を見て、ものをなくしがちで、しまりのない性格を言い当てていた。さちは、自分の性格も既に見抜かれているんじゃないかと、落ち着かない気分になった。

でも、ひかりさんは違うことを言った。

「丁寧に書くのはとてもいいことだけど、何回書くか、最初から決めてかかる必要はないかもね」

言われた意味がよく判らず、さちは「へ?」と問い返した。

「さっちゃんの勉強方法に口を出すつもりはないんだけど、もう覚えちゃった字は、律儀に決まった回数を書かなくてもいいような気がしたから」

ひかりさんはおだやかな笑い方でうなずいている。

あー、そういえばそうかもしれない。

ひかりさんの声が聞こえたようで、井手さんが「おお、確かにそうですねー」と言いながら近づいて来た。「子どもの頃は疑問を持たずに、ノートに三行ずつとか、決まった回数だけ漢字を書けと言われたりして、そのとおりにやってたけど、考えてみたら時間の無駄だったかも。あちゃー、今ごろになって気づくとは」

井手さんが手のひらで自分のおでこを軽く叩いた。

すると「どうしたの?」と、マイさんもやって来た。目がぱっちりしていて、肩にぎりぎり届かない髪はさらさら。井手さんは間違いなくマイさんに好意を持ってるけれど、マイさんはただの同僚スタッフぐらいにしか思っていないようだ。

井手さんがさっきのやりとりを説明した。マイさんも「あー、なるほど」とちょっと驚いたような顔になった。「宿題なんかでやらされたわよね。五種類の漢字を二十回ずつ書いたノートを提出すること、みたいな。私もそれが当たり前だと思ってたけど、覚えちゃってる漢字をいちいち書かされるのって、変よね」

「言えてる、言えてる」と井手さんは腕組みをしてうなずいた。「覚えやすい漢字は書く回数を少なくしていいし、逆に覚えにくい漢字は書く回数を増やすべきだったんだよ。そうだよ、僕、教育学部なのに、小学校の宿題のあり方に何も疑問を持ってなかったよー、参ったなー」

「とすれば」マイさんが続けた。「勉強時間って、本当はもっと短縮できるのかも」

「あーっ」と井手さんが大きな声を出した。「それって漢字だけじゃないじゃん。算数なんかでも、できることが判りきってる単純な計算問題とか、いっぱいあったよね。あんなのすっ飛ばして、できない問題、難しい問題だけやっとけば、勉強時間を節約できたんだ。真崎さん、すごーい」井手さんはひかりさんに手を向けて拍手した。

「真崎さんは」マイさんが聞いた。「いつ頃からそのことに気づいていたんですか」

「私が気づいたってわけじゃないのよ」ひかりさんは笑って片手を振った。「昔、自宅で書道教室をやっていたときに、年下の子たちの宿題を見てくれていた中学生の教え子がいてね、その子がそういう勉強法をやってて、できることが判りきってる宿題はやらないで、問題の解答欄を斜め線で消して済ませてたの。判ってるからやりませんという意味なんでしょうね」

井手さんが「ほう、中学生が」と目を見開いた。マイさんも「へえ」と感心している。

「でも、そんなだから先生には睨《にら》まれてたみたいね。できるというのならそれを証明しろ、そのための宿題だって叱られたらしいけど、証明は定期テストのときにしますってその子は答えて。実際、成績優秀だったから、先生も通知表にはそれなりの評価をしないわけにはいかなくて。想像してみたら、ちょっと愉快な話よね」

「おー」井手さんが驚きと困惑が混じったような顔でうなずいた。自分はそこまでして先生に刃向かうことはできないなー、という気持ちが顔に出ている。

「その子は当時」ひかりさんが続ける。「幕末ものの歴史小説を読むのが好きで、図書館から次々と借りて読んでたみたい。その時間を確保したくて、時間を短縮する勉強法を身につけたって言ってたわ」

「うーむ」井手さんが腕組みをした。「そうか。最初からこれだけの時間しか勉強しないと決めちゃえば、その中でどうやりくりすれば効率的な勉強ができるか、おのずと見えてくる。必要は発明の母だな」

ひとみちゃんが「どういう意味?」と聞いた。井手さんは「必要なことがあれば、それを実現するためのアイデアが生まれるものだってこと」と答えてから「で、よかったかな?」とマイさんの顔色を窺うように見た。マイさんは「ま、外れてはないと思う」とうなずいたけれど、ひとみちゃんの顔を見る限り、よくは理解できなかったようだ。

この日もひかりさんと一緒に帰ることになった。空には薄い雲がかかっていたけれど、さちの心は晴れ晴れとしていた。

このままフリースクール通いを続けていると、どんどん勉強が遅れてしまって、高校にも行けず、人生の落ちこぼれになってしまうんじゃないかとずっと不安に思っていたけれど、そんなことはないと判ったのだ。学校は毎日六時限もある。くすのきクラブで自主学習している時間は、それよりもうんと少ない。だからどんどん遅れてゆくに違いないと焦っていたけど、やらなくていい問題は飛ばせばいいし、やろうと思えば、くすのきクラブの方が効率よく勉強できるかもしれない。思い返せば、学校の授業は半分以上が、やり方が判っていることをやらされ、知っている話を聞かされていた気がする。

ひかりさんから教わったやり方なら、ドリルも二倍ぐらいの速さで終わらせることができるかもしれない。間違えたところだけ印をつけておいて、後でもう一度やる。また間違えたところがあれば、何日か寝かせてから、そこだけをやる。そして全クリできたドリルは資源ゴミに出しちゃえばいいのだ。

学校のことを思い出したくなくて教科書はあまり使ってなかったけれど、時間の余裕ができたら教科書にも目を通してみようか。ドリルの問題を全クリした後、教科書の問題がすらすら解けたら、とても気分がいいに違いない。さちはそのときのことを想像して、顔が弛《ゆる》んだ。

さちは隣を歩くひかりさんに「今日のだし巻き卵、美味しかったー」と言った。これは直接言っておきたいことだった。「それと、みそ汁やご飯も。ご飯はみんなが持ち寄ったお米なんでしょ?」

「そうよ」ひかりさんが笑ってうなずく。「だからいろんな種類のお米が混ざってたんじゃないかしらね」

「いろいろ混ざると美味しくなるのかなあ。それとも、大きな炊飯器でたくさんのご飯を炊くから美味しいのかなあ。だって、普段家で食べてるご飯よりも断然美味しかったもん」

「丁寧に研《と》げば、ご飯は美味しく炊けるものよ」

「丁寧に研ぐって?」

「あまり知られてないみたいだけど、お米はすぐに水分を吸い始めるから、最初に入れた水は、二、三回かき混ぜてすぐに捨てた方がいいのよ」

「えっ」お母さんはそんなことをしてただろうか。多分、水を入れたらそのままかき混ぜてたんじゃないか。「どうしてすぐに捨てた方がいいの？」

「お米の表面にあるぬかの成分や目に見えないような小さなゴミも、水と一緒にお米が吸い込んじゃうから。そうなると、ちょっと臭みのあるご飯になっちゃうのよ」

「へえ」

「最初の水は、ちょっとだけかき混ぜてすぐに捨てる。そして水をできるだけ切ってから、あまり力を入れないでやさしくもむようにして研ぐといいのよ。昔のお米はぬかが多かったから強めに研いでたけど、今はやさしくやる方がいいのよ。その後は、水を入れて軽くかき混ぜて捨てることを二回繰り返して、最後に必要な量の水を入れる。このとき水はまだ少し白くにごってるけれど、それぐらいでちょうどいいのよ」

「へえ、そうなんだ」

さちのお母さんは、水を入れたままかき混ぜるような研ぎ方を四回も五回も繰り返してる気がする。あれだと見た目は水がきれいになるけど、実はぬか臭いご飯になってしまっているのではないか。

「それと、二十分ぐらい待ってから炊飯器のスイッチを押すのがお勧めね」

「どうして？」

「お米に水をしっかり吸わせてから炊き始めた方が、芯《しん》までしっかり炊けるから」

「ふーん」

お母さんは、研ぎ終わったらすぐに炊飯器のスイッチを入れている。そうやって炊いたご飯もそんなに不味いとは思わなかったけれど、今日食べたご飯の方が美味しいことは確かだった。

お母さんに教えてあげようか。でも、言い方を間違えると、プライドが傷ついて不機嫌になってしまうかもしれない。そうでなくても最近のお母さんはカリカリしていることが多い。

ひかりさんは字も丁寧に書くし、ご飯も丁寧に炊いている。だし巻き卵も丁寧に焼き、みそ汁もきっと丁寧に出汁を取ったのだろう。

何ごとも丁寧に、心を込めてやる。そうすればきれいに仕上がるし、美味しく出来上がる。その一方で、やっても判ってるドリルの問題は飛ばせばいいと教えてくれた。丁寧にやることと、効率的にやることは逆のことじゃなくて、実はつながってる。なぜかというと、丁寧に勉強しようと思えば、無駄なことは省くべきだということになるから。

うーむ、こういうことこそ、目からウロコが落ちる、というやつだ。もやがかかっていた視界が急に晴れた気分。

ひかりさんが何か言っていたので「え？」と聞き返した。

「今日、さっちゃんが読んでくれたお話も、面白かったわー」ひかりさんはにこにこ顔で言った。「小学校に透明人間がいて、いたずらをされた子どもたちが転んだり怪我をしたり。子どもたちはみんな気味悪がって大混乱。でも最後には探偵役の男の子が真相に気づく。わくわくしちゃった」

「私は朗読しただけだよ。お話を考えたのは作家の人だから」

「でも、さっちゃんが読んだから、より面白くなるんだと思うわ。作者の人にも聞かせてあげたいぐらい」

透明人間が学校の掲示板に犯行声明を貼り出す話だった。三年A組の女子が昨日、階段で転んで怪我をしたが、あれはオレ様がちょっと後ろから押してやったからだという内容。本人に聞いてみると、誰もいないところでつまずいて転んだと思っていたけれど、誰かにちょっとだけ押されたからだと言われたら、そうかもしれないと言い出す。その後も犯行声明は続き、ブランコから後ろに落ちて頭にこぶを作った男子も、そういえば後ろから引っ張られたかもしれないと言い、飼育小屋の金網で手を引っかいて怪我をした男子も同様の証言をする。でも本当は透明人間なんかいなくて、いたずら好きの女子が仕組んだものだった。彼女は保健委員で、保健室にやって来て軟膏薬《なんこうやく》を塗ったり絆創膏を貼ったりした生徒の名前や怪我の内容を記録した保健室ノートをいつでも見ることができる。だから誰も見ていないところで怪我をした子のことも知っていたから犯行声明を作ることができた、というオチだった。

「さっちゃんはきっと、読書量も豊富なのね。だからあんなに上手に読める」

「読書量はそうでもないよ。童話とか、児童向けのミステリーとかホラーを読むのは好きだけど」

「でも作品の世界をちゃんと理解できてるから、上手に読めるのよ。大人になったら物語を作る側の人になれるかもね」

「無理無理。そんな才能ないよ」

「私、さっちゃんにはそういう能力、あると思うわ」

さちはちょっと複雑な気分にかられた。ひかりさんは優しい人で、こうやってお世辞を言ってくれるけれど、あんまり度が過ぎると、わざとらしく感じる。自分にそんな才能があるわけないではないか。

「ひかりさんに、どうしてそんなことが判るの？」

ちょっと強めの言い方をしてしまい、しまったと思った。けれど、ひかりさんはにこにこしたままだった。そして「さっちゃんは、ゴッホという画家さん、知ってる？」と変なことを聞いてきた。

「名前ぐらいは。『ひまわり』とか『自画像』とか？　絵が一枚何十億円で売れるっていう、何とか派の。印象派？」

印象派ってどういうものをいうのかよく判らないけれど、写真みたいに精密に描くのではなくて、独特の描き方をするやり方だ。

「そうそう。実は私も絵のことはよくは知らないんだけどね」ひかりさんはおちゃめに舌を出して見せた。「そのゴッホさんは、絵の才能があったと思う？」

「もちろん」さちはうなずいた。だからこそあんなに有名なのだ。

「でも、彼が生きてたときは、絵が全然売れなかったそうよ。売れたのは一枚だけ」

「ウソだー」

「ネットか何かで調べたら判ると思うわ。彼が生きてたとき、周りの人たちは作品を全く評価せず、才能なんてないと決めつけてたの」

「まじ？」

「絵が売れるようになったのはゴッホさんが亡くなった後に、義理の妹さんがおカネを出して個展を何度も開いたからなんだって。それでようやく、彼の絵を評価する人たちが出始めて、評判が広がっていったの。もし義理の妹さんが何もしなかったら、ゴッホさんはほとんど誰にも気づかれないまま、作品も埋もれたままだったかもしれないわね」

「ふーん」それが本当だとしたら、ゴッホに才能があったという常識は、もしかしたら正しくないのかもしれない。さちは「じゃあ、才能って何なのかなあ」とつぶやいた。

「私の考えを言ってもいい?」ひかりさんがちょっと思わせぶりな笑い方をした。

「うん」

「あのね、才能なんていうのは、結果を出した人が受ける称号に過ぎないと思うの。称号って判る?」

「うん。ゴッホなら印象派の巨匠」

「そうそう。ゴッホさんは才能があったから有名になったんじゃなくて、結果的に有名な画家になったから、才能があったとみんなが認めてるだけなんじゃないかしらね」

「へえ」さちは、ひかりさんをまじまじと見返した。

才能があったから結果を出せたんじゃなくて、結果を出したから才能があったと認めてもらえる。今まで思っていたのとは真逆ともいえる発想に、さちは、まるでミステリーのどんでん返しみたいだなと思った。

このおばあちゃん、いったい何者なんだろう。単に書道や料理が上手なだけの人じゃないような気がしてきたんですけど……。

「でも」とさちは口を開いた。「私が作家になるなんて、やっぱりあり得ないと思う。なりたくてもなれない人がたくさんいるのに、そんなこと考えたこともなかった人間がなれるとは思えないよ」

「ふうん」ひかりさんは笑っている。「じゃあ、なれるかどうか、チャレンジしてみるっていうのはどうかしら。それでなれないと思ったらそれでいいし、もしかしたらなれるかもって思ったら、人生の可能性が広がって、ちょっといい気分になれるかもよ」

「どういう意味？　童話や小説を書いてみるってこと？」

「いきなり書こうとしても、それはちょっとハードルが高いわよね」やっぱりひかりさんは笑ってる。「でも、歩きながら二人で、こんなお話はどうだろうっていう、ごっこ遊びをやってみるのはどうかしら」

「ごっこ遊び？」

「そう。私が子どもの頃は、テレビやゲーム機はもちろん、おもちゃもほとんどない時代だったから、いろんなごっこあそびをやったのよね。かくれんぼや鬼ごっこはもちろん、花いちもんめ、けんけんぱー、下駄隠し……」ひかりさんは思い出しているのか、上の方を向いて指を折った。「学校からの帰り道が同じだった、近所の一つ上のお姉ちゃんがいてね、二人で歩きながら、いろんなお話を空想しながら、交代でその続きがどうなるかっていうのを言い合ったりしてた時期があったの。割と楽しかったわよ」

「ひかりさんたちが考えた遊びだったの？」

「まあ、そういうことね」

「ふーん」

「さっちゃんの家に着くまでの間にどんな話ができるか、やってみない？」

「別にいいけど……」

っていうか、意味がまだ今ひとつ判らないんだけど……。まあ、やってるうちに判ってくるかも。

「じゃあ、例えば……」ひかりさんは周囲を見回して、「あ、そこに咲いてるタンポポ」と立ち止まって指さした。

前は洋食屋か何かだったけれど今は空き店舗になって、店の前の駐車スペースには黄色と黒のトラロープがかかっている。そのアスファルトの駐車スペースのひび割れたところから、一本だけ黄色いタンポポが生えていた。

「あのタンポポを主人公にして」ひかりさんは続けた。「どんな話ができるか、やってみようか？」

「うん、まあ。でも、できるかなあ」

再び歩き出したところでひかりさんは「じゃあ、言い出しっぺの私からいくわね」と笑ってうなずいた。「そのタンポポさんは、誰もやって来ない空き地の隅っこにぽつんと生えていました」

「隅っこじゃなかったよ」

「そうね。でも話を作るときには、そういうところは自由に変えていいってことにしようよ」

「判った」

「誰も来ない空き地の隅っこに生えていたから、そのタンポポさんは友達がいませんでした。この後どうしようか」

ひかりさんに促されて、さちは考えた。

「えーと……お花の友達はいないけれど、ときどきチョウチョやトンボ、バッタなどがやってくることがあります。でも、タンポポさんが、こっちに来てお話ししようよと声をかけても、ほんのちょっとしかそばにいてくれません」

「あら、いいじゃないの」ひかりさんがちょっと驚いたような顔でさちを見返した。

「どうしてチョウチョさんたちはちょっとしかそばにいてくれないのかしら」

「空き地の奥の、その先の方には、いろんな花がたくさん咲いている公園があるから。そこに行けばチョウはいろんな花の蜜が吸えて、バッタはいろんな葉っぱをかじることができるし、虫の仲間たちもそこに集まるから。だからこの日も近くまで飛んで来たチョウチョが言いました。ここはタンポポが一本だけかー、つまんないなー、やっぱり向こうの公園に行こうっと」

「さっちゃん、いいじゃないの」ひかりさんが風呂敷包みを脇にはさんで拍手した。

「まるで絵本を読んでるみたいに、頭の中に情景が浮かんでくるわ」

ひかりさんはおだてるのが上手い。わざとほめてくれていることは判ってる。それでも悪い気分ではない。

「タンポポさんは、どうして自分だけこんなに誰も来ない、さびしいところにいるんだろうと思いました」と、さちは続けた。「でもよく判りません。気がついたときにはここにいたからです」

「タンポポさんは独りぼっちでかわいそうね」

「この後どうしよう。ひかりさんならどうする?」

「そうね。このままだと暗い話で終わってしまいそうだから、何かいいことが起きるというのは?」

「いいことか……人間の女の子がタンポポに気づいて、登下校の途中に声をかけてくれるようになりました。その子も友達がいないから、タンポポさんの気持ちが判るの」

「なるほど、いいわね」

「それから毎日、女の子が話しかけてくれるようになります。タンポポさん、こんにちは、今日はいい天気ね。でも明日は雨が降るらしいよ、とか。あと、昨日見たテレビの話とか、どんな食べ物が好きかとか、いろんな話をしてくれました」

するとと、ひかりさんが「晴れの日が続いたときは、女の子が水筒の水をかけてくれることもありました」とつけ加えた。

「女の子のお陰でタンポポさんはいくらかさびしさがまぎれるようになりましたが、気がつくと年を取って、黄色かった花びらが落ちて、代わりに白い綿毛がついていました。そろそろ寿命だなとタンポポさんは判っています。次に女の子が来てくれたときには、お別れとお礼を言おうと思いました。人間の友達ができてよかったと心から思いましたが、やっぱり満たされない気持ちが残りました。タンポポさんはやっぱり、お花の友達や虫の友達が欲しかったなあと思うのです」

「そうね」ひかりさんが小さく二度うなずいた。「タンポポさんはお花だものね」

「最後の日、タンポポさんは女の子にお礼を言おうとしましたが、もう年を取り過ぎて、意識が遠のいていました。かすれるような声で、今までありがとうと言うのがやっとでした。すると、女の子は綿毛のタンポポの茎の真ん中辺りを、ぷちんとちぎりました」

「あら」ひかりさんが片手を口に当てた。「ちぎっちゃったの?」

「駄目かな」

「ううん、大丈夫。さっちゃんには何か考えがありそうね」

そのとおり。綿毛の様子を想像した途端、ラストシーンが頭に浮かんだのだ。

「タンポポの綿毛を持った女の子は、近くの公園に行きました。公園には花壇がある他、いろんな木や草も生えています。女の子はまず花壇に向けて、綿毛をふーっと吹きました。綿毛は風に乗って、花壇のあちこちに飛んでゆきます。さらに女の子は遊歩道の隅っこや、大きな木の根元などにも綿毛を撒《ま》きました。そして綿毛のいくつかは、女の子の服にひっつきました。そしてそのまま女の子の家まで運ばれて、女の子が家に入る前に服から離れ、風に乗って、庭の隅っこに落ちました。やがて、あちこちで新しいタンポポが芽を出し、生長し始めました。女の子の家に咲いたいくつかのタンポポたちは、女の子から、おはようタンポポさん、と声をかけられるたびに、何だかちょっと、なつかしい気分になるのでした。おわり」

「素敵ー」ひかりさんが風呂敷包みをまた脇にはさんで、結構強めの拍手をしてくれた。

「まるで有名な作家さんが作ったお話みたい。女の子がちぎったときには、えっ？と思ったけれど、そういうことだったのね。さっちゃん、すごいじゃないの」

「そうかな……」

「きっと、読み語りが上手で、いろんなお話を読んできたから、いつの間にかお話を作り出す能力も磨かれていたのよ」

　さちは「うーん」と首をかしげたけれど、まんざらでもない気分だった。

「このお話、ノートに書いてみたら？　ひとみちゃんたちにそれを読んであげたら、きっと目を輝かせて聞いてくれるわよ」

　ごっこ遊びで始めただけだったのに、まあまあのお話が完成してしまった。

　そして気がつくと、さちの家まで、あと数十メートルのところまで来ていた。

奇妙な感覚だった。いつの間にかお話の続きを考えることに夢中になってしまい、歩いた記憶があいまいだった。ゾーンに入ってた、というやつだろうか。

帰宅後、さちが各科目のドリルで今日やったところを見せると、おじいちゃんが

「ん? やってないところがあるぞ」と言った。

さちが、ひかりさんから教わった効率的な勉強法をやってみることにしたと説明すると、おじいちゃんは少し顔をしかめて「本当にできるところだけを飛ばしたのか?」と聞いてきた。

「もちろん。ウソだと思うのなら、今日飛ばした部分、どこでもいいから選んでよ。すぐに答えを書くから」

おじいちゃんは「じゃあ、これだ」と算数の図形の問題を指さした。さちが鉛筆でさらさらと答えの出し方と答えを書き込むと、おじいちゃんはそれを確認して、「ふーん、ま、言われてみれば、判ってる問題をやっても時間の無駄かもしれないな。その分、早く先に進めるって理屈だ」

「そういうこと」

「まあ、本当にいい結果がでるのなら、それに越したことはない。しばらくやってみて、その方がいいと確信できたら、続ければいいがね」

でも、おじいちゃんの表情は、ちょっと疑ってるみたいだった。

自分の部屋に入り、さちは新品の自由帳に、帰り道に作った話を書き始めた。ひかりさんの誘導があったけれど、だいたいは自分で作った話なので、まるでさっき読んだ絵本の内容を復唱するかのように、すらすらと書けた。

いつもならゲームをしたりマンガを読んだりする時間が、この日はお話を書く時間に変わった。自分がちょっと興奮していることが判る。

いつの間にか、時間が経っていた。お母さんの「さち、いるのなら返事をしなさいよ」という声で我に返った。振り返ると、ドアを開けたお母さんが、ちょっと怒った顔で立っている。

「あら、勉強してたの?」

「うん、まあね」

さちはごまかしてノートを閉じた。このことはまだ、ひかりさん以外には内緒。

4

さちは、ここ十日ほどの間に、ずいぶんと気持ちが楽になってきたことを自覚していた。

できる問題は飛ばせばいいということが判り、ドリルの進み具合が二・三倍ぐらい速くなった。この感じでいけば、学校の勉強に遅れる心配はない。ずっと心の中で膨らんでいた不安が、意外なほどに、すっとかき消えた感じだった。

くすのきクラブへの登下校中に、一人で新しいお話を考えてみる、ということもやってみた。でも、タンポポの話ができたときと違って、なかなか上手くいかない。誰を主人公にするかという段階で、あれもダメ、これもダメとなってしまったり、話が動き出したと思ったらその先をどうしていいか判らず足踏み状態のままになってしまったりして、結局は尻すぼみで終わってしまう。タンポポの話が作れたのは、ひかりさんの誘導があったからなんだろうか。

水曜日の夕方、またお母さんが怒りながら帰って来た。先々週、認知症らしいお年寄りを保護して交番に送り届けた一件で、警察署から感謝状を渡したいという連絡がタクシー会社に入ったのに、会社はお母さんに何も聞かないまま、勝手に断ったのだという。会社側は「公共の交通を担うタクシー運転手として当たり前のことをしただけだから」という言い方で辞退した、とのことだったけれど、お母さんは「私が感謝状を受け取ったら、就業規則違反だと私に注意してきた部長のメンツが潰れるからよ。あー、やだやだ、何て器の小さい奴」と、またもや怒った野良猫みたいな顔で缶酎ハイのプルタブを引いた。

さちは、ひかりさんから教えてもらった、美味しくなる米の研ぎ方のことは、当分の間はお母さんに言わないでおくことにした。言い方とかタイミングを間違えたら、あの怒った野良猫みたいな顔になって「普段ご飯を作ってないくせに」「私が炊いたご飯が不味いわけ？」などとキレられるかもしれない。それに、お母さんが炊いてくれるご飯が美味しくないとは思っていない。いつか、大丈夫そうなタイミングがあれば、そのときに教えてあげればいい。

木曜日の帰り道、洋食屋か何かの空き店舗で改装工事が始まったようだった。駐車場にトラックが停まっていたので、割れ目から生えていたあのタンポポは無事だろうかと覗き込んだら、不運にもタイヤの下敷きになっていた。タイヤの下からかろうじて、黄色い花びらの一部が見えている。

あーあ。工事が始まると知っていたら、掘り起こしてどこかに移すことができたのに。さちが「助けてあげられなくてごめんね」そう声をかけると、タンポポは「気にしないで。それより、素敵な話を作ってくれてありがとう」と返す。そんなやりとりを想像した。

金曜日になり、子ども料理教室ではサンドイッチとサラダを作った。サンドイッチは卵サンド。鍋でゆで卵を作り、それを包丁で細かく刻んでマヨネーズで和《あ》え、塩コショウを少し振って味を整え、それを薄切り食パンにはさんで出来上がり。ゆで卵は、十分ぐらいぐつぐつやらないとできないと、さちは思っていたけれど、三分ぐらいぐつぐつやれば、後はそのまま十分ぐらい鍋にふたをしておけば、余熱で出来上がるということを知った。卵を細かく切る作業は、高学年以上の子が担当し、低学年の子たちはみんなが持ち寄ったサラダ用の野菜を手でちぎる作業をした。大人の人たちは千切りキャベツやオニオンスライスを担当したけれど、井手さんもマイさんもみんな上手くできず、ひかりさんがトントントントンと器用にキャベツを切るのを見て、「すごい」と目を見張っていた。井手さんとマイさんの二人は結局、大きめのピーラーを使ってキャベツの千切りを作ることになった。

サラダはみんなが持ち寄った野菜をいったん大きな鍋の中で混ぜて、ドレッシングをかけ、それを取り分けた。そのせいで、たくさんの種類の野菜が入っていてにぎやかだった。誰かが持って来てくれた、皿うどんのパリパリ麺を砕いたものや、砕いたミックスナッツなんかも入っていて、食感がいい。子どもたちの間ではロングコーンが人気で、さちは一つ、ひとみちゃんに分けてあげると、「いいの？」と目を輝かせて喜んだ。マイさんが淹《い》れてくれた紅茶も、卵サンドの味とマッチしていて美味しい。砂糖なしの紅茶をさちは初めて飲んだけれど、サンドイッチのときにはこっちの方がいいと思った。

昼食後、二階の部屋でいつものようにドリルを始めた。ひかりさんは子どもたちの名前を完全に覚えていて、一人一人をさんづけで呼んでいる。だいたいの子は苗字で呼ばれるけれど、さちとひとみちゃんは、下の名前で呼んでくれた。ひとみちゃんも既に、ひかりさんに対する警戒心はなくなったようで、猫の絵を描きながら「隣のお家の窓からいつも外を見ているトラ猫。ひとみが家の前を通るとき、外に出られていいなーって、うらやましそうな顔をする」と説明した。

さちがドリルをやっているのを、ひかりさんが後ろから覗いている気配があった。何も言われなかったけれど、さちが判っている問題を飛ばしてやっているのに気づいたようだった。ドリルを終えて、低学年の子たちに読み語りをしているときにもひかりさんは後ろに座って一緒に聞き、読み終えると拍手をしてくれた。

ひかりさんと一緒の帰り道、さちは、またお話を一緒に作ろうかと、ひかりさんが持ちかけてくるのを待っていたけれど、ひかりさんは「くすのきクラブの子どもたちは、身体を動かす機会がないみたいね」と言ってきた。「身体をたっぷり動かした方が、ご飯も美味しくなるし、夜もぐっすり眠れると思うんだけど」

「くすのきクラブにはグラウンドとか遊具とかがないから……」

「そうね。レクリエーションで何かできたらいいと思うんだけど……さっちゃんは、何か得意なスポーツってあるの？　すばしっこそうだから、駆けっこなんか速いんじゃない？」

「ううん」さちは頭を横に振った。「駆けっこは遅いし、ドッジボールも下手ですぐにアウトになるし、身体が小さいから体育でやった相撲なんかも勝ったことなくて」

「あら、そうなの」ひかりさんは笑っている。「でも、身体が小さいことは、マイナスばかりじゃないかもよ」

「うん」さちはうなずいてから「登り棒とかうんていは、まあまあ得意だった。鉄棒も、前回りと逆上《さかあ》がりが連続でできる」

「なるほど。身が軽い分、そういうのは他の子よりも有利なのね」

「だから、うちのおじいちゃんが、スポーツクライミングをやってみたらどうだって。向いてるんじゃないかって言われたんだけど……」心の中で、そんなの無理だよね、とつけ加える。

「スポーツクライミング？」

「えーと……壁にいろんな色や形の突起物がついてて、それをつかんだり足をかけたりして登る競技」

「ああ」ひかりさんがうなずいた。「テレビで見たことあるわ。割と新しい競技なのかしらね。うん、確かにさっちゃんだったら向いてるかもね」

またまたぁ。でも、無責任なお世辞と判っていても、ひかりさんにおだてられると、なぜかちょっとだけ、その気になってくる。

もともと、スポーツクライミングというものに興味があったわけではない。つい最近までは、そんなものを自分がやるという発想すらなかった。おじいちゃんやお母さんから向いてるんじゃないかと言われても、からかわれてるような気がして、自分でふたをしていた。

でも、ひかりさんと出会って、本当にできないことと、単にできっこないと思い込んでいることとは違うということを学んだ。くすのきクラブでの自主学習もやり方次第で学校の勉強よりもはかどる可能性があることが判ったし、大好きなことを頑張れば、自分だっていつか何かで活躍できるかもしれないと思えるようになった。そのお陰で、スポーツクライミングというものにも少し関心が湧いている。登り棒やうんていは確かに他の子よりもできたのだから、向いているかもしれない。できっこないと最初からあきらめたら、何もしないまま人生が終わってしまうことになる。やってみて駄目でも、落ち込む必要なんてない。他の何かにまたチャレンジすればいいのだから。

空き店舗になっている、洋食屋か何かだったところに差しかかった。昨日やっていたのはどうやら改装工事ではなく、単に建物内から物を運び出しただけだったようで、同じ風景に戻っていた。ただし、あのタンポポは潰れて倒されて、早くも干からびかけていた。黄色かった花びらもくすんできている。

ひかりさんも気づいて「あら、タンポポが倒れてるわね」と言った。

「うん。昨日、トラックが停まってて、ひかれてた」

「あらそう……でも、根っこが残っていれば、また生えてくるわよね」

「そうなの？」

「植物はたいがい、根っこが生きてたらまた生えてくるものなのよ。思ってるよりうんと強い生き物なの」

「あー」そういえば、お母さんはときどき、使い終わったネギや豆苗《とうみょう》の根っこ部分をコップの水に浸けておいて、また育てているではないか。

そうか、あのタンポポはまだ生きてるのか。よかった、よかった。

ひかりさんは気を取り直したように「また何か、お話を考えてみようか？」と提案してきた。さちは飛びつくように「うん、いいよ」とうなずいた。

「じゃあ……」ひかりさんは辺りを見回してから「例えば、そのトラロープなんかは？」

駐車場の前には、立ち入り禁止の目印としてトラロープが張ってある。

「トラロープ……」そんなお題でお話が作れるものだろうか。

「黄色と黒だからトラロープって言うのよ」

「それは知ってるけど……トラロープが主人公なの？」

「主人公じゃなくてもいいわよね。トラロープが出てくる話でもいいし」

「ふーん」

「例えば、こんな話は?」ひかりさんはちょっといたずらっぽく笑った。「使い道がなくなった短いトラロープが捨てられていました。自分はもう誰かの役に立つことなんてないと落ち込んでいます。雨風にさらされて、朽ち果ててゆくだけなのか。そこに、尻尾のないトラが通りかかる」

「尻尾のないトラ?」

「他のトラとのケンカで咬みちぎられちゃったとか、人間が仕掛けた罠に尻尾をはさまれちゃって、無理して脱出しようとしたら取れちゃったとか」

さちは、ぷっと噴き出した。

「面白いけど、トラロープが落ちてるような場所は人間が住んでるところだから、そこへトラが通りかかるというのはちょっと無理があるかなあ。それに、トラロープをどうやってそのトラのお尻につけるのかっていう問題があるし」

言ってからさちは、しまったと思った。せっかくひかりさんが考えてくれた話にケチをつけてしまった。

でも、ひかりさんは「そうねー」と素直にうなずいた。「ちょっと強引過ぎる設定だったみたいね。さっちゃんは読み語りをたくさんやっているせいで、話のつじつまが合わないところがあると、すぐに気づくのね。さすがだわ」

さちはほっと胸をなで下ろしながら、だったらどういう話があるだろうかと考えてみた。

トラは強い。走るのも速い。勇敢で、身体が大きいのに敏捷《びんしょう》……。

トラロープに、トラの能力が宿っているとしたら……。

うーん、思い浮かばない……。

このお題は駄目そうだなと思った次の瞬間、従弟《いとこ》のヤッ君のことを思い出した。今は小学校一年生だけど、幼稚園の年中さんのときに、動物を模した五人組戦隊ヒーローのタイガーが大好きで、タイガーがつけているベルトを欲しがっていた。クリスマスプレゼントでヤッ君はそのベルトをついに手に入れ、よほどうれしかったようで、お正月にうちに遊びに来たとき、そのベルトを腰に巻いていた。さちはそれを見て笑いをこらえていたけれど、公園に遊びに行ったときに、ちょっと驚かされた。以前はロープを持って登るつき山を怖がって全くやろうとしなかったヤッ君が、「やってみる」と言い出し、途中で泣き出すこともなく、すんなりと登り切ったのだ。子どもは短期間のうちに成長することはあるけれど、さちはタイガーベルトを巻いていたお陰で、戦隊ヒーローのタイガーになりきって、できなかったことができたのだと思った。

さちは頭の中でだいたいの話をまとめ、「ええとね……」と前置きしてから言ってみた。「幼稚園ぐらいの男の子が主人公でね、彼は変なことをしてみんなを笑わせるのが得意だけれど、運動は苦手なの。だから、鬼ごっこをするときはわざと転んで、痛てててて……なんて言いながら苦笑いでタッチされたり、ジャングルジムも怖くて登れないから、登るフリをしながら下の方でクイズを始めたりしてごまかしてるの」

「頭がいいのね、その子」

「でもやっぱり、運動が苦手だということは嫌だったのね。そのうちみんなにバレるんじゃないかと、ひやひやしてたの」

「子どもには子どもの悩みがあるものよね」

「それである日、その子は短いトラロープが公園の隅っこに落ちてるのを見つけるの。で、とっさに思いついて、そのロープをズボンの後ろに突っ込んで、尻尾みたいに垂らしたの。するとみんなが、あ、トラの尻尾だって指さして笑ってる。でもその男の子は、トラの尻尾だっていう言葉を聞いたとたん、自分にはトラの尻尾がついている、自分はトラになりかけてるんだと思っちゃうの」

「いいわねー」ひかりさんがいっそう目を細めた。「私も小さいときは泳ぐのが苦手だったから、自分は人魚の末裔《まつえい》だって暗示をかけたことがあったわ。そしたらちょっとずつだけど、水が怖くなくなってきたのよね」

「その男の子は、鬼ごっこが始まっても、この日はなかなか捕まらなくなった。自分はトラになったから、もっと走れるんだと思ってる。で、本当になかなか捕まらないの」

「もともと自信がなかっただけなのかもね」

「うん。で、最後には、一度も登れなかったジャングルジムもすいすい登って、てっぺんで、がおーって吠えるの。周りの子どもたちには一瞬、本当にトラがいるように見えましたとさ。おしまい」

「面白いわー」ひかりさんが拍手した。「この話、絵本にしたらいいかもね」

「でも私、絵は得意じゃないから」

「最初から得意な人なんていないわよ」ひかりさんが笑いながらうなずいた。「多分、ゴッホさんだって、最初はたいして上手じゃなかったんじゃないかしらね。それでも絵が好きで、描いてるうちに上達していったんだと思うわよ」

「ひかりさんも、最初は字が下手だったの？」

「うん、下手も下手。親からは、鉛筆を口にくわえて書いたのかって言われるぐらいに、ミミズが這《は》ったような字だったのよ、小学校低学年の頃は」

「ウソー」

「ほんとよ。でも、字が上手なクラスメートの女の子がいて、その子が丁寧に書いてるのを真似するようになって、だんだんとちゃんとした字が書けるようになったの」

「へえー。じゃあ、料理とか裁縫も？」

「もちろん。初めておにぎりを握ったときのことなんか、よく覚えてるもの。いびつな形になっちゃって、しかもすぐにくずれちゃって、手にご飯粒がいっぱいついて取れなくて大泣きしたわよ。人間誰でも、最初はそんなものよ。でも、続けるうちにだんだん上達してゆくものだから。そこが人間のいいところなのよね」

「ふーん」

そういえば、体操で金メダルを獲った内村航平《うちむらこうへい》選手は子どものとき、大会に出ても全然入賞できなかった様子をスポーツ番組で見たことがある。ボクシングの世界チャンピオンになった内藤大助《ないとうだいすけ》選手も、子どものときはいじめられてよく泣いていたらしい。それでも、こつこつ続けるうちに、他の人を追い抜いて、大きく引き離して、ついには世界一になった。ひかりさんも言っていたけれど、才能があったから世界一になったんじゃなくて、世界一になったから才能があったと言われるだけなのかもしれない。

気がつくと、家の近所まで来ていた。マンションが見えてきた。

「さっちゃん、ちょっとそこの公園に寄ってみない？」

「えっ？」

「ほら、そこのマンションの横にできた公園」ひかりさんはその方向を指さし、「ぶら下がれるところで背筋を伸ばしたいのよ。年寄りはほら、放っておくとだんだん背中が曲がってくるから」

「ひかりさんは背中曲がってないよ」

「今はそうだけど、伸ばす運動をしておいた方が予防になるんじゃないかって、最近思うようになったのよね」

特に断る理由もないので、さちは「別にいいよ」と同意した。時間もたいしてかからないだろう。

公園は、ブランコに小さな女の子が乗っていて、若いお母さんが背中を押してあげていた。いるのはその二人だけ。ひかりさんは若いお母さんに「こんにちは」と声をかけた。若いお母さんも同じ返事をしたけれど、ちょっと戸惑ったような感じの微妙な笑顔だった。

ひかりさんは風呂敷包みをベンチに置いて、すべり台とつながっているうんていのバーの一つにぶら下がった。子ども用の遊具なのでひかりさんが両手を上げるだけでバーに届く。普通にぶら下がると足が地面についてしまうので、ひかりさんはひざを少し曲げて両足を浮かせた。

「あー、気持ちいい」ひかりさんが笑って目を閉じた。「詰まってた背骨の隙間が伸びて、筋肉がほぐされてく感じがする。ぶら下がるだけでも私にとってはいい運動になるわ」

空は晴れていたけれど、雲が動いて太陽を隠したようで、急に周りの景色が、カーテンをかけたみたいに暗くなった。

十数秒間ぶら下がってから、ひかりさんは両手をバーから離した。片腕ずつ、くるんと回して「ちょっとだけ背が伸びたかも」と笑う。

ひかりさんが気持ちよさそうだったので、さちもちょっとやってみたくなった。「私も少し、うんていやってもいい？」と聞くと、ひかりさんは「もちろん。やってみせて」とうなずいた。

リュックをベンチに置いて、うんていを見上げる。学校にあるうんていよりも距離が短いから楽勝だ。さちは軽くジャンプしてすべり台側のバーに飛びつき、左右交互に進んだ。一バーの一つ一つをいったん両手で握るやり方ではなく、常に左右の手のどちらかが前に出ている形のやり方で、難易度が高くなるけれど、さちにとってはさほど大変なことではない。

端まで到達し、今度は一つ飛ばしで折り返した。小柄なさちにとっては、ちょっときついけれど、学校のうんていよりもバーとバーの幅がせまかったので、割とやりやすかった。ブランコに乗っていた女の子が「あのお姉ちゃん、すごいねー」と言い、お母さんが「ほんとねー、おさるさんみたいねー」と答えるのが聞こえた。おさるさんみたい、という表現はちょっと微妙だぞ。

往復を終えて降りると、ひかりさんが満面の笑みで細かい拍手をした。

「さっちゃん、すごいわー。そんなの、運動神経のいい男の子でも、なかなかできないんじゃない？」

「いや、そうでもないと思うけど……」

「スパイダーマンみたいだったわよ」

「スパイダーマン……ひかりさん、知ってるの？」

「孫が二人いるって言ったと思うけど、家で録画してある番組の中にスパイダーマンの映画もあって、観たことがあるのよ。ほら、孫たちと共通の話題がある方がいいでしょ。だからたまにこっそりそういうのを観たりしてるの」

「へえ」さちは、スパイダーマンというキャラクターは知っているけれど、映画は観たことがなかった。確か、シリーズ化されているはずだ。

「期待してなかったけれど、いい映画だったのよ、それが。もともとは気の弱い男の子がクモに噛まれたことがきっかけでスパイダーマンの能力を身につけることになるんだけれど、その事実に気づいたお父さん、本当のお父さんじゃなくて育ての親になってくれたおじさんなんだけど、彼がこう言うの。大いなる力には大いなる責任が伴う、って」

「はあ……」どういう意味だ？

「スパイダーマンになった男の子は、悪いことをする連中をやっつけ始めるんだけど、嫌いな人が悪者に襲われてるときにはわざと助けなかったり、女の子とデートしたいから事件に遭遇しても知らん顔したりすることがあったの。だからおじさんは、大いなる力というのは自分の都合だけで使ってはいけない、世の中のために使わないといけないよって諭《さと》したわけ」

「ふーん」判るような、判らないような……。まあ、映画を観てみれば実感できるかも。

「ところで、さっちゃんのおじいさんが言ってたそうだけど、スポーツ何だっけ？」

「スポーツクライミング」

「そ。さっちゃんなら選手になれるかもよ。今のうんていを見て、私思ったわ」

「そうかな」

「さっちゃん、逆上がりができるのよね」

「できるよ」

「けんすいは？」

「けんすい……」それはやったことがない。「どうかなあ。力にはあんまり自信がないな」

「スポーツクライミングというのは、ぶら下がった状態から腕を曲げて身体を引っ張り上げる力が必要みたいだから、けんすいができるようになったら、本当に選手を目指せるんじゃないかしらね」

そんな単純なものじゃないよ、と言いかけたけれど、確かにそういう力がスポーツクライミングには必要だということは判る。この前テレビで見たスポーツクライミングの飯田早希選手も、肩の後ろ側や背中の筋肉が神社のしめ縄みたいに隆起《りゆうき》していた。

さちは「ちょっとやってみるね」と再びバーに飛びついた。

が、全く身体は持ち上がらなかった。いったん下りて、今度は逆手握りでぶら下がってみたけれど、やっぱり駄目だった。逆手だといくらかは腕を曲げることができたけれど、ほんの少しだった。

「駄目だ」着地したさちは顔をしかめ、両手を腰に当てた。「やっぱり力がないみたい」

「さっちゃん、チャレンジしてみない？」ひかりさんが思わせぶりな笑い方をした。

「チャレンジ？　何の？」

「けんすいチャレンジ。毎日、帰りにここに寄って、けんすいの練習をしてみるの。何日か経ったら、必ず一回できるときがくるよ。そうなったら、二回目ができるのは案外早いと思うわよ。そうして続けるうちに、三回、四回と増えていって、気がついたらびっくりするぐらいの回数になってるの」

そんなの無理に決まって――と言いかけて、さちはふと考えた。

最初は体操が下手だったけれど金メダリストになった人もいるし、いじめられて泣いてたけれどボクシングの世界チャンピオンになった人もいる。ひかりさんだって、最初は字が下手で、おにぎりもちゃんと握れなかったと言っていた。

こつこつ続ければ、できなかったことができるようになる。それが人間のいいところ。

毎日ここに寄って、ちょっとだけけんすいの練習をするぐらい、たいした手間じゃない。

やってみてもいいかな。何日経っても駄目そうだったら、やめればいいんだし。何もやらないままだったら、できるかどうかさえ判らないで終わってしまう。最近まで、目玉焼きが作れなかったのに、今は作れる。

「でも、できるようになるかなあ」さちは首をかしげた。「一回もできない子と一回できる子では、かなりの力の差がある気がするし」

「そうでもないと思うわよ」ひかりさんは笑って小さく頭を横に振る。「腕が伸びきった状態から上がるのは大変だと思うけれど、腕を曲げてぶら下がって、ゆっくりと腕を伸ばしてゆくやり方から始めてみれば？」

「腕を曲げた状態から始める？」

「そう。それならできるでしょ。それを、そうね……まずは三回ぐらいから始めてみたらどう？　ほとんど休憩を入れないで五回できるようになったら、きっと腕が伸びきった状態からのけんすいができると思うわよ」

「本当に？」

「約束するわ」ひかりさんはゆっくりとうなずいた。「そういうやり方をネガティブトレーニングって言って、筋力をつける有効な方法なのよ」

「ネガティブトレーニング？　ひかりさん、どうしてそんなこと知ってるの？」

「この前会った白壁さん、ほら、空手の先生をやってる」

「ああ、あの人」坊主頭で分厚い身体をした、いかついおじさんを思い出す。

「あの白壁さんから教えてもらったの。足腰を丈夫にするためにってスクワットを勧められて、家でときどきやってるんだけど、立ち上がるときよりも、しゃがむときにこそ脚の筋肉に負荷をかけることを意識して、ゆっくりと身体を沈めるようにすると、うんと筋肉を効率的に鍛えられるのよ。立ち上がるときよりもむしろしゃがむときの方が大事ってこと。けんすいも同じで、上がるときよりも下がるときこそが、必要な筋肉を鍛えるために重要なのよ」

「へえ」

半信半疑のまま、その場で何度かスクワットをやってみた。最初は普通にやる感覚で三回やってみてから、次にしゃがむときにわざとゆっくりと、体重を支えてることを意識してさらに三回やってみる。

おお、本当だ。全然違う。脚の筋肉がしっかり鍛えられてる感覚がある。同じスクワット三回なのに、こんなにも違うとは。

ひかりさんからは、効率的な勉強法を教えてもらい、それまでずっと抱いていた不安をかき消すことができた。けんすいの練習にも、効率的なやり方というのがあるという、ひかりさんの言い分には、説得力を感じた。

さっそく、うんていのはしご部分に足を乗せてから、近くのバーに、腕を曲げた状態でぶら下がってみた。

腕を伸ばしてぶらさがるのと違って、背中や腕の筋肉が使われていることが判る。さちは少しずつ腕を伸ばし始めた。ひかりさんが「できるだけゆっくりとね」と声をかけてきた。

一回やっただけだけど、確かにけんすいのトレーニングになった気がした。

少しだけ休憩を入れて、さらに二回やった。三回目は疲れが出て、腕を伸ばしてゆく時間が少し短くなってしまった。

さちは疲れた両腕をぶらんぶらんさせながら「よし、このトレーニング、やってみる」と言った。「まずは三回から始めて、慣れてきたら四回、五回と増やしてって、夏休みまでにけんすい一回ができるかどうか、やってみる」

口にしてから大丈夫だろうか、結果的にウソつきになってしまわないだろうかと一瞬ひるむ気持ちになったけれど、ひかりさんが言うんだから大丈夫、と自分に言い聞かせた。

するとひかりさんが「さっちゃんならきっとできるわよ。だって、ドリルだってちゃんとこつこつやってるし、読み語りを続けてきたお陰でお話を作る能力だって身についてきてるんだもの。けんすいぐらい楽勝よ」と笑ってうなずいた。

いや、楽勝ではない、絶対に。

翌日の朝、生まれて初めて背中の筋肉痛というものを体験した。じっとしているときには感じないけれど、上半身をひねると背中の両側にちょっと鈍い痛みを感じる。体育で腕立て伏せをした翌日に胸のつけ根のところが筋肉痛になったり、踏み台昇降をやった翌日に脚が筋肉痛になったりしたことはあるけれど、背中は初体験だった。でも、嫌な痛みではなかった。ちゃんと効果があるトレーニングをやった証《あかし》だと思うと、悪い気分ではない。さちは何度も上半身をひねって、「よし」とうなずいた。

けんすいというのは腕の力が大切だと思っていたけれど、腕は別に筋肉痛になっていなかった。登校前に家族共用のパソコンで「けんすい　筋肉」のワードで検索してみたところ、けんすいでは広背筋《こうはいきん》という背中の筋肉がメインに働き、二の腕や前腕はそれを補助する役目を担っている、とのことだった。ついでに「ネガティブトレーニング」についても調べてみると、確かにそういうトレーニング方法が筋肉を発達させるには有効であることが解説されていた。例えば胸の筋肉を鍛えるベンチプレスの場合、素人《しろうと》はバーベルを持ち上げるときにだけ力を使って、下ろすときに力を抜いてしまうが、それだと途中で筋肉への刺激が逃げてしまって、トレーニングとしては効率が悪い。バーベルの重さに抵抗しながらゆっくりと下ろすことで、同じ一セットのトレーニングの密度が大きく変わるのだという。

関連サイトの中には、ものすごい逆三角形で、谷間に指をはさまれたら抜けなくなるんじゃないかと思うほど、でこぼこの男の人の背中の写真もあった。朝食の準備をしていたお母さんにそれを覗かれて「何よそれ、気持ち悪い」と言われた。背中の筋肉について調べていただけだと説明したけれど、「あんた、そういうのに興味があったの？」と返された。

その日は土曜日で、くすのきクラブは休みだったけれど、さちは夕方にマンション敷地内の公園に出かけ、けんすいのネガティブトレーニングを三回やった。次の日曜日は低学年の子どもたちがその遊具で遊んでいたので、自転車で周辺の公園を探し回り、つり輪遊びができる遊具を見つけ、それを使ってネガティブトレーニングをした。背中の筋肉が慣れてきたのか、この日はもう筋肉痛を感じなくなっていたので、四回やった。

日曜日の午後には、ひかりさんに誘導してもらって作ることができた、トラロープの話をノートに書いてみた。やっぱり、ひかりさんがそばにいて、何かきっかけをくれた方が上手くいくようだ。あるいは、ひかりさんがいかにも楽しそうに話を聞いてくれて、ほめてくれるから、お話が作りやすくなるんだろうか……。

その後も月、火、水と、マンション敷地内の遊具でネガティブトレーニングを続けた。

梅雨《つゆ》入り宣言が出た水曜日はさっそく朝から雨が降っていたけれど、夕方に小ぶりになったところでやりに行った。

木曜日には、五回やった。ひかりさんから、ネガティブトレーニングが五回できたら、けんすいが一回できると言われたからだ。五回目はちょっと腕が伸びるのが早くなってしまったけれど、ほとんど休憩をはさまずに五回目ができたことは確かだった。

少しだけ休んで、今度は腕を伸ばしてぶら下がり、本物のけんすいにチャレンジしてみた。心の中で、できる、自分はできると唱えた。

「ほっ」というかけ声と共に腕を曲げる。背中の筋肉が、ぎゅっと縮むのを感じる。

でも、途中まで上がったけれど、あごがバーの高さまで届く前に腕が伸びてしまった。

さちは着地して「駄目かー」と漏らしたけれど、いや、駄目じゃないと思い直した。

一週間前は、ぶら下がった状態から何もできず、全然上がらなかったけれど、今日は途中まで上がることができたのだ。それに、さっきのネガティブトレーニングで筋肉は疲れていた。もしネガティブトレーニングをしていない、筋肉がフレッシュな状態でやってみたら、上がったんじゃないか？

よし、いよいよ明日、本物のけんすいにチャレンジしてみよう。明日は金曜日。ひかりさんの目の前で、けんすいが初めてできるかどうか、試してみるとしよう。

さちはリュックを背負い直しながら「何だか行けそうな気がするー」といつだったか

耳にしたお笑い芸人のフレーズを口にし、「あると思います」と続けた。

5

次の金曜日の子ども料理教室は、お好み焼きだった。子どもはキャベツ、ちくわ、卵などを分担して持ち寄り、スタッフの人たちが豚の細切れ肉、お好み焼き粉、ソース、マヨネーズなどを用意してくれた。みんなでキャベツやちくわを細かく切り、鍋の中で、水分少なめで溶いたお好み焼き粉と具材を混ぜる。混ぜる作業は井手さんがやってくれた。ひかりさんがやって来て「勢いよく混ぜて空気を含ませることが、ふっくら焼き上げるコツなの。頑張ってね」と、井手さんに笑いかけた。井手さんは「任せてください」と応じたけれど、そのときに手元が狂って少し具材を鍋の外にこぼしていた。天かすや紅ショウガ、干しエビなどを持って来てくれた人もいたので、それらもタネに加わえると、ひとみちゃんが「わー、本格的ー」と、調理台に両手をついてぴょんぴょん飛び跳ねた。

この日もフライパンには、ひっつかないアルミホイルを敷いた。確かにこれがあると、フライパンを洗わなくても済む。

焼けてくると、お好み焼き独特のいい匂いが立ちこめた。中学生男子の誰かが「あー、早く食べてぇ」と言った。

ひっつかないアルミホイルを敷いたのは、もう一つ重大な理由があった。お好み焼きは片面が焼けたらひっくり返さなければならないけれど、これが意外と難しい。井手さんが言うには、大きな鉄板で焼いて、大きなコテを二つ使えば何とかなるけれど、フライパンの場合はそうはいかないらしい。大人でも形が崩れたり、フライパンから半分ぐらい落としてしまったりすることがあるという。

でも、ひっつかないアルミホイルがあれば、その問題もクリアできた。

片面が焼けたら、アルミホイルを敷いたままのお好み焼きを皿に移す。これはフライパンを傾けながらアルミホイルの端っこを引っ張れば簡単にできる。そして、皿からアルミホイルだけを引っ張り出す。そして、まだ焼けてない方の面にアルミホイルを載せ、お皿を下から持ち上げて、フライパンを上からかぶせ、皿を押さえつけておいてフライパンごとくるりとひっくり返す。

隣の調理台にいたマイさんが「こんな手があったんだ。私、自分のアパートでお好み焼き作ることがあるんだけど、ひっくり返すのに失敗したくないから、小さいのしか作ってなかったんだけど、この方法なら大きいのも大丈夫そうね」と言った。それに反応して井手さんが「へえ、納富さん、お好み焼き作れるんだー」と目をぱちぱちさせたけれど、マイさんは「ひっくり返すところ以外は難しくないよ。井手さんも作ってみたらいいよ」と答えただけだった。井手さんはきっと、マイさんが作るお好み焼きを食べたいなー、という意味で言ったんだろうけど、その気持ちはマイさんには伝わらなかったようだ。

出来上がったお好み焼きは、コテで二等分して取り分け、ソースを塗り、好みでマヨネーズをかけ、最後に青のりとかつお節をかける。さちがマヨネーズをひし形の網目模様にかけるのを見たひとみちゃんが「私のもやってー」と頼んできたのでやってあげると、「お店のお好み焼きみたいー」と手を叩いた。かつお節がお好み焼きの湯気と共にゆらゆらと躍《おど》るさまが、今のみんなの楽しさを表しているように思えた。

みんなで合わせた「いただきます」の声は、子ども料理教室をやるたびに大きくなっていた。

お好み焼きは焼けた表面はカリッとしていて、中身はふっくらだった。味も、お好み焼き屋さんに負けてない。それをみんなで作ったという気持ちが、余計に美味しく感じさせた。食べながら、次の一枚も焼き始める。普段は小食なひとみちゃんが「私もお代わりするー」と宣言し、本当に一枚分をたいらげた。

その日の午後二時半には、希望者を集めて、空手の白壁先生がやっている道場へ空手体験教室に出かけた。三日ほど前にその告知があり、希望者はジャージなどの動きやすい服装で来るように、と言われていた。さちは最初、空手体験教室なんて痛い目に遭ったり怒鳴られたりするんじゃないかと思って尻込みしていたけれど、サンドバッグを叩いたり蹴ったりさせてもらえるだけで、厳しい練習をさせられるわけではないというので、行ってみる気になった。ひかりさんも同行するということや、白壁先生がひかりさんの書道教室の元生徒で、この前に見たときに、ひかりさんをすごく尊敬してるっぽい態度だったことも、気持ちのハードルを下げてくれた。

車体に〔空手　護身術　白壁会館〕と書いてある白いワンボックスカーが迎えに来てくれて、子どもたちはそれに乗り込み、定員オーバーであぶれた井手さんは自前のスクーターでついて来る形になった。マイさんはくすのきクラブに残って、他の子たちの面倒を見る係になった。

ワンボックスカーを運転していたのは若くて割ときれいな白いジャージ姿の女の人だったけれど、ひかりさんたちスタッフにあいさつをしたときに「押忍、今日はよろしくお願いします、押忍」と両腕で十字を作ってから下に切り裂くような動作を見せたので、空手をやっている人らしかった。顔つきも何だかきりっとしている。

空手と聞いて、さちと同じようにひるむ気持ちになった子たちが割といたようで、この日に参加したのは五人だけだった。ひとみちゃんは空手というものに何のイメージも抱いていないようで、「さっちゃんが行くなら私も行く」と簡単に参加を決めていた。

女子の参加者は、さちとひとみちゃんの二人だけで、あとは中学生男子二人と小六男子一人だった。

ひかりさんはワンボックスカーの助手席に座った。後ろからひとみちゃんが「ひかりさんも空手やるの?」と聞き、ひかりさんは横顔を向けて「私はみんなを連れて行く係ね」と笑うと、ひとみちゃんは「ひかりさんもやればいいのに。やりたくなったら言ってね」と言い、何人かがくすくす笑った。

普段は日本史マンガを読んでいる中学生男子が小声でさちに「空手の先生、怖い人らしいぞ」と言ってきた。「今日行かないって言った子がユーチューブで、若いときの白壁先生がキックボクシングの試合で相手をボコボコにしてるのを見たって。倒された相手は顔が腫れて鼻血だらけだったって」

「それは試合だからじゃないの」

さちがそう答えると、「まあ、そうだとは思うけど……」と中学生男子は言葉を濁《にご》した。

何でそういう余計なことを言うのかな。さちは、心臓の鼓動が少し速くなっているのを感じた。その一方、この男子がこんなふうに声をかけてきたのが初めてだったので、ちょっとドキッとしてしまい、心臓の鼓動はそのせいなのかも、と思った。

十五分ほどで到着した道場は三階建てで、屋上部分には〔空手　護身術　白壁会館〕という看板があった。平日のこの時間は練習している人がいないのか、いくつかの窓が開いていたけれど、かけ声などは聞こえてこなかった。

建物の前が駐車場になっていて、後からスクーターでついて来た井手さんも到着した。井手さんはヘルメットを取って、白壁会館の建物を見上げ、「あー、何か緊張してきたー」と肩をすくめて身体をぶるっと震わせた。

ワンボックスカーを運転した女の人に案内されて、一階で靴を脱いだ。受付窓口にいたのは、その辺にいそうな印象の小柄なおばさんで、みんなが「こんにちは」「お世話になります」と口々にあいさつすると、にこやかに「こんにちは」と会釈を返してくれた。そのお陰で、ちょっとだけ安心した。

裸足で階段を上がった。二階のドアを開けると、白い道着を着たあの白壁先生が一人だけいて、見慣れないポーズで、窓の方を向いて立っていた。

空手の道場というものを、さちは初めて見た。奥には神棚があって、壁側にはさちの身長より長くて太い、確かサンドバッグという名前の練習器具が二つつり下がっている。その他、トレーニング器具らしいものもいくつかある。柔道の道場と違って床は板張り。その板は鈍く光っていて、所々に染みがあった。もしかして血の跡だろうか……。

白壁先生はやっぱりぶ厚い身体をしていた。胸も背中も腕も脚も筋肉でパンパンなのが道着越しでも判る。しかも坊主頭。見た目のいかつさは、さちがこれまでの人生で知ったさまざまなキャラクターの中でもトップクラスだった。

その白壁先生の立ち方が気になった。両手で大きなボールでも抱えているかのような姿勢を取り、脚も少し折り曲げて、微妙にかかとを浮かせているようだった。

ひかりさんが「白壁さん、今日はお世話になります」と声をかけると、白壁先生は奇妙な姿勢をやめて振り返り、「真崎先生、よくいらっしゃいました」と、身体つきにそぐわない子どもっぽい笑顔を見せた。井手さんと男子たちも「お世話になります」とあいさつしたけれど、白壁先生の見た目や道場の雰囲気に圧倒されたのか、元気のない声だった。

でも、ほどなくして始まった空手体験教室は和《なご》やかな雰囲気だった。みんなで輪になって、白壁先生たちがやるのを真似て準備運動をし、基本的な構えをいくつか教えてもらい、突きや蹴りの練習をした。みんなやったことがないせいで、動きがぎこちない。井手さんたち男性陣も、足があまり高く上がらなかったり、前蹴りのときにバランスを崩してよろけたりしていた。でも白壁先生は笑いながら「隣の人にぶつからないように」「無理はしなくていいからね」と声をかけてくれた。そのお陰でみんな、いつの間にか表情から硬さが消えて、リラックスした空気ができつつあった。

ひかりさんは壁際に立って、にこにこしながら見ていた。さちと目が合うと、小さくうなずいてくれた。

「では、サンドバッグを体験してみたい人」と白壁先生が手を上げた。誰も返事をしないで、ちょっと気まずい間ができたと思ったけれど、「いいですか」と井手さんが手を上げた。

「どうぞ」白壁先生はうなずき、「好きなように蹴っていいですよ」と言ったけれど、「でも案外硬いので気をつけてくださいね」とつけ加えた。

井手さんは苦笑いをしてみんなを見返して「笑わないでね」と言ってから、まずは片手でサンドバッグに軽くパンチを入れ、それから右足を繰り出した。あまり高くない、相手の腰ぐらいに当たるような回し蹴りだった。

ぺちんという間の抜けた音がして、井手さんは「痛えーっ」とけんけん跳びになった。「そんなに硬いの?」と中学生男子から聞かれて、井手さんは「むっちゃ硬い。こんなの思いっきり蹴ったら脚が折れるよー」と顔を歪《ゆが》めた。

「サンドバッグの外側はぶ厚い牛革、中には砂がたっぷり入ってるので、初心者にはちょっと厳しかったかもしれませんね」白壁先生は笑ってうなずき「みなさんもよかったら、試してみてください」と言った。

二つのサンドバッグを、みんなが順番に蹴ったり叩いたりしてみた。男子たちがパンチをして「うわっ、硬ぇ」と手首をぶるぶる振ったり、蹴ってみて「蹴れば蹴るほど、こっちがダメージ受ける」と苦笑いした。ひとみちゃんは、手のひらでぺちぺち叩き、なぜか頭突きを入れてから「仲直り」と言ってサンドバッグにハグしたので、笑いが起きた。白壁先生も「いいねえ、サンドバッグとの新しいつき合い方だ」と笑っている。

さちもやってみた。パンチを入れたけれど、確かに拳が痛い。続けて回し蹴りを入れた。あまり高いところに当たらず、すねが痛かったけれど、不登校の原因となった一部の女子たち男子たちのことを思い出しながら、左右の足で何回か蹴り続けた。すねの痛みに耐えきれなくなったところで、サンドバッグを両手で抱えるようにして今度は左右のひざ蹴りを見舞った。ついでに左右のひじ打ち。

息が上がって、我に返った。振り返ると井手さんや男子たちが啞然《あぜん》として見ていた。サンドバッグを自分をいじめた相手だと思った途端、変なスイッチが入ってしまったようだった。

なーんてね、とボケようかと思ったけれど、余計に変な空気になりそうだったので黙ってサンドバッグから離れた。

「すごい、すごい」白壁先生が拍手をした。「拳が痛くなったらすねで蹴る。すねが痛くなったら今度はひざやひじを使う。一つの方法が使えなくなってもあきらめないで、別の方法を使う。君には格闘技の素質があるぞ」

さちはあわてて「いえいえ、とんでもない」と手を振った。

「いや、ある。私が言うんだから間違いない」白壁先生は腕組みをしてうなずく。「それに、一つの道がダメでもへこたれないで別の道を進むということは、いろんなことに通じます。苦手な勉強の科目があっても、得意な科目を作ってそっちに力を注げばいい。サッカーやドッジボールが下手でもマラソンは得意だという人だっている。学校が嫌ならフリースクールに通えばいい。ね」

はあ……どう返せばいいか判らず、もじもじしていると、ひとみちゃんが「さっちゃんは読み語りが上手なんだよ」と言い、何人かが笑ったお陰で場の空気がちょっと和んだ。

続いてミット打ち練習になった。先生が部屋の隅から持って来たのはキックミットというもので、パンチやキックを受けるための器具だった。これは柔らかい素材でできているのでサンドバッグみたいに手足はあまり痛くはならない、とのことだった。しかも、手にはパンチ練習用のグローブをはめさせてもらった。装着するだけで武装したような、ちょっとだけ強くなった気分になった。

白壁先生は一人一人順番に、キックミットでパンチやキックを受けてくれた。「もうちょっと、脇を締めた方がいいパンチになるよ」「そうそう、よくなってきた」「おっ、いいキック」などと声をかけてもらううちに、何だか短時間で上達した気がしてくる。ひとみちゃんがやるときには、白壁先生は片ひざをついた姿勢で対応してくれた。

みんなほどよく息が上がったところで、白壁先生が「今日はこれぐらいにしましょう。お疲れ様でした」と拍手すると、みんなも合わせて拍手をした。ひとみちゃんも案外楽しんだようで、「またやりたいなー」と言った。男子たちも、普段と違ってちょっと高揚しているような顔つきになっていた。

「最後にちょっといいですか」白壁先生が急にあらたまった感じの言い方をした。「私は子どものとき、真崎ひかり先生がやっておられた書道教室に通っていました。そのときから始まった真崎先生とのつき合いについて、少しだけみなさんに話をさせていただきたいのです」

どういう話なのかよく判らなかったけれど、みんなうなずくしかなかった。すると白壁先生から「ではどうぞ、その場に腰を下ろしてください」と促され、思い思いの場所に体育座りをした。ひかりさんだけは、にこにこしたまま壁際に立っていた。

軽く咳払《せきばら》いをしてから白壁先生が切り出した。

「私は、小学校低学年の頃は無口でおとなしい子どもでしたが、だんだんとケンカっ早くなってしまって、高学年になるとよくケンカ相手の親御さんが家に怒鳴り込んで来たり、私のおばあちゃんが学校に呼び出されたりといったことをやらかしてました。あ、私は事情があって両親がおらず、おばあちゃんと二人で住んでたんです。でも、弱い者いじめはしませんでしたよ。同じ書道教室に来ている下級生には、駆けっこが速くなる方法を教えてあげたり、逆上がりの練習につき合ったりして、慕《した》われてましたから。実は、真崎先生がそういう私をすごくほめてくれるもので、それがうれしくて下級生の面倒をどんどん見るようになった、という面もあるのです。で、そういう下級生たちが誰かにいじめられたりすると、私がそいつのところに出向いて話をつけようとするわけです。それで結局はケンカになり、ついやり過ぎて相手に怪我をさせてしまったりして、大人たちからは悪ガキだと決めつけられてたんです」

ひかりさんを見ると、静かにほほえんでいるだけだった。あの人と、このごつくていかつい空手の先生がずっと仲よしだというのが、何とも妙な感じだった。

白壁先生がさらに話を続ける。

「中学生になると、私はケンカが強くなりたくて空手の道場に通い始めました。もともと不純な動機で始めたせいで、空手で覚えた技をケンカに使い、上級生にひどい怪我をさせてしまったり、何度か高校生と乱闘して補導されたりしました。その頃、私のおばあちゃんの体調が悪くて、私が補導されても警察署に迎えに来ることが難しい状態でした。そんなときに代わりに来てくれたのが真崎先生でした。私の親戚のおばさんになりすまして、ご迷惑をかけました、よく言って聞かせますからと警察の人に頭を下げてくれたんです。それだけでなく、怪我をさせた相手の親にも頭を下げに行ってくれました。私はもともと、真崎先生にほめられたくて下級生の面倒を見ていたのに、いつしかケンカ騒ぎを起こす子どもになってしまい、逆に真崎先生に迷惑をかけていたわけです。そのことに気づいて、二度と真崎先生に迷惑をかけないぞと心に誓い、高校生になったのを境に私は真面目に空手に取り組むようになりました。最初のうちは先輩から何度もパンチやキックをもらって身体のあちこちが痛くて辛《つら》かったことを覚えています。道場に行くのが怖くて、やめようかと思った時期もありました。でも、師匠も先輩たちもいい人たちで、稽古が終われば気さくに声をかけてくれて、頑張れよと励ましてくれたり、上達する方法を教えてくれたりしました。そのお陰で乗り越えることができ、気がついたら、むしろ稽古でたっぷり身体を動かさないともの足りないぐらいになったんです。そうやって続けた結果、いくつかの試合で優勝できるようにもなりました。でも、私にとって一番大きな原動力になったのは、やっぱり真崎先生でした。先生は試合のたびに、手作りの弁当を持って来てくれたんです。さっきも言ったように、同居している私のおばあちゃんは身体の具合がよくなかったもので、そのことを知っていた真崎先生が、頼んでもいないのに私のために弁当を作って持って来てくれたんです。そのおにぎりやおかずの美味しかったこと。あのときの味は一生忘れません」

白壁先生はちょっと涙声になっていた。一度鼻をすすって、再び話し始める。

「私が今こうやって、曲がりなりにも空手の指導者を続けていられるのは、真崎先生との出会いがあったからこそです。だから今も真崎先生にだけは頭が上がりません。真崎先生のことを今でも慕っている教え子たちは何人もいますが、その中でも一番目をかけてもらったのが私なんです。今日みなさんとこうして出会うことができたのも、真崎先生が話を持ちかけてくださったからです。みなさん、何かのちょっとした出会いが、人生を大きく変えることがあります。だからこそ、出会いというものを大切にしてください。私の話は以上です、押忍」

白壁先生は両拳を胸の前でクロスさせてから振り払うようにして十字を切る動作を見せると、井手さんたちが拍手し、それにつられて、さちたちも拍手をした。みんなの拍手は最初のうちは白壁先生に対してだったけれど、途中から、ひかりさんの方を向いての拍手になった。

ひかりさんは苦笑気味の顔で近づいて来て、「ちょっと大げさ過ぎるんじゃないかしらね」と白壁先生を見上げた。

「いえ、先生は私にとって人生の恩人ですから。まだまだ言い足りないことがたくさんあるんです。私がケンカ騒ぎを起こしても真崎先生は怒ったり叱ったりせず、相手が大怪我をしないよう手加減ができて偉かったわねと――」

「白壁さん」ひかりさんが穏やかな口調で遮《さえぎ》った。「できたら一つ、お願いがあるんだけど、聞いてもらえるかしら」

白壁先生が「もちろん、何でもおっしゃってください」と目をぎょろっとさせてうなずいた。今すぐ二階の窓から飛び下りてみろと言われたら、ためらわずやりそうな食いつき方だった。

「練習を続けたらどれぐらいのパンチやキックができるようになるのか、みんなにちょっと披露していただけないかしらね、お手本として」

「お安いご用です。ではサンドバッグを相手にちょっと、普段やってるような練習の一部をお見せしたいと思います、押忍」

白壁先生は、ひかりさんに向かってまた十字を切って一礼し、サンドバッグに近づき、そのサンドバッグにも「押忍」と十字を切った。

空手にありそうな斜めの構えになったと思ったら、白壁先生の無造作な感じの左右のパンチ、そして左右の回し蹴りがサンドバッグにめり込んだ。男子の誰かが「うーわっ」と声を上げげた。井手さんが叩いても蹴ってもびくともしなかったあのサンドバッグが、くの字に曲がって揺れている。空手風の突き、ボクシングっぽいフック、回し蹴りも低いものから高いものまで多彩だった。ときおりひざ蹴りや後ろ回し蹴り、さらには跳び後ろ回し蹴りなどが次々と繰り出され、そのたびにサンドバッグが曲がったり大きく揺れたりしている。意外と鋭くて高い音。ドスン、ドスンじゃなくて、ピシッ、ピシッ。その音が、さちのおなかに響いた。

時間は多分、一分もかかっていなかったと思う。白壁先生が叩くのをやめると、それまで暴れるようにくねっていたサンドバッグが動きを止め、道場内が奇妙な静寂に包まれた。井手さんが「すげー」とつぶやく。さちは、拍手をしたかったけれど、迫力に気《け》圧《お》されてしまって手が動かなかった。ほとんど呼吸も乱さずに、何ごともなかったかのように「押忍」と、ひかりさんやサンドバッグに向かって十字を切って笑顔に戻る白壁先生をただただ見つめていた。

そのとき、さちはひかりさんから聞いたスパイダーマンの話を思い出した。

大いなる力には大いなる責任が伴う。

白壁先生はその気になれば、気に入らないチンピラたちを次々とやっつけることだってできる。でも白壁先生はそういうことに空手を使うのではなく、たくさんの子どもたちが強くなる手助けをすることに使っている。道場にやって来る子どもたちは多かれ少なかれ、悔しい思いをする体験があって、強くなりたい、弱いままの自分は嫌だと思って、白壁先生を頼ってくる。白壁先生は大いなる力を、そんな子どもたちの願いをかなえるために使っている。ひかりさんからスパイダーマンの話を聞いたときはピンとこなかったけれど、今はその意味をしっかりと実感できた。

白壁先生はサンドバッグにも礼をした。きっと道具に対しても、練習相手になってくれてありがとう、という気持ちを込めて、頭を下げたのだ。白壁先生はサンドバッグをひん曲げるぐらいに蹴ったり叩いたりしたけれど、壊してやろうと思っていたわけじゃない。心を込めて蹴り、心を込めて叩いたのだ。そしてそれはきっと、ひかりさんの書道教室で、心を込めて丁寧に書く、という基本を教わったお陰なのだろう。

くすのきクラブに戻った後しばらくは、空手体験教室に参加した子たちが参加しなかった子たちに、道場で体験したことを興奮気味に話すことになった。井手さんも「白壁先生がサンドバッグを蹴るのは、おカネを払って見るレベルだった」などと言い、参加した男子らも、白壁先生は見た目はいかついけれど親切に教えてくれたこと、キックミットにパンチやキックをするのはストレス解消になってなかなか楽しかったということなどを、身ぶり手ぶりを交えて話していた。参加した子たちはみんな、最初はちょっと怖かったに違いない。でもそれを克服したような高揚感を味わっているみたいだった。実際には白壁先生が優しく相手をしてくれたからこそなのだけれど、恐怖心を克服して参加したという事実が、一つの壁を乗り越えた感覚になるのだろう。

白壁先生は駐車場の前でみんなを見送るときに、「今後は毎月第二金曜日に、できるだけ子ども空手教室をやるようにするから、次回もまた参加してね」と手を振った。次の回にはきっと、参加者が確実に増えるだろう。そして、さちはもう一つのことも思い出した。ひかりさんは、くすのきクラブの子たちが身体を動かす機会が少ないことを気にしていた。だから白壁先生に頼んでくれたのだ。

ひかりさんとの帰り道、市道の神社前で、黒柴犬を連れた五十代ぐらいのおばさんと出会った。犬はまだ子どものようでサイズが小さい。赤いハーネスをつけて、赤いリードにつながれていた。ひかりさんが「あら」と笑ってその犬を見たことがきっかけで、おばさんと互いに「こんにちは」と立ち止まってあいさつすることになった。

「まだ若そうですね、わんちゃん」ひかりさんがしゃがみ、「触ってもいいですか」と尋ねた。人なつっこい犬のようで、尻尾を振りながらリードを引っ張って、ひかりさんに近づこうとする。おばさんも「ええ、どうぞ」と迷惑がることなくうなずいた。

ひかりさんは犬の首周りを両手で包むようにしてなでた。犬は尻尾を振りながら目を細めている。初対面だけれど警戒心はないみたいだった。犬は顔の中心や背中側が黒くて、顔の中心部から口、そしておなか側は白だった。毛がつやつやしていて、おとなしそうな顔つき。さちが「かわいー」と漏らすと、おばさんが「お嬢ちゃんも触っていいよ」と言ってくれた。

ひかりさんと交代して、なでさせてもらった。犬は最初、さちの手をくんくん嗅いでから、尻尾を振った。ひかりさんがやったのを真似て首周りを両手で包むようにしてなでると、もこもこした毛を通して温かみが伝わってくる。おもちゃじゃなくて、心と心を通い合わせることができる生き物なのだということが実感できた。

「柴犬ですか」ひかりさんが尋ねた。

「ええ、豆柴《まめしば》という、普通の柴犬よりも一回り小さい種類です」とおばさんが答えた。

「男の子ですね。まだ若そう」

「ええ、そろそろ一歳というところです」

さちが「どうして見ただけでオスだと判るの？」と見上げると、ひかりさんは「犬とつき合ってると、顔つきだけでだいたい判るようになるのよ」と笑った。へえ。

おばさんが「あら、わんちゃん飼ってるんですか」と言い、ひかりさんが「ええ、見た目は柴犬だけれど雑種を一匹」と答え、それからちょっとだけ、ひかりさんが飼っているリキの話になった。

会話が途切れて、そろそろ行こうか、という雰囲気になった。さちはもっとなでていたかったけれど、このコの散歩を邪魔してはいけない。手を離して立ち上がり、「ばいばい」と手を振ると、犬の代わりにおばさんが「ばいばい」と手を振り返した。少し歩いてから振り返ったけれど、犬はさちのことなど忘れたように前を向いて、ずんずん歩いてゆく。

あーあ、飼いたいなあ、犬。でもお母さんはアレルギーだから無理。そもそも、不登校になっただけでも負担をかけているのに、ペットなんて言語道断だろう。

それもあって、ひかりさんちにいるリキに会いたい気持ちが急速に膨らんできた。少し迷ったけれど、国道に出て歩道を歩き始めたところで「ひかりさん、リキに会いに行ってもいい？」と聞いてみた。するとひかりさんは「ええ、いいわよ。リキもきっと歓迎してくれると思うわ」とあっさり了解してくれた。

「ほんと？」

「もちろん。それぐらい、お安いご用よ」

「じゃあ、このままひかりさんちに行ってもいい？」

「私はいいけど、今から行ってもゆっくりリキと遊べないかもね。ほら、ミツキさんっていう孫娘が散歩に連れ出したりもするし。暗くなってからさっちゃんが帰宅するのもよくないし」

「あ、そうか……」この後すぐに会いに行きたかったので、少しがっかりした。

「明日の土曜日はどうかしら」

「いいの？」

「いいわよ。さっちゃんの家まで迎えに行くわ。何時頃にしようか」

「午後二時ぐらいでもいい？」

「いいわよ。じゃあ、明日の午後二時に迎えに行くわね。一応、お母さんとおじいちゃんに伝えて、許可をもらっておいてね」

「うん、そうする」

おじいちゃんは、ひかりさんがどういう人なのか知らず、ちょっと警戒心を持っているようだ。お母さんはお母さんで、ひかりさんを身体の弱いお年寄りというイメージを持っているみたいだけど、二人とも、ひかりさんちで飼っている犬を見に行くぐらいのことをダメだとは言わないだろう。

それからは、リキがひかりさんちにやって来た事情だとか、孫娘のミツキさんがリキの面倒を一番見ていること、洋犬は毛が抜けない種類が多いけれどリキは年に二回ぐらい毛が抜け替わること、犬に人間の食べ物を与えると塩分の摂りすぎになって腎臓がダメージを受けるのでドッグフードを食べさせなければ長生きできないこと、中型犬はだいたい十五年ぐらい生きること、散歩中にウンチを処理する方法など、リキにまつわる話を聞いた。リキはもともと、あるお年寄りの家にいたけれど、その人が病気で入院して飼えなくなり、近所に住んでいる女性が預かっていたのを、ひかりさんがもらうことになったのだという。

気がつくと、さちの家に近づいていた。民家の屋根の上に、マンションがそびえ立っている。

「ひかりさん、今日、けんすいが一回できるかどうか、挑戦してみる」

すると、ひかりさんは「あら、そう？　やってみる？」とさちを見返した。

「うん。一週間ネガティブトレーニングやったから、成果を試したいし」

「そうね。もしできなくても、途中ぐらいまでは上がれるかもしれないしね」

ひかりさんは、一回もできなかったのに、たった一週間でできるようになるのはちょっと難しいのではないかと考えてるようだった。さちも、トレーニングを始める前は、仮にできるとしても、もっと時間がかかるだろうと思っていた。でも、昨日ネガティブトレーニングをやって筋肉が疲れているときでも、途中までは上がったのだ。多分いける。

マンション敷地内の公園では、三、四年生ぐらいの男子二人がブランコをこいでいた。ひかりさんが「こんにちは」と声をかけたけれど、二人とも知らん顔だった。最近は、変な事件に巻き込まれないよう、知らない人から声をかけられても無視してやり過ごすようにと教える親が増えている。多分、この子たちもそう言われてるのだろう。

先にひかりさんがうんていにぶら下がった。ぶら下がりながら、「あー、背筋が伸びるー」と気持ちよさそうに目を閉じた。

ひかりさんのぶら下がりが終わり、さちがチャレンジする番になった。

うんていの端っこにあるはしごの二段目に足をかけて、バーにぶら下がる。一度息を吸って、吐きながら一気にバーを身体に引きつける。

ひかりさんが「すごい、すごい」と拍手した。

できた。続いて二回目に挑戦。途中まで上がった。

着地して、顔に笑みが広がるのが判った。多分、ちょっと上気して赤くなっている。

ひかりさんがベンチから立ち上がりながら拍手をした後、両手のひらを掲げてきた。

ハイタッチ。

「たった一週間でできるようになるなんて、さっちゃん、すごいじゃないの。私、興奮で胸がどきどきしてるわ」

「ひかりさんが教えてくれたネガティブトレーニングのお陰だよ」

ひかりさんは勉強のやり方だけでなく、トレーニングも効率的な方法を教えてくれたのだ。自己流でやっていたら、もっと何日もかかっていただろうし、途中で挫折していたかもしれない。

「さっちゃんが毎日こつこつと続けたからこそよ。本当にすごいわ」

けんすい一回半だけではトレーニングとしては足りないので、さらにネガティブトレーニングを五回やった。これからは、まずはけんすい連続二回にチャレンジして、それからネガティブトレーニングをつけ加えることにしよう。

見上げると、飛行機雲がゆっくりと伸びているところだった。

ひかりさんは、明日のこともあるので、おじいちゃんにあいさつをしておきたいと言った。さちが玄関チャイムを鳴らすと、インターホンで「はい」とおじいちゃんが出た。

さちが「ただいまー」と言い、「おう」と応答があり、おじいちゃんが玄関ドアのロックを解除しに来た。

ドアを開けると、ひかりさんが一緒にいたせいで、おじいちゃんは「あ」と一瞬どう対応すればいいか判らずに固まったようだった。

「初めまして。くすのきクラブでお手伝いをさせていただいている真崎ひかりと申します」

ひかりさんが頭を下げると、おじいちゃんはまじまじと見返して「ああ、こりゃどうも」と会釈した。ひかりさんの格好を初めて見た人は、まあこうなるだろう。

さちが「おじいちゃん、明日の午後、ひかりさんちで飼っている犬を見に行きたいんだけど、いいよね」と言うと、おじいちゃんは「え？」と聞き返した。ひかりさんの外観に気を取られて話が頭に入ってないようだった。

さちがもう一度話すと、おじいちゃんはようやく「ああ、そう」とうなずいてから、「いいんですか。お邪魔じゃありませんかね」とひかりさんに尋ねた。ひかりさんは「いいえ全く。さっちゃんが喜んでくれるなら是非」と笑ってうなずき、「私が迎えに来ますので、よろしくお願い致します」とあらためて頭を下げた。

「さち、あまり厚かましいことのないようにな」

「うん、大丈夫。犬を見に行くだけだから」

「で、その……真崎さんのお宅というのは、どの辺りで」

ひかりさんはその地名を口にしたとき、さちは、えっ、と思った。

ひかりさんちは、くすのきクラブからさちの家に向かうルートとは全然違っていた。さちの家を経由してから帰宅すると、かなり遠回りになる。

帰る方向が一緒だって、ひかりさんは言っていたのに、何でそんなウソをついたんだろうか……。

6

土曜日は、梅雨どきながらも快晴で、朝から気温が高かった。午後二時頃にひかりさんがチャイムを鳴らしたとき、おじいちゃんはトイレに入っていたので、ドアの外から「行ってくるねー」と声をかけておいた。おじいちゃんは「ああ?」と言ってから思い出したようで「ああ、夕方には帰るんだぞ」とつけ加えた。

さちは半袖のパーカーにジーンズという格好で外に出た。ひかりさんからは「帰りは自転車に乗った方がいいんじゃない?」と提案され、徒歩のひかりさんと一緒の行きは自転車を押して行くことになった。

「ひかりさんの家って、くすのきクラブから私の家を回ったら、だいぶ遠回りだよね」

さちが気になっていたことを口にすると、ひかりさんは笑顔のままうなずいた。

「健康のために、わざと遠回りするようにしてるのよ」

まあ、そういう答えが返ってくるだろうとは思っていた。さち自身も昨日のうちに予想した答えがそれだった。なので「そうなんだ」とうなずいた。

「さっちゃん、昨日はすごかったわね、けんすい」

「うん、ありがとう」

「お母さんやおじいちゃんの反応はどうだった？　びっくりしてた？」

「お母さんは、へえーって言ってたけど、あまり興味がなさそうだった。おじいちゃんは、本当か？　って言ったけど、びっくりしてるというより、ちょっと疑ってるっぽかった。多分二人とも、ずるしたやり方でできただけだと思ってる感じ」

「ずるしたやり方？」ひかりさんがちょっと困惑顔になった。

「うん。ちゃんと腕を伸ばしたところから始めてないんじゃないかとか、バーに飛びついた勢いを利用して一回できただけじゃないか、みたいな」

実際、お母さんとおじいちゃんの反応は、ちょっとがっかりだった。教えたタイミングも今から思えばよくなかった。お母さんには、夕食の支度をしているときで、フライパンでハンバーグを焼いたり、みそ汁を温めながら、キャベツを千切りにしている最中だったし、おじいちゃんには、テレビのニュースがプロ棋士の対戦結果を報じているときだった。

「そう……だったら今日にでも、目の前でやって見せたらどう？」

「それもいいけど、もっと回数ができるようになってから、びっくりさせようかなって思ってて」

「なるほど、それもいいわね」ひかりさんは、うふふと笑って「そのときが楽しみね」とうなずいた。

「空手体験教室のことはいろいろ聞かれたよ。どんなことしたのかって」

「あら、本当に」

「空手の先生が、ひかりさんの書道教室の生徒だった人で、いろいろお世話になって育ったこととか、今でもすごくひかりさんのことを尊敬して慕ってることとか話したら、お母さんもおじいちゃんも、ちょっとびっくりしてた。そんなつながりがあったのかって」

実際はその話をしたときも、へえーっという、あまり関心がなさそうな反応だったけれど、ひかりさんに悪いので少し話を盛ることにした。もし、サンドバッグをひん曲げる白壁先生のパンチやキックを間近で見たら、お母さんもおじいちゃんもきっと、こんなすごい人から「先生、先生」と呼ばれているひかりさんっていったい何者なんだろうかと思うはずだ。

国道を左に折れて片道一車線の市道に入ったとき、身体が硬直した。

四年生のとき同じクラスにいたイケてる女子グループ三人組が自転車に乗って、向こうからやって来る。あいつらのせいで、他の子たちも話しかけてくれなくなった。

幸い、車道をはさんだ向こう側の歩道だったけれど、近づくうちに、一人がさちに気づいたようで、他の二人に何か言ったのが判った。残る二人もこっちを見た。

三人とも、意味ありげな笑い方をしながら、すれ違った。

あの子、一丁前に外出してるよ、不登校のくせに。

そんな感じのことを言ったのだろう。あるいは、ひかりさんの格好を見てバカにしたのかも。

あの人、あの子のおばあちゃん？　何あの服装。

勝手に笑っていればいい。ひかりさんがどんなにすごい人なのか知らない、かわいそうな奴ら。

しばらく歩いてから振り返ると、三人の姿はもう消えていた。

ひかりさんの家は、さちが住んでいる区域と雰囲気が似た、古い感じの住宅街の中にあった。家は生け垣に囲まれていて、玄関ポーチから見て左側に、芝生に覆われた庭がある。庭に面して縁側があり、犬小屋はそのすぐ手前にあった。

今は他に誰もいないとのことで、ひかりさんが玄関ドアに鍵を差し込んでいる間に「リキのとこに行っていい？」と尋ね、「いいわよ」と返事をもらって、生け垣の前に自転車を停め、そのまま犬小屋の方に向かった。

気配を察したようで、犬小屋から薄茶色の柴犬っぽいコが出て来た。首輪と犬小屋が細いチェーンでつながっている。ちょこんと座ってさちを見上げ、無防備なあくびをした。

「リキ、初めまして。重ノ木さちだよ」

さちがしゃがんで首の周りをなでると、リキはされるがままという感じの態度だった。でも尻尾を振っているので喜んではいるようだった。

縁側のサッシ戸が開いて、ひかりさんが姿を見せた。

「そこがひかりさんの部屋なの?」

「そうよ」ひかりさんが笑ってうなずく。「天気のいい日は縁側に出て、リキを眺めながら縫い物をしたり本を読んだりするの。ときどき居眠りもね」

「へえ、リキを眺める特等席だね」

リキはかすかにチェーンの音をさせながら、ひかりさんの目の前まで行って、縁側に前足をかけた。ひかりさんがかがんでなでると、リキはおかえりのあいさつは終わり、という感じで、またさちのところに戻って来た。

「リキはボールとか木の枝とかを投げたら、取りに行って戻って来る?」

「リキは全然しないのよ。柴犬の血が入ってる種類は割とそうみたいね」

「ふーん」

「人にも吠えないし、誰に対してもなでてもらおうとして近づくから、番犬には向いてないわね。以前、どこの誰か判らない男の人が敷地に入って来たときもリキがほいほいと近づいちゃってね。二階の部屋にいたミツキさんが気づいて、窓を開けてどちら様ですかって声をかけたら、その男の人、オクヤマさんちはどこですかって尋ねて、ミツキさんがこの辺にはそういうお宅はありませんけどって答えたら、そうですかと言っていなくなったんだって」

「何か怪しいね。もしかして、泥棒が下見に来てたとか？」

「ミツキさんも同じこと言ってたわ。で、その後、ご近所で空き巣被害が発生しちゃって」

「えーっ、怖いね」

「でも犯人は捕まったって。ミツキさんが見た男の人と同一人物なのかどうかは判らないけれど、もし犯人だったとしたら、ミツキさんがちょっと怪しんでるような口調で声をかけたお陰で、うちを狙うのはやめたのかもね」

「へえ、お手柄だね」

普通は飼い犬が吠えて泥棒を退散させなければならないのだろうけど。

「リキ、君は誰にも優しいところが持ち味なんだから、泥棒を退散させられなくても気にしなくていいよ」

さちがそう言いながら再びなでてやると、リキは頭をさちの脇の下に突っ込んできて、首で押してきた。ひかりさんが「なぜか判らないけれど、首を腕で抱えるようにしてぎゅっとして欲しがるときがあるのよ」と教えてくれたので、さちは少し力を込めてみた。リキはじっとしているだけで、うれしいのかどうなのかよく判らなかったけれど、尻尾を振っているので、やっぱり喜んでくれているようだった。

「さっちゃん、ちょっとお願いがあるんだけど」

「何？」

「さっちゃんの読み語りをリキにも聞かせてやってもらえないかしら。ミツキさんが小さいときの絵本がいくつか残ってるから」

「えっ？」

さちが見上げると、縁側に立っているひかりさんは笑いながら「お願い」と両手を合わせている。どうやら冗談で言っているのではないらしい。

「別にいいけど……リキにお話の内容はさすがに伝わらないんじゃない？」

「そうかしらね」

だと思うんですけど。でもひかりさんは、そんなことはないと思っているのか？

もしかして、実はボケ始めてたりして……いや、ひかりさんに限ってそんなことはない。

「いいよ」さちはうなずいた。「じゃあリキ、聞いてくれる?」

するとひかりさんは「ちょっと待っててね」といったん部屋の中に引っ込み、数冊の絵本を持って戻って来た。一番上に見えているのは、さちも好きな『ふらいぱんじいさん』だった。用済みになった古いフライパンが海に流され、やがて無人島にたどり着く。ここで朽ち果てて行くのだと覚悟をしたけれど、鳥がフライパンをおうちにし、やがて雛たちがかえる。古くなったふらいぱんじいさんは人間から必要とされなくなったけれど、鳥たちのおうちになるという、新しい役目を見つける話。

縁側に座って、『ふらいぱんじいさん』を読み始めた。リキは退屈して犬小屋の中に戻ってしまうのではないかと思ったけれど、芝生の上で伏せの姿勢になって、黙って聞いていた。不思議なもので、リキの賢そうな顔つきを見ているうちに、もしかしたら内容を理解しているのではないかという気がしてきた。

読み終えると、隣に腰かけていたひかりさんが拍手をして「やっぱり、さっちゃんの読み語りは素敵ね。挿絵を見なくても、頭の中に情景が浮かぶもの」と言ってくれた。

続いて『スイミー』を手に取った。赤い小魚の群れの中で、スイミーだけは黒色。大きな魚から襲われるのが怖いので、仲間たちはみんな岩陰に隠れて出て来ようとはしない。そこでスイミーは、みんなで大きな魚の形を作って身を守ることを提案する。そしてこう言う。僕が目になろう、と。スイミーは、みんなと違う姿をマイナスには捉えず、違っているからこそ何かの役に立つことがあるのだと教えてくれる。

さらに二冊の絵本を読む間も、リキは目を細めて、眠っているのかと思うぐらいに、じっと伏せの姿勢で聞いてくれていた。少なくとも退屈そうな態度ではなかったので、ほっとした。

その後、ひかりさんがほうじ茶を淹れてくれて、ふたつきの丸いお菓子入れを出してくれた。中にあったのは、一口サイズのごませんべい。ごまは身体にいい。きっとひかりさんは、菓子を選ぶときもそういうことを考えるのだろう。

ほうじ茶はいい香りがして、渇いていたのどがたちまち潤った。ふう、と息を吐いてから、こういうのを一息つく、というのだなと思った。リキは芝生の上に横になっている。

そのとき、若い女の人が敷地内に入って来て、縁側に座っているさちを認めて「あら」と笑いかけてきた。細身で目がきりっとしている。短めの髪に、デニムパンツ、ベージュのトレーナー、ピンクのスニーカー。肩に黒いリュックをかけていた。

その人から「さっちゃん?」と聞かれ、「はい」とうなずくと、彼女は「おばあちゃんから聞いてるよ。いらっしゃい。私はミツキ」と片手を振った。

ひかりさんが「お帰りなさい」と声をかけ、ミツキさんは「うん、ただいま」と答えながらこちらにやって来てリュックを芝生の上に下ろし、「リキ、ただいま」と両手でなでた。ちょっと乱暴ななで方だったけれど、リキは立ち上がって尻尾を強く振っている。ミツキさんはさらに、リキに覆いかぶさるようにして、リキの首をぎゅっと腕でロックしたり、リキのおなかに両腕を回して持ち上げたりした。リキはされるがままだった。

リキとのじゃれ合いを終えたミツキさんは立ち上がってパンツについた芝生を払い落としながら「今日はいつもよりちょっと早いけど、リキの散歩に行こうかな」と言ってから、「よかったら、さっちゃんも一緒に行かない？」と聞いてきた。

ひかりさんを見ると、「さっちゃんさえよければ、一緒に行ってあげてくれる？」と笑っている。ひかりさんは留守番をするつもりらしい。

初対面のミツキさんと二人だけになって、気まずくならないだろうか？　少し不安があったけれど、ミツキさんはひかりさんの孫だし、二人っきりじゃなくてリキも一緒なのだから、その気になってきた。さちが「じゃあ、行こうかな」と答えると、ミツキさんは「よし、決まり。ちょっと待っててね」とリュックを持って玄関から中に入り、赤いリードと、針金でできた輪っかにポリ袋をかぶせたものを持って戻って来た。針金にポリ袋をかぶせたものは、ひかりさんから聞いたことがある。リキのうんちをキャッチするためのものだ。

出発してすぐにミツキさんが「森林公園まで往復するからね」と言われ、「はい」と応じると、「さっちゃん、敬語はやめてよ」と苦笑いされた。さちは「うん」と言い直した。

住宅街を歩いている途中、洗濯物を取り込んでいたおばさんだとか、一人で散歩をしていたおじいさんだとかとミツキさんは「こんにちは」とあいさつを交わした。さちが「知り合いなの？」と聞くと、「名前までは知らないけど、リキの散歩中に顔を合わせるうちに、知り合いになったの」とのことだった。

川沿いの道路に入り、リキは雑草が生えているガードレール下で何度かおしっこをした。それをミツキさんは、「民家の塀とか電柱にしてはダメ、するなら土や草があるところって、しつけたの」と説明した。

「どうやってしつけるの？」

「その都度ダメって言ってリードを引っ張ってたら、していいところとダメなところを覚えてくれたみたい」

「ふーん」

「縁側に絵本があったけど、もしかしてリキに読んでくれたの？」

「うん。ひかりさんに頼まれて」

「ありがとうね」

ミツキさんも、犬に絵本を読むということに違和感を持っていないらしい。ちょっと変な家族だ。

さちがそういう表情をしていたことに気づいたようで、ミツキさんがくすっと笑って

「リキにはさすがに絵本のお話は理解できないよね」と言った。

「それなのに読んでって、どうしてひかりさんは頼んだの?」

「おばあちゃんに頼まれてこの前、読み語りにまつわるいろんな事例をパソコンで調べてみたのよ。ほら、さっちゃんは読み語りが得意なんでしょ。それで何か役に立つ情報はないかと思ったわけ。そしたらいくつか、面白い事例が見つかってね」

「面白い事例?」

「うん。例えば小学校低学年ぐらいの女の子がアメリカにいてね、他人と話すのがすごく苦手で、声も小さくて、お医者さんからは学習障害だと診断されて、学校の勉強にはついていけないだろうと宣告されたの。で、友達ができないその女の子のために、お母さんは犬を飼うことにしたのね」

「うん」

「そしたら女の子は、犬を年下の友達に見立てて、絵本を読んであげるようになったんだって。犬は確か、ラブラドールっていう、身体は大きいけれどおとなしい種類だったかな。その子は他にすることがないから、毎日毎日たくさん読んであげてたの。読む本

がなくなったら図書館から借りて来てさらに読んで。すると、あるとき奇跡が起きたのよ」

「どんな？」

「どんなだと思う？」ミツキさんは、ちょっといたずらっぽく首をかしげた。

「犬も人間の声っぽく朗読できるようになったとか」

ミツキさんは、あはははと笑った。

「それ、いいねー、でも残念ながら不正解。いつの間にかその女の子の声が大きくなってて、学校での成績も急上昇して、極度の人見知りだったのも直って他人としゃべれるようになった、でした。そういうことを専門に研究してる学者さんによると、読み語りは脳をものすごく活性化させる効果があるんだって。さっちゃんの脳もきっと、読み語りをするたびに活性化してるんだよ」

「えーっ……あまり実感はないけど」

「実感はなくても活性化してるんだよ、きっと。他にもね、交通事故で脳に障害が残ってしまった女の子が、入院先の子ども病棟で年下の子たちに読み語りを続けてたら、奇跡的な快復を遂げたっていう事例もあるんだよ。お医者さんは最初、あり得ないと思ったけれど、脳の損傷を受けてなかった部分が、損傷を受けたところを補うように神経がつながってた、みたいな話だった。読み語りをしてなかったら、その子はおそらくそこまでは快復しなかっただろうって」

「へえ」

「あと、アメリカの刑務所の中には、凶悪犯に犬の面倒を見させて穏やかな心の持ち主にしてゆくっていう心理療法をしているところがあって、その一環で、犬を相手に読み語りをさせてるところもあるの。再犯率っていうの？　出所してまた悪いことをしちゃう確率がすごく減ったらしいよ」

「ふーん。だから、ひかりさん、リキにも読み語りをしてって頼んだのか……」

「ていうか、本当は単に、さっちゃんの読み語りをおばあちゃんが聞きたかっただけなんじゃない？　でも、おばあちゃん本人が聞きたいっていうより、リキに聞かせてあげてと頼んだ方が、さっちゃんも気楽に読めるだろうから」

「ああ……」

「あと、リキが持ってる不思議な力にも期待してるのかも」

「不思議な力？」

「うん。私、中学生の頃ね、ちょっと悪かったんだ。夜遅くまで出歩いたり、女子グループ同士の抗争みたいなことをやって、警察に補導されたこともあって」

「えっ」

「そんな頃に、おばあちゃんがリキをうちに連れて来たの。私が小さいときから動物が好きだってことを覚えてくれててね。私、たちまちリキに夢中になって、毎日夕方に散歩に連れてって、一日に何度もなでに行って、エサや水もやって、毛が抜ける時期にはこまめに粘着テープでぺたぺたやってあげて。そうしてると、悪い子たちとつるんでるのがバカっぽく思えてきてねー、私、何やってたんだろうって。リキの面倒を見てるうちに気持ちも穏やかになってきて、ちょっとしたことで怒らなくなったし。あと、お母さんや兄ちゃんとすっごく仲が悪くてずっと口とか利いてなかったんだけど、いつの間にか、散歩中にリキにこんなことがあったとか、リキがちょっと前足を痛がってるとか、リキつながりで話をするようになって、家族の関係もよくなって。お陰で中三の後半からはちょっとは真面目に勉強するようになって、何とか公立高校にも入れたわけ。担任の先生は絶対に無理だって言ってた高校。だから今の私があるのはリキのお陰。ていうか、おばあちゃんのお陰だよね」

さちは「へえ」とミツキさんを見た。今のミツキさんの優しそうな表情からは、ちょっと想像がつかない。

「あと、おばあちゃんが作る料理が美味しいから、それを食べたくて夕食どきになったら帰宅するようになったっていうのもあってねー。イワシのぬかみそ炊きでしょ、小アジの南蛮漬けに川エビのかき揚げ、あとショウガの味噌漬けがまた美味しくて。ご飯だって、おばあちゃんが炊いたら、すっごく美味しいんだから」

ひかりさんが炊くご飯が美味しいというのは知っている。

ミツキさんはさらに意味ありげな顔で「それとね、うちのおばあちゃんの秘密、教えてあげようか」と言ってきた。

「何？」

「おばあちゃん、実はね……魔法使いなんだよ」

「へ？」

森林公園の駐車場に入った。こちらは裏口側で、子どもの遊具施設が近くにある。その向こう側には木々が茂っている散歩コースがあり、さらに向こう側に野球場の照明塔がそびえ立っている。

芝生広場に沿った遊歩道を進んだ。ときどき看板が立っていて、〔芝生に犬を入れないでください〕とある。ということは、遊歩道なら犬の散歩がOKということらしい。

「ただし、魔法っていっても」とミツキさんが話を続けた。「ほうきにまたがって空を飛んだり、手を触れないで物を動かしたり、何かに化けたり、みたいなマンガの世界の魔法じゃないよ」

「じゃあ、どんな魔法？」

「それはこれから先のお楽しみ」ミツキさんはうれしそうに笑っている。「おばあちゃんとつき合ううちに、判ってくるから」

「………」

「本当だよ。リキも多分、おばあちゃんから魔法の技を少し授けられてるんだ。だから私も変わったしね」

「そういえば……空手の先生が、ひかりさんのことをすごく慕ってて、尊敬してる感じだった。あんなにいかつい人が、ひかりさんの前では子どもみたいになるの」

「それも、おばあちゃんの魔法だろうね。あと、あの人って身体能力もすごいんだよ、ぶ厚い木の板だって、無造作にぱんって手のひらで割っちゃうし、兄ちゃんが目撃したんだけど、急に脇道から出て来た車にはねられそうになったときに、ささっと後ろに下がって無事だったたって」

「へえー」

「そういうのは多分、リツゼンのお陰だと思う。おばあちゃん、毎日リツゼンをやって、気の力を身体に溜めてるから」

「リツゼン？」

「うん。空手の白壁先生から教えてもらったリツゼンっていうのをおばあちゃん毎日やってるの。気の力を溜める効果があるんだって。そのことも魔法の力に関係してるんじゃないかと私は睨んでるんだよね。だから私も最近こっそり、自分の部屋でやり始めたのよ、リツゼン」

「ふーん……」リツゼン。聞いたことのない言葉だった。

「ちょっとこれ、持っててくれる?」ミツキさんからリードの先の輪っかになっている部分と、針金とポリ袋でできた道具を渡された。そして「イケンっていう中国拳法の鍛錬法でね、こういう感じの姿勢をキープすることで、全身に気の力を溜めてゆくの」と、見覚えがある立ち方を見せてくれた。

大きなボールを両手で抱えるようにして、かかとを少し浮かせ、ひざも心持ち内側に曲げた姿勢。白壁先生が道場でやってた立ち方だ。

「立って行うゼンだから立ゼン。ゼンって判る?」ミツキさんが姿勢をキープしながら聞いてきたので、さちが「座禅のゼン?」と言ってみると、「そ」とミツキさんはうなずいた。ようやく頭の中でリツゼンが立禅に変換された。

「うちのおばあちゃんはこれを三十分もできるんだ」ミツキさんは立禅の姿勢をやめて、さちに渡したリードなどを再び受け取った。「最近は、一日二回に分ける方がより効果的だって白壁先生から教わって、二十分ずつ、朝と夕方にやってるみたい。私はまだ十分ちょっとしかできないんだけどね。やっているとだんだん、ひざがガクガクしてきたり、ふくらはぎがパンパンになってきたり、肩がだるくなってきたりするんだ。でも続けてくとそういうのも平気になるらしいのよね」

「気の力って、どういう力なの?」

「うーんと……」ミツキさんは考えるような顔になったけれど、「あらら」と表情を変えてしゃがんだ。リキがウンチをする姿勢になり、ミツキさんが針金とポリ袋でできた道具をリキの後ろ足の間に差し込む。リキのウンチは、ポリ袋の中に三回落ちた。ミツキさんは「よし、ウンチ終了」と立ち上がり、デニムパンツのポケットから出した、たたまれたトイレットペーパーをウンチの上にかぶせた。こうすることでウンチが他人に見えないように、ということらしい。さちの視線に気づいたミツキさんが「これ、おばあちゃん考案のウンチキャッチャー。針金ハンガーを曲げて作って、ポリ袋をかぶせて、袋の口の隅っこを把手にくくりつけて出来上がり。後は家に帰ってトイレに流して袋を取り替えるだけ」

しばらく歩いてからミツキさんから「ここから、さっちゃんにリードを持ってもらおうかな」と提案され、「うん」とうなずいてリードの輪っかを手首に通してから握った。歩き出すと、リキはあまりぐいぐいとは引っ張らないけれど、ときおり立ち止まって道の端っこを嗅いだり、急に道の反対側に移ろうとしたりするときがあって、そんなときはちょっと引っ張られる力を感じた。リキが全力で引っ張ったら負けてしまうかもしれない。

「気の力というのはね」とミツキさんがさっきの続きを口にした。「火事場の馬鹿力っていう言葉は知ってる？」

「うん。いざとなったら、普段よりも大きな力が出ちゃうことがあるっていう……」

「そうそう。人間の筋肉って、持っている筋力の六〇パーセントぐらいしか出せないものらしいのよ」

「どうして？」

「一〇〇パーセント出しちゃったら、筋肉と骨をつなぐ靱帯《じんたい》が切れちゃったり、筋肉そのものが裂けちゃったり、骨が折れちゃったりする危険性があるから。だから脳が命令を出して制御してるらしいの。脳と筋肉をつなぐ神経のうち何割かが休眠状態になってるってことかな、多分」

「へえ」

「でもウエイトトレーニングなんかをやっている人は、普段から筋肉を使ってるから、八〇パーセントぐらいまでは自分の意思で出せるようになるのよね。トレーニングをすることによって、脳と筋肉をつなぐ神経が活性化するってことね。あと、靱帯や骨も丈夫になってるから、八〇パーセントの力を出しても余裕で対応できる。で、気の力というものを得ると、さらにその出力が上がる、ってことでいいのかな？　イメージとしてはバッテリーに充電するような感じ？　人間の身体がバッテリーだとしたら、立禅を続けることで常に充電が満タン状態で、最高出力でいられるっていう。まあ、私自身はまだ立禅を始めたばっかかだから、実感はないんだけどね」

何となくのイメージは持つことができた。人間の身体に眠っている能力を、他の人たちよりもたくさん出せる力ってことのようだ。

「それと、ヨウジョウコウとしての効果もあってね」とミツキさんが言ったので、さちは「ヨウジョウコウ?」とオウム返しに口にした。

「健康になる、病気にかかりにくくなるってことね。養生するの養生と、気功の功。男の人の名前でいうイサオっていう字」

「ああ……判った」

「立禅を続けることで、体調をいい状態でキープできるようになるのよ。確かにうちのおばあちゃん、病気に全然かからないし、背中もまっすぐですたすた歩くしね。立禅以外にも、スクワットとか腕立て伏せとか、自分の部屋でやってるみたいだし」

そのとき、向こう側からやって来た、若いお母さんと手をつないだ三、四歳ぐらいの男の子が「あ、わんわんだ」と指さし、近づこうとした。お母さんは「ダメよ」と言ったけれど、ミツキさんが「わんわん触る? いいよ」と手招きした。

ミツキさんが「リキ、お座り」と言うと、リキはその場に座った。男の子がおっかなびっくり手を出して引っ込めたので、ミツキさんが「こうやってあげて」とリキの首回りをなでて見せる。男の子はようやくリキの首に触れ、「あったかい」と笑った。さらに首の後ろなどをなで回して、満足したようで手を離した。お母さんから「ありがとうございました」と丁寧に礼を言われ、男の子とは「ばいばい」と手を振り合った。

さっきミツキさんが口にした、リキが持っている不思議な力という言葉を思い出した。リキが一緒だと、知らない人たちと話をしたり、お互いのことをちょっと知ったりするきっかけができる。現にミツキさんは、ここに来る途中に、何人もの人たちとあいさつを交わしていた。リキがいなくて一人だけで歩いていたら、なかなかそういうことにはならないだろう。

帰り道は行きとは別のルートだった。市道沿いにある児童公園の前を通りかかったときに、ミツキさんが「さっちゃん、けんすいができたんだってね」と言った。「それってすごいよ。私なんか今でも一回できるかどうかだと思う。小学生のときは絶対に一回もできなかったし」と言った。

「ひかりさんが効果的なトレーニングを教えてくれて。私も一週間でできるようになるなんて思ってなかった」

「毎日トレーニングしてるの？」

「うん、近所の公園にあるうんていで」

「今日はまだやってないんだったら、あそこでやっちゃえば？　森林公園にもけんすいができる遊具はいろいろあったけど、リキがいたからねー」

森林公園の遊具コーナーは芝生広場の中にあった。でもここの公園ならリキが一緒でも大丈夫。今、この公園内には他に誰もいなかった。

鉄棒はなかったけれど、うんていに似た半円状の遊具があった。確か、太鼓はしごっていう遊具だ。あそこの一番高いところにある真ん中のバーにぶら下がれば、けんすいができそうだった。

「じゃあ、やろうかな」

「うん、是非見せて」

公園内に入り、太鼓はしごのてっぺんのバーに逆手で飛びついた。

今日も一回半だった。二回目は途中まで上がれたけれど、あごがバーの高さまではいかなかった。それでもミツキさんが「すごい、すごい」と片手でハイタッチを求めてきた。リキはお座りをして、ちょっと眠そうな顔で見ていた。

ついでに、ネガティブトレーニングを五回やった。ミツキさんは知らなかったらしく、「それが、おばあちゃんが教えてくれたっていうトレーニング?」と聞いてきたので、ざっと理屈を説明すると、「へえ、おばあちゃん、そんなことまで」とちょっとびっくりした顔になってから、「さっちゃん、おばあちゃんに見込まれたね」と言った。

「見込まれた? どういうこと?」

「おばあちゃんは多分、魔法使いの後継者を探してるんだよ。さっちゃんのことを、この子は見込みがあるって思ってるんだよ、きっと」

「私がいつか、魔法使いになるの？」

「それはまだ判んないけど、おばあちゃんに見込まれたってことは、さっちゃんにはその素質があるんだよ。それは間違いない」

そのとき、短いクラクションと、ドアがバタンと閉まる音が聞こえた。見ると、市道の路肩にタクシーが停まり、紺の制服を着たお母さんが降りてこちらにやって来る。

「さちっ」お母さんの言い方にはちょっと棘《とげ》があった。「こんなところで何してるの。真崎さんのところに行くって言ってたじゃないの」

「あ、こんにちは。真崎ミツキと申します」とミツキさんが頭を下げた。「真崎ひかりと同居してる孫です。犬の散歩を、さっちゃんにもつき合ってもらってるところで」

それで事情がある程度飲み込めたようで、お母さんは「あ……」と口をぽかんと開けてから急に作り笑顔になり、「それはそれは。重ノ木さちの母親です」と頭を下げ、自己紹介代わりにジャケットの胸ポケットから名刺を一枚出して渡した。お母さんは、ご指名でタクシーを呼んでもらうために、知り合った人には名刺を渡すようにしているけど、女子高生のミツキさんに渡してもあまり意味はない気がする。多分、いつもの習慣でついやってしまったのだろう。

「今、さっちゃんにけんすいを見せてもらったところなんです」ミツキさんは目を見開いて言った。「もうちょっとで二回目もできそうなぐらい。すごいですね」

「ええ、まあ」お母さんは作り笑いのまま、あいまいにうなずいた。お母さんは、さちがけんすいをするところを見たことがない。昨日、一回半できたことを報告したときも、どうせずるしたやり方だろうという態度だった。このときもお母さんが続けた言葉は「そんなことができてもたいした自慢にはならないでしょうけど……」だった。

ミツキさんは名刺を見つめて「あら、さっちゃんのさちとお母さんの名前、逆なんですね。お母さんが知紗。さっちゃんはさち」と笑った。お母さんは「ええ、遊び心で娘の名前をつけちゃって……」とちょっと恥ずかしそうに苦笑した。

お母さんとの別れ際、ミツキさんは「知り合いの人たちに、さっちゃんのお母さんが運転するタクシーを利用するよう、勧めてもいいですか」と尋ね、お母さんは「是非お願いします」と軽く頭を下げた。頭を下げた後に一瞬だけ、作り笑顔からしらけた顔に変わったことを、さちは見逃さなかった。

十代の女子がそんな社交辞令を、ふん、ませた子。そんな感じだった。

ミツキさんは何も感じなかったようで「きれいなお母さんね。鼻と口の感じがさっちゃんに似てる」と小声で言った。

7

さちは、ミツキさんとリキの散歩をした四日後の水曜日に、けんすい二回を達成することができた。ネガティブトレーニングの効果は抜群だった。でも、身体に筋肉がついてきたという感覚はあまりなかった。洗面所の鏡で確かめても、手で背中や腕を触っても、力を入れると筋肉が縮んで硬くなるのは判るけれど、体型が変わってきたとは感じられない。そのことについてパソコンで調べてみたところ、〔ウエイトトレーニングを始めた当初は筋肉の神経支配率が高まるせいで、順調に回数や負荷が増えてゆくが、やがてプラトーと呼ばれるスランプ状態がしばらく続き、その後で本格的に筋肉量が増えてくる。ウエイトトレーニングの効果は、規則的に坂道を上がってゆくのではなく、平坦な道が続いたかと思えばある日急に階段を一歩上がり、また平坦な道が続くことの繰り返しである。〕と専門家が解説していた。専門的な言葉もたくさん出てきたが、筋肉の神経支配率というのは、ミツキさんが立禅について話してくれたように、筋肉とそれをつなぐ神経の何割ぐらいを使えているかということだ。けんすいをやり始めたとき、さちは一回もできなかった。けれど、トレーニングを始めたことで、休眠状態だった神経と筋肉のつながりが目を覚まして出力が上がり、短期間のうちに、もうちょっとで二回目ができるところまで伸びた。しかし、近いうちにプラトーという状態がやってきて、なかなか回数が増えない時期が続くらしい。けれど、それでもこつこつ続けていれば本格的に筋肉が発達し始めて、ある日突然、また回数が増える。大切なことは、回数が増えないからといってあきらめないこと。自分がもし、けんすいのネガティブトレーニングを実際にやっていなかったら、筋肉の神経支配率だのプラトーだのといった解説を読んでも、ちんぷんかんぷんだっただろう。実際にやってみて、身体で実感して、それで疑問に思うことがあったから、一読してすぐに専門家の解説が理解できたのだ。他の小五の子たちが知らないことを自分は理解できていることに、さちはちょっとだけ優越感のような気持ちを覚えた。

立禅についても調べた。立禅は意拳《いけん》という中国拳法を創始した王向斉《おうこうさい》という人が編み出した鍛錬法で、肩幅に足を開いてやや内股で立ち、股関節とひざを少し曲げて、ほんの少しかかとを浮かせる。両手は肩の高さかややそれより下にして、大きな球体を抱えるような姿勢を取る。両手の指先は開いて、柳の枝のように下げる。呼吸は自然に、そして身体の中心を意識する。瞑想《めいそう》することを心がけるべきだが、考えごとをしても構わない。立禅は下半身を鍛えるだけでなく、手足と体幹部の連携機能を向上させ、全身に気の力を蓄える効能がある。心臓に負担がかからず、年を取っても続けられる。おカネもかからない、場所も取らない。心身の調子を整え、全身に気の力がめぐって元気な状態を保つことができ、小さなことで悩まなくなる。日本に伝わったのは、澤井健一《さわいけんいち》という武道家が意拳の王向斉に戦いを挑んで敗北したことがきっかけだったという。澤井健一は王向斉に何度断られても頭を下げ続けてついに弟子入りを許され、やがて身をもって立禅の効果を知り、師からの教えにより、帰国して新たに太氣拳《たいきけん》という拳法を創始、日本の弟子たちに伝えたという。

関連サイトを訪ねてみて、立禅は気功の修練にもなる、という解説も見つけた。気功は最近では西洋医学にも取り入れられてるようで、気功を利用することで自然治癒力や快復力を高め、薬の量を減らすことができたといった事例が多数報告されているという。

白壁会館のホームページにも、白壁先生自身による立禅についての体験談が載っていた。それによると、白壁先生は二十代の一時期、寝返りが打てないほどひどい腰痛に見舞われ、病院に通ってもなかなかよくならず、コルセットをつけて騙し騙し練習していたが、立禅と出会って治すことができたという。そして気がつくと下半身がしっかりして、地面に根を張るような感覚を得て、対戦相手から足を蹴られてもバランスを崩さなくなり、ローキック（下段回し蹴り）が白壁先生の得意技になった。また、立禅を続けるうちに、試合中は勝手に身体が理にかなった動きをしてくれている感覚も得たという。

ひかりさんもミツキさんも立禅をやっている。下半身のトレーニングにもなり、心身の調子を整え、小さなことで悩まなくなるというのなら、これはやらないわけにはいかない。さちは帰宅後から夕食までの間に毎日、自分の部屋で立禅をすることに決めた。

パソコンで調べた限り、教える人によって手の高さや足幅などが違っているようだったので、とりあえずは澤井健一さんが立禅をしている写真画像を見て真似ることにした。白壁先生がやっていたのも、ミツキさんがやって見せたくれたのも、この姿勢だった。

ときどき壁の時計を見ながらやってみた。退屈な鍛錬かもしれないと思っていたけれど、五分もするとふくらはぎがパンパンになって、ひざもがくがくしてきて、退屈どころではなくなった。結局、初日は六分で終了となったけれど、あの白壁先生でも最初は十分がきつかったらしいので、小学生ならこのぐらいでも上出来だろう。大切なことは、あきらめないでこつこつ続けることだ。

スポーツクライミングの飯田早希選手のことも調べてみた。飯田選手はもともと運動神経がいい方ではなく、ドッジボールも駆けっこも苦手だったらしい。また、小学校時代にはいじめに遭って不登校になった時期があり、人見知りの性格は今も治っていないという。そのことで一気に飯田選手に親近感が湧き、何だか他人とは思えなくなった。それでも飯田選手はオリンピック代表候補で、メダルを狙うレベルの人なのだ。

飯田選手の練習風景の動画も見つけた。壁を登る光景よりも、股関節を中心に入念なストレッチをしている様子が印象に残った。そうか、股関節や肩関節の柔軟性がスポーツクライミングでは重要なのだ。足を大きく広げることができたら、それだけ遠い場所までつま先が届く。さちは、入浴後にストレッチをやることにした。

六月中旬は雨が続いたけれど、金曜日は晴れた。この日の子ども料理教室のメニューは、いい香りがするニラ焼きそば。でも、その直前に起きた騒動のせいで、さちは作る作業をあまり楽しむことができなかった。

同じ調理台の隣でニラ焼きそばを食べているひとみちゃんは、ぶすっとしていた。既に事情を知っている井手さんが「ひとみちゃん、大丈夫?」と声をかけると、ひとみちゃんはこらえきれなくなったようで、しくしくと泣き出した。井手さんはどうやら余計なことをしてしまったらしい。そっとしておいてあげれば、雰囲気は悪くてもひとみちゃんが泣き出すことはなかっただろうに。井手さんはおろおろして、ハンカチを差し出したけれど、ひとみちゃんはそれを無視して手のひらで何度も涙を拭《ぬぐ》った。隣の調理台にいた低学年の子たちは一様に、ふん、という態度でそれを見ていた。ひとみちゃんの自業自得じゃないか、知ったことか、という感じだった。

案の定、その日の帰りにさっそく、ひかりさんが「ひとみちゃんの様子、おかしかったけど、どうしたのかしら」と聞いてきた。

「それが、子ども料理教室が始まるちょっと前に、他の子たちともめちゃって」さちは眉根をちょっと寄せた。「最初は男の子の一人が、アシが茂ってる川が家の近所にあって、そのアシの藪の中にタヌキの親子が住んでるって話をしたの。夜にときどき、お隣さんの犬小屋の前にあるエサを食べに来ることがあって、何回か目撃したって」

「この辺りには確かにいるわよね、タヌキ」ひかりさんはうなずいた。「たまに、車にはねられて死んでるのを見るし。かわいそうよね」

路肩で死んでいるタヌキなら、さちもお母さんが運転する軽自動車に乗っていたときに見たことがある。最初は小型犬かなと思ったけれど、お母さんからタヌキだと教えられて、びっくりした。さちが住んでいる区域で見たことはないけれど、その周辺の、田畑や水路が多い場所に行くと、今もタヌキがいるのだ。

「問題はその後なの」とさちは続けた。「タヌキの話をきっかけに、農家をやっているおじいちゃんの家に泊まったときにイタチを見たとか、森林公園の芝生広場でモグラを捕まえた人がいて見せてもらったとか、他の子たちもそういう、ちょっと珍しい動物を見たっていう体験話をし始めて。そしたら、ひとみちゃんが、白い馬に乗ったカウボーイを見たって言い出して」

「あら」ひかりさんが片手を口に当てて笑った。「白い馬に乗ったカウボーイなんて、素敵な話ね」

「まあ、それがもし、遊園地やテーマパークで見たっていうのなら、何だぁってなって終わったと思うんだけど……他の子にいつどこで見たのかって聞かれて、ひとみちゃん、つい何日か前に、くすのきクラブの建物の真ん前の道を通るのを見たって言っちゃって」

「あら、本当に通ったのなら、私も見たかったわ」

「いやいや、それはないよ、ひかりさん」さちは顔をしかめて片手を横に振った。「ひとみちゃん、実は以前からそういう変なウソをついちゃうところがあって」

「そうなの？」

「うん。私だけに内緒で教えてくれた話でも、くすのきクラブのトイレの窓から小さな妖精が飛んで出て行くのを見たとか、実はアメリカにずっと住んでて英語をしゃべってたけど日本に来たから忘れたとか言ってきて。そういう話は他の子たちにしない方がいいよって言うと、本当だよって、ほっぺたを膨らませるし」

「なるほどねぇ」ひかりさんは顔をしかめることなく、むしろ笑ってうなずいていた。

「四月にも、他の女子たちが飼っている犬や猫の話をしていたら、うちではダチョウを飼ってる、なんて言い出して。何でそんなことで張り合おうとするんだろうって思うんだけど、たまにそういう子っているんだよね。で、ダチョウの話が半信半疑だった二年生の女の子が見に行きたいって言ったら、平気でいいよって答えるし」

「じゃあ、本当に飼ってたのかしら」

「ないない、最初からウソなんだから。次の日になったら、ダチョウが脱走していなくなったって、しれっと説明してたよ。その辺りから、ひとみちゃんはウソつきだって陰で言われるようになっちゃって」

そのせいもあって、下級生の子たちとは距離ができて、さちにばかりまとわりつくようになった、というくだりは省略した。

「それで今日はとうとう白い馬」さちはため息をついた。「もともと上級生や中学生は、笑って聞き流してくれてたんだけど、低学年の子たちはひとみちゃんのウソがどうにも我慢ならなかったみたいで、これまでは陰口を言うだけだったけど、白い馬の話でついに、あからさまにウソつきだって、ひとみちゃんをみんなで責め立てたの。特に二年生のタカオ君は怒ってて、いい加減にしろ、お前なんかオオカミに食われてしまえって」

オオカミに食われてしまえというのは、オオカミ少年の話に由来するのだけれど、ひかりさんはすぐに意味が判ったみたいで、そのことについて聞き返しはしなかった。

「それはかわいそうね」

「自業自得っていう面もあると思うけど」

「でも、ひとみちゃんがついてきたウソって、別に誰かからおカネを騙し取ろうとか、不安な気持ちにさせて面白がってやろうとか、そういう悪意があるウソじゃないでしょ。妖精を見たとか、ダチョウを飼ってるとか、白い馬に乗ったカウボーイがくすのきクラブの前を通ったとか、どれも本当だったとしたらちょっと素敵だと思わない？」

ひかりさんは口もとを緩《ゆる》めて静かに笑っている。

「まあ、本当だとすれば、だけど」

「私はさっちゃんから今聞いたばかりだけど、想像するだけでわくわくするもの。そんな楽しいウソをついただけのひとみちゃんが、みんなから仲間外れにされちゃったら、かわいそうじゃない」

「それは、まあ……」

確かに、ウソだと判ってはいても、トイレに行くと、もしかしたらと思って妖精を探している自分がいたり、ひとみちゃんが本当にダチョウを飼っているところを想像してくすっと笑ったりもした。白い馬に乗ったカウボーイも、建物に出入りするときについつい前の通りに顔を突き出して目をこらしたくなるかもしれない。

でも、だからこそ怒り出す子たちがいるとも言える。一年生の女子のウソに惑わされることを屈辱に感じて、反発したくなる気持ちも湧いてくる。上級生は笑って聞き流せるけれど、低学年の子たちにそれはちょっと難しいかもしれない。

「子どもがウソをつくのは成長の証」

「え?」

「テレビ番組で心理学者さんが言ってたわ。子どもがウソをつくようになるのは、それだけ知恵が発達してきたということで、誰もが通る道だから、あまり目くじらを立てない方がいいんだって」

「そう？　でも学校の先生も親も、ウソをつく人間になってはいけない、みたいなことをすぐに言うよ」

「それは多分、ウソをつく子どもを放置したら、大人になってもズルい人間になってしまったり、人からおカネを騙し取ったり、不祥事を隠したり、デマを流してみんなに迷惑をかけたりするような大人になるんじゃないかと心配してのことでしょうね。でも、十歳ぐらいになればほとんどの子は、ウソをついたせいで恥をかいたり、バレて叱られたりする体験によって、ウソなんてつくもんじゃないって学習するから、それほど心配しなくていいのよ。むしろ、ウソをついて痛い目に遭うっていう体験が大事だってこと」

「ふーん」

一理ある理屈だった。最初から、ウソをついてはいけないと大人から言われても、子どもにはその理由が理解しづらい面がある。でも、実際にウソをついて恥をかいたりバレて叱られたりすれば、ああ、ウソをつくのはよくないと実感できる。

「ひとみちゃんもきっと、あんなウソをつくんじゃなかったたって思ってるはずよ。でも、ウソだったって認めて謝るのもプライドが許さないんでしょうね。そもそも、誰かを傷つけるようなウソではなくて、みんなを楽しませようとしてついたウソだったと思うから、他の子たちから責め立てられて、いじけちゃってるんじゃない？」

「じゃあ、どうすればいいかなあ」

これは難題だ。ひとみちゃんには悪気なんてなかった。でも他の下級生たちはウソつきだって怒ってる。そのことを、ひとみちゃんも根に持って同じぐらい怒ってる。

「井手さんとかマイさんとかに頼んで、仲直りさせる？」

「大人から無理矢理仲直りさせられても、遺恨《いこん》が残るかもしれないわねー。遺恨って、判る？」

「うん、意味は判る。遺恨試合とか、以前いろいろあっていがみ合ってる、みたいな」

「こういうのはどうかしら」ひかりさんが普段とは違った、ちょっとずるそうな笑い方をした。「本当に白い馬に乗ったカウボーイを、くすのきクラブの前を通らせちゃうの」

「えーっ」

さちは立ち止まって、ひかりさんを見返した。この人はいったい、何を言い出すんだろうか。実はやっぱり、ちょっとボケてきてるんじゃないか。

ひかりさんも一度立ち止まったけれど、笑いながら「行きましょう」と促した。「もしそんなイタズラができたら、面白いと思わない？ スタッフの人たちも他の子たちもびっくりするだろうし。でも、ひとみちゃんが一番びっくりするでしょうね」

「それは、そうだけど」

ていうか、あなたの横を歩いてる小五の女子が今一番びっくりしてるんですけど。

「それでね、ずっと後になってから、本当のことを教えるの。そうねー、ひとみちゃんの名誉がめでたく回復して、ひとみちゃんもウソの度が過ぎたことを反省して、もう子どもじみたウソをつかなくなったと判断できたら、ってことにしない？　それまでは、さっちゃんと私と、カウボーイさんだけの秘密。あと、くすのきクラブ代表の高津原さんには事前に話しておいた方がいいわね」

「ひかりさん、カウボーイの知り合いなんているの？」

「本物のカウボーイの知り合いはさすがにいないけど、カウボーイをやってくれそうな人なら、いなくはないのよ。その人に頼んで、白い馬に乗ってもらうの。ダメ元で頼んでみるというのはどうかしら」

「本当にそんな人いるの？」

「いたらどうする？」

ひかりさんは口の片方だけにゅっと曲げて笑った。

いやいやいや。ダメ元じゃなくて、ダメでしょ、そんなの。この辺りにそんな人がいるとは、とても思えない。もしかして、ひとみちゃんに影響されて、ひかりさんまで変なウソをついてるとか。あるいはやっぱり本当にボケてきてる？

そのとき、ミツキさんが言っていた、ひかりさんは実は魔法使いなのだという話を思い出した。そういえば、さっきの意味ありげなひかりさんの笑い方には、普段は隠している魔女の一面が垣間《かいま》見えた気がする。

「じゃあ、帰宅したらその人に電話をかけて事情を話してみるわね」ひかりさんはそう続けた。「それで、もしOKしてもらえそうだったら、明日にでも直接出向いて説明してみようかしら」

「明日？」

「もし会いに行けることになったら、だけど。そのときは、さっちゃんも行く？　そんなに遠くじゃないわよ。さっちゃんちの近くからバスに乗ったら、二十分ぐらいかしらね」

「……いいけど」

「じゃあ、おうちの電話番号、教えてくれる？」

「ごめんなさい、固定電話はもうなくて。メールアドレスでもいい？　家族共用のパソコンがあるの」

「いいわよ。私はスマホもパソコンも持ってないけれど、ミツキさんに頼んでメールしてもらうから」

さちは立ち止まってリュックを下ろし、メモ帳にアドレスを書いて、そのページをやぶいて渡した。ひかりさんは目でそれを確かめて、「ありがとうね」と笑いながら、たたんで作務衣のズボンのポケットに入れた。

気がつくと近所のマンションのそばまで来ていた。マンション敷地内の児童公園のうんていで、ひかりさんがまずぶら下がりをやり、その後さちがけんすいをした。既にできるようになっていた二回目をやり、三回目にもチャレンジしたけれど、途中で腕が伸びた。さちが一回できたのしか見ていなかったひかりさんは「すごい、すごい。さっちゃんは本当に成長が早いわねー」と拍手をしてくれたけれど、さちの心中はそれどころではなかった。

くすのきクラブの真ん前に、白い馬に乗ったカウボーイが本当に現れるなんて、とても信じられない。明日になったら、やっぱりダメだったっていうメールが来るんじゃないか。きっとそうだ、ひとみちゃんがダチョウを飼っていると言い出して、見に行きたいと言われて、脱走してしまったと言い訳したのと同じだ。

でも、ひかりさんはどうしてそんなウソをつくんだろうか……。

その日の夜、家族共用のパソコンに、ミツキさんからメールが届いた。

「カウボーイさんに電話をかけたところ、面白そうですねと言ってくれて、明日会えることになりました。午後二時に迎えに行っていいですか？　都合が悪かったら知らせてください。ミツキも行くからよろしくね。　ひかり&ミツキ」

白い馬に乗ったカウボーイを出現させるなんて、実現できっこないというさちの予想は、あっさり覆《くつがえ》されたらしかった。

土曜日は曇り空だったけれど、天気予報によると降水確率は二〇パーセントだったので、傘なしでも大丈夫そうだった。昼食後、おじいちゃんには「またひかりさんちに行く」とだけ言っておいた。そもそもどこに行くのか判らないし、ミッションは内緒だから、細かいことを説明するのは難しい。

午後二時より早く、路地の外に出て待つことにした。おじいちゃんが見送りに来て、いろいろ聞かれたら、ひかりさんも困るかもしれない。

ほどなくして、白銀色の大きな車がやって来たかと思うと、さちが立っていた路地の前に停まった。後部席の窓が下りて、ミツキさんが「さっちゃん、乗って」と手招きした。

何、何、この車。運転席には知らないおばさんがいて、さちに向かって笑いかけている。

ドアが内側から開き、ミツキさんから「ほら、早く」と急かされ、訳が判らないまま乗り込むことになった。お尻をずらして後部席の真ん中に移動したミツキさんがさちの身体の上に乗り出すようにしてドアを閉める。

後部席の一番奥にはひかりさんがいて、「さっちゃん、こんにちは」と笑いながら小さく手を振った。

ハンドルを握るおばさんも振り返って「こんにちは」と言ってきたので、さちも同じ言葉を返した。びっくりしたのと大きな高級車にいきなり乗って緊張したのとで、心臓の鼓動が少し速くなっていた。

シートベルトをミツキさんに装着してもらったと思ったら、車はすぐに発進した。ハンドルを握るおばさんが「では、まっすぐケヤキ食品に向かいますね」と言い、ひかりさんが「お手数かけます。ありがとうございます」と頭を下げると、おばさんは「とんでもない。これしきのこと、お安いご用です」と返した。

車内は広くて、後部席に三人並んで座ってもまだ余裕があった。お母さんが乗っている軽自動車とは全く別の乗り物だった。しかもちょっと柑橘《かんきつ》系のいい匂いがする。

おばさんは、肩にぎりぎり届かないぐらいの茶髪をきれいにセットしていて、薄手の青いセーターも新品みたいに見えた。顔はちょっと地味な印象だけれど、いかにも上品そうな人だった。もしかしたらこの車のせいでそう感じてしまうのかもしれない。

ひかりさんが「バスで行くつもりだったんだけど、車を出しますからって言われちゃって。遠慮したけれど、こういうことになったの」とさちの方を向いて言った。

さちが「カウボーイさんがそう言ったの？」と尋ねると、ハンドルを握るおばさんが小さく噴き出してから、「そう、そのカウボーイから頼まれて、私が送らせていただいてるのよ」と言った。

ミツキさんがさちに顔を向けて「この方はソノベさん。ケヤキ食品の専務さんの奥さんなの。ソノベの字は、動物園の園に、部活動の部。ケヤキ食品って知ってる？」と聞いてきた。

「ケヤキ製菓だったら、二年生のときに遠足で見学に行ったけど……」

「あー、なるほど」ミツキさんがうなずく。「園部さんの旦那さんは、前はそのケヤキ製菓で役員をなさってたんだけど、今はケヤキ食品の専務さんなの。ケヤキ食品はケヤキ製菓の子会社で、お菓子ではなくて健康食品だとかサプリメントなんかを扱ってるのよ。子会社って判る？」

「親の会社から生まれた子どもの会社？」

「まあ、そういう解釈で大丈夫。ケヤキ製菓が出資して作った会社ってことね」

さちは、専務というのがどれぐらいの立場なのかがよく判らなかったけれど、会社の中で上の方の人だろうという察しはついた。何しろ奥さんが運転している車がこれなのだ。それに、同じ専務でも、小さな会社と大きな会社とでは全然違うはずだ。園部さんは大きな会社の偉い人だということは間違いない。

片側二車線の国道に入り、北へと進んだ。

ミツキさんが「お母さんやおじいちゃんには何て説明した？」と聞いた。

「ひかりさんちに行くとだけ。どう説明したらいいか判んなくて」

「そうね、秘密のミッションだからね」

「専務の園部さんがカウボーイをやるの？」

「そうらしいよ」

「白い馬は？　どうやって借りるの？　園部さんは乗れるの？」

「まあまあ、そうぐいぐい聞かないで」ミツキさんが笑ってさちの肩をぽんぽんと叩いた。「百聞《ひやくぶん》は一見《いつけん》にしかず、ね」

園部さんの奥さんが「夫の園部は子どもの頃から、真崎先生には本当にお世話になったのよ」と言った。最初は誰に向かっての言葉だろうかと思ったけれど、バックミラー越しに目が合い、自分に言っているらしいと気づいた。

「ええと、書道教室？」さちが横を見ると、ひかりさんが笑顔で「そう」とうなずいてから、「お世話になったのは私の方なんだけどね」とつけ加えた。

「先生、またそんなご謙遜を」園部さんの奥さんがほんの少し頭を後ろに傾けた。「家庭の事情で月謝が払えなくなって、園部は書道教室を辞めることにしたの、小四のときに。さっちゃんより一学年下のときね」

園部さんの年齢は知らないけれど、夫人を見た感じからすると今は六十歳ぐらいだろうか。その人が自分より一学年下だったときと言われても、どうもピンとこない。三十代のお母さんの子どものときの話でさえ、大昔のことのように思えるのだから。

「でも真崎先生は」と園部さんの奥さんが続ける。「園部に、月謝の代わりに、下級生の子たちに硬筆《こうひつ》を教えたり宿題を見てやったりして欲しいと言ってくださったの。園部が書道を好きだっていうことをご存じだったから、何とか通い続けられるように、そういう提案をしてくださったの。真崎先生の書道教室はオープンで、行かなくていい日でも上がり込んで宿題とか勉強とかしていいことになってたから」

ひかりさんが「本当に手伝ってくれる人が欲しかったから、私の方が助かったのよ」とやんわり否定したけれど、園部さんの奥さんはそれを無視するように「しかも、他の子たちが帰った後で、手料理を食べさせてくださって」と続けた。「それがまた美味しくてねー。イワシのぬかみそ炊き、南蛮漬け、川エビと野菜のかき揚げ、ショウガの味噌漬け。おにぎりがまた美味しかったって、園部から何回聞かされたことか。あれはただの塩おにぎりじゃない、魔法のおにぎりだって」

さちは「園部さんの奥さんも同じ書道教室に行ってたの?」と尋ねた。それがまた美味しくてねー、という言い方は、そのとき一緒に食べてたように聞こえる。

「ごめんなさい、言い方が悪かったみたい。私が真崎先生の手料理をいただいたのは割と最近なのよ。あんまり美味しいから、真崎先生に頼み込んでレシピを教えていただいちゃって。特にイワシのぬかみそ炊きがいいのよねー、食欲がないときでも気がついたらご飯が進んじゃってるし、身体にもいいし」

そのとき、さちは思い出して、尋ねてみた。

「ドリルとか漢字の書き取りとか、できると判ってるところは飛ばせばいいっていう勉強法は、もしかして園部さんが？」

「そうなのよ」ひかりさんがうなずいた。「園部さんが下級生にそれを教えてるのを見て私、この人はどんな道に進んでも活躍するだろうなって思ったわ。そしたらやっぱり、大勢の人たちの上に立つお仕事をなさってる」

「いえいえ」園部さんの奥さんが頭を横に振った。「真崎先生との出会いのお陰で園部はここまでこれたんですよ」

さちがさらに「園部さんは、空手の白壁先生とも知り合い？」と尋ねたところ、園部さんの奥さんが「あら、さっちゃんも、白壁先生をご存じなのね」と聞いてきた。

「まだ一度だけだけど、空手体験教室というのに参加して、教えてもらいました」

「見た目はちょっと怖そうだけど、優しい人でしょ」

「はい。白壁先生もひかりさんのことを大恩人だ、みたいに言ってました。書道教室の生徒の中で、自分が一番目をかけてもらったって」

「それはちょっと聞き捨てならないわね」園部さんの奥さんの声がどこか尖《とが》った感じのものになった。「一番可愛がってもらってたのは自分だって、園部からはもう、耳にたこができるぐらいに聞かされてきたわよ。あの頃はお母さんとアパートで二人暮らしだったけれど、暗くなってもお母さんは仕事で帰って来ないから、真崎先生のところに入り浸ってたって。それが許されたのは自分だけだったって、誇らしげに言うのよね。下級生の勉強を見てあげるたびに真崎先生が感謝して喜んでくれるのがうれしくて、誰かの役に立つことがどれほど幸せなことなのかを知ることができた、真崎先生は進むべき正しい道を教えてくれた恩人だって」

演説みたいに話がヒートアップし過ぎてしまったことに気づいたようで、園部さんの奥さんは「あ、すみません、何だか興奮しちゃって」と肩をすくめ、ミツキさんがくすっと笑った。

ひかりさんは静かな笑顔で、さちに向かって人さし指で軽く眉毛をなぞる仕草を見せてから、小さくうなずいた。話に尾ひれがついておおげさになってるみたいだから、眉に唾をつけて聞いた方がいいわよ、という意味みたいだった。

ミツキさんが「私のお父さんも、園部さんによく勉強を教えてもらってたんだって」と言った。

車は市役所前の通りを進んで、ＪＲ線の高架下をくぐり、工場が多い地域に入った。ケヤキ食品はその一角にあったけれど、一角というより、コンクリート塀に囲まれたそこは、かなりの広さがありそうだった。何しろ、ミツキさんが「ここがケヤキ食品の工場と本社があるところ。ケヤキ製菓の工場や本社もこの中にあるのよ。だから、さっちゃんも見学で来たはず」とコンクリート塀を指さしてから、かなり進んでもまだその塀は続いた。

そういえば来たかなあ、という感覚だった。

ようやく正門らしいところが見えてきて、車は中に入った。

いきなり検問所みたいな場所があり、お巡りさん風の制服に制帽のおじさんが小窓から顔を出したので、その子どもは何者ですか、などと問い質されるんじゃないかと身構えたけれど、園部さんの奥さんが大きめのカード状のものを提示して「ケヤキ食品専務取締役、園部テツの家族と知り合いです」と言うと、おじさんはうやうやしく敬礼し、「お疲れ様です。承《うけたまわ》っております。どうぞお通りください」と手で中の方を示した。

敷地の中は、アスファルトの地面に進行方向を示す矢印やラインがいくつも書いてあり、そういえば低学年のときに見学で来たときも、こういうのがあったなあと少し思い出した。建物がいくつもあるのに歩いている人があまりいないのは、みんな建物の中で働いているからだろう。

やがて到着したのは、敷地内にある中でも新しそうな外観の三階建てビルの前だった。

園部さんの奥さんがスマホから電話をかけ、「今着きましたー。あとよろしくお願いしますね」と言い、振り返って「どうぞ中にお入りください。園部がすぐに下りて参りますので」と促した。さちが「一緒に行かないんですか?」と尋ねると、園部さんの奥さんは「ごめんなさい、私はこの後ちょっと用事があって。でも帰りの車はちゃんと園部が手配するので心配ないから」と笑って説明した。

園部さんの奥さんの車を見送り、建物の中に入ると、受付みたいな場所にいた、化粧濃いめの若い女の人二人が立ち上がって一礼した。ミツキさんが小声で「わおっ、何かセレブになった気がしてくるねー」と笑った。

左手にあったエレベーターが開くと、スーツ姿のおじさんが飛び出してきて「真崎先生っ」と手を振ってホール内に声を響かせ、小走りで駆け寄って来た。頭皮薄めでやせているけれど、きりっとした顔つきの人だった。

「真崎先生、このたびは声をかけていただいて、ありがとうございます」園部さんはにこやかに頭を下げてから「えーと、お孫さんのミツキさんと、こちらがさちさんですね」と、さちに視線を移し、「園部と申します。よろしくお願いします」とさちたちにも丁寧におじぎをした。ミツキさんが「祖母がお世話になっております」と応じた。ひかりさんが「急に変なお願いをしてごめんなさいね。でも助かったわー、園部さんがいなかったら絶対に実現できないことだろうし」と言うと、園部さんはちょっと胸を張るような姿勢になって「真崎先生のお役に立てるのなら、お安いご用ですよ」と答えた。

この後どうなるんだろうかと思っていると、園部さんの先導で建物の外に出たところで、白いワンボックスカーが近づいて来た。運転席には、作業服姿の若い女性がいた。目の前に停まったワンボックスカーの車体横には、ケヤキ食品のロゴマークが書かれている。園部さんが「さ、乗りましょう」とスライドドアを開ける。さちが「どこに行くの?」とミツキさんに尋ねると、「お馬さんに会いに行くのよ」と返ってきた。

ワンボックスカーは正門とは反対の方向、敷地のさらなる奥へと進んだ。

しばらくしてワンボックスカーがたどり着いたのは、敷地内の最も奥らしい、コンクリート塀の手前にある、ちょっとした広場だった。そこはアスファルトではなく雑草があちこちに生えている未舗装のスペースで、鉄柵で囲まれていた。

そして広場の中には、数頭の馬たちがいた。数えてみると、全部で五頭。大きな馬もいれば、ポニーらしき小型の馬もいる。右側にある木造の建物は、馬小屋だろうか。ワンボックスカーを降り、柵に近づくと、エサをくれると思ったのか、何頭かが近づいて来た。風と共に、独特の匂いが鼻をくすぐった。

ミツキさんが「わあい、馬だぁ」と声を上げた。ひかりさんが「ミツキさん、これが目的で一緒に行くって言ったのよね」と笑ってうなずく。

「何でこんなところに馬が……」

さちが半ば無意識にそう漏らすと、隣に立った園部さんが「ケヤキ食品が去年から始めた、ホースセラピー活動に使う馬たちです」と言った。「その他、今後は県内のイベントなどでも活躍してもらう予定です。差し当たっては夏の銀天《ぎんてん》パレードと、秋のわんにゃんフェスタでのふれあい動物コーナーですね」

園部さんはそう言ったけれど、言葉がなかなか頭に入ってこなかった。目の前にやって来た白い馬は、予想していたよりもうんと大きくて、柵がなかったら後ずさりしたくなるぐらいの迫力があった。

「例のミッションは、このコに協力してもらいましょう」園部さんが白い馬を手で示した。「名前はアツコ。こう見えても女のコなんですよ」

ミツキさんが「じゃあ、アッちゃんだ。さっちゃんとアッちゃんがご対面」と言った。

その白い馬が、柵の隙間から頭を出して、さちが手を伸ばせば届くところに顔を近づけてきた。

ミツキさんから「触ってあげたら？」と促され、こわごわ右手で目と鼻の間をなでた。筋肉の弾力と共に温かみが手のひらに伝わり、まつげの長い黒目を見て、少し気持ちが落ち着いた。

「アッちゃん、こんにちは」と言うと、アッちゃんはぶるるるっと鼻を鳴らした。しぶきが少し顔にかかったけれど、汚いとは思わなかった。

8

作業服を着た女の人は、森《もり》さんという人で、馬たちの面倒を見る仕事を請け負っています、と自己紹介した。請け負う、という表現からすると、ケヤキ食品の社員ではなくて、ケヤキ食品から頼まれて馬の面倒を見る仕事をしている、ということみたいだった。背は低めでちょっとぽっちゃり体型だけれど、整った顔立ちをした、明るそうな人だった。

「ホースセラピーというのは簡単に言うと」とその森さんが説明を始めた。「発達障害や知的障害がある子どもたちに馬と触れあってもらったり、乗馬体験をしてもらったりする取り組みのことです。心に不安を持っている子どもたちが乗馬によって自信をつけたり、孤独感を軽減したり、心が癒やされたりする効果があるとされています。また乗馬は予想以上に腹筋や背筋、腿《もも》の内転筋《ないてんきん》を使うので、体幹部のトレーニングにもなります。姿勢をよくしたり、バランス感覚を養ったりする効果もあるんです」

「ここに来てくれた子どもたちの中には、大人になったらここで働きたいと言ってくれる子もいるんですよ」と園部さんが言った。「馬ふんを堆肥《たいひ》にして販売する事業も始めていて、袋詰めやラベル貼りなども含めた作業で今後さらに人手が必要になりますから、希望者はできるだけ採用したいと思っています。馬ふんの堆肥は、バラの栽培に適してるんですよ。県内のバラ栽培農家さんと既に取り引きを始めています」

へえ、馬ふんがバラを。みんなが汚いと思っているものが、きれいなものを作る。ちょっと童話に使えそうな題材だ。

「質問いいですか」とミツキさんが手を上げた。「小さい馬はポニーだと判りますけど、大きい馬たちは引退した競馬の馬なんですか?」

「いいえ」と森さんが頭を横に振った。「競馬で走っているのは主にサラブレッドという種類で、あと地方競馬ではアラブと呼ばれる種類もいますが、ここにいるのは主にクォーターホースという種類です。アラブなどの血が入った個体もいますが。クォーターホースは世界で一番数が多い種類で、乗馬の他、荷物を運んだり馬車を引いたりするのに使われてきました。昔は畑を耕したり牛の群れを誘導したりする仕事もしてたんですよ」

園部さんが「カウボーイが乗ってたのもこの種類の馬なんです」と言った。「でもホースセラピーには馬の種類よりも個体の性格の方が大切です。馬も人間と同じで、気性の荒い馬もいればおとなしい馬もいる。では、ホースセラピー用の馬はどんな馬でしょう」

質問され、さちが「おとなしい馬」と答えると、園部さんが「そのとおり」と人さし指を立てた。ちょっと言い方が、クイズ番組の司会をやってる人みたいだった。

「園部さんがこの馬に乗って、くすのきクラブの前を通るの？」

さちが尋ねると、園部さんは「そうさせてもらいましょうかね。カウボーイにしてはちょっと年を取ってるけれど」と後頭部に片手をやった。

「乗れるの？」

園部さんはぷっと噴き出して「大丈夫です、乗れますよ」と笑った。森さんも笑っている。

「ここから、くすのきクラブまでは遠いよ」

多分、五、六キロあるはずだ。

「それも大丈夫。アツコは外を歩くのが大好きだから」

「馬に乗って道路を歩いてもいいんですか？」とミツキさんが聞いた。それは、さちも思ったことだった。

「道路交通法上、馬や牛は軽車両扱いなんです。歩道でなく車道を通ることなどの決まりを守れば、馬に乗って出歩いてもいいんですよ。一応、地元の警察には断りを入れておくし、馬たちを道路に慣れさせるために、この周辺ではよく外出させてるんです。くすのきクラブまではちょっとした遠出になりますが、アツコは多分、大喜びだと思いますよ」

「昔は」とひかりさんが言った。「馬や牛を飼ってる農家がたくさんあって、その辺の道を荷物を背負って運んだり荷車を引いたりしてたのよ。今ではもう見かけなくなっちゃったけどね」

さちの「ふーん」という声が、ミツキさんの同じ声とハモった。

「では」と園部さんがパンと手を叩いた。「せっかくいらしてくださったので、お三方にも乗馬を体験していただきましょうか」

さちが「えっ」と声を上げると、ミツキさんが「まあ、そういうリアクションになるよね」と笑った。どうやらミツキさんは、乗馬体験をさせてもらえそうだと知って、それ目当てでついて来たらしい。

お三方ということは、ひかりさんも乗るんだろうか。大丈夫だろうか。

すると、さちの不安そうな顔つきに気づいたミツキさんが、「おばあちゃんはこの三人の中で唯一、乗馬体験があるんだよ」と言った。

「本当?」

「二年前、農林水産まつりという催しに出かけたときに、乗馬体験コーナーがあって」とひかりさんが笑ってうなずいた。「コウイチさんっていう、ミツキさんのお兄さんから、強引に乗せられたのよ。でも楽しかったー。馬の動きが身体に伝わって、すごく仲よしになれたような気がしたわ」

「おばあちゃんの実家が農家で、子どものときに馬を飼ってたそうなんだけど」とミツキさんが言った。「男の子はその馬に乗せてもらえたのに女の子はダメだって言われて、乗れなかったんだって。それがすごく悔しかったっていう話を聞いた兄ちゃんが、余計なお世話を焼いたわけ」

農林水産まつりと聞いて、ちょうど鉄砲の弾が肩に当たって入院していた頃だったのではないかと思った。見舞いに来たまゆみ伯母さんが、農林水産まつりに行くつもりだ、みたいなことをお母さんに言ってたのを覚えている。

白い馬のアッちゃんは森さんがいったん馬小屋に連れて行き、しばらくして鞍《くら》をつけて戻ってきた。顔にもハーネスみたいなベルトが取り付けられて、森さんが引いている手綱につながっていた。

馬小屋の中を通らせてもらい、そこから馬たちがいる広場に入った。目の前には三段ある木製の階段が置いてあり、森さんはそこにアッちゃんを移動させた。階段の一番上に乗っても、アッちゃんの鞍にまたがるのは難しそうだった。

「さっちゃんから行こうか」と森さんから言われ、「えっ、まじ？」と少し後ずさりしたけれど、ひかりさんでも馬に乗ったのだから、尻込みしたら恥ずかしいぞ、と自分に言い聞かせた。

階段を上がり、「アッちゃん、よろしくね」と、首を軽く叩いた。森さんから「足を乗せるところがあるでしょ。そこに左足をかけて、右足を大きく上げて鞍をまたいでね」と言われ、まずは教えられたところに左足を引っかけた。ミツキさんが「右足を上げるときに、補助してあげるね」と階段を上って来てくれた。

両手で鞍につかまり、一、二、三の合図で左足に体重をかけ、右足を振り上げた。ミツキさんがすかさずさちの右足に手を当てて押し上げてくれたお陰で、すんなり乗ることができた。

「わあ、高い」と声を上げた。「お馬さんはいつも、こんな高いところから見てるんだ」さちにとってはちょっと懐かしい高さの眺めだった。幼稚園の頃によく園庭を見回した、登り棒のてっぺんからの眺め。

森さんから手綱のつかみ方を教えてもらい、「じゃあ、行くわよ。両脚でぎゅっとはさむように力を入れてね」と言われて、すぐにアッちゃんは歩き出した。ぱっかぱっかぱっかと歩くたびに身体が少し上下する。最初は緊張して、心臓の鼓動が速くなったけれど、すぐに余裕を取り戻し、周囲の景色を見渡せるようになった。ケヤキ食品のいろんな建物、コンクリートの壁、曇り空、そして他の馬やポニーたち。振り返ると、白いポニーが一頭、ついて来ていた。アッちゃんと仲がいいのだろうか。何となく、さちの後をついて回るひとみちゃんを連想した。

広場の中を二周してもらい、小旅行は終わった。乗るときに使った階段に下りて「アッちゃん、ありがとう」と首を軽く叩いたとき、何だか自分がちょっとだけ成長したような気分になった。めったに体験できないことができた高揚感から、自然と顔がほころんでいるのが判る。

「じゃあ、次は私ね」ミツキさんが右手を出してきたのでハイタッチした。ミツキさんも実は緊張しているみたいで、手のひらがちょっと汗ばんでいた。

ミツキさんは「うわあ、高い」「いい気分」「ヒュー」などと口にし、心から楽しんでいるようだった。降りたときには「こりゃいいわ。最高」と少し顔を紅潮させていた。

続いてひかりさんもアッちゃんに乗った。ひかりさんは年の割には身軽な動きで、ひょいと鞍にまたがったので、乗る前に「大丈夫ですか？」と心配そうな顔をしていた森さんがびっくりしていた。アッちゃんは本当におとなしい馬で、誰に対しても嫌がる素振りをみせず、淡々と歩いてくれる。ひかりさんが乗る姿は様になっていて、まるでアッちゃんと旧知の仲みたいだった。

夢のような時間が終わり、園部さんが「正門前にタクシーを呼びますから。そこまでは森さんに連れて行ってもらってください」と財布からタクシーチケットらしきものをひかりさんに渡した。ひかりさんは「いいんですよ、そんな」と遠慮したけれど、園部さんは「受け取っていただかないと困ります」と怒ったように言ってちょっと強引にひかりさんに握らせ、それからスマホを取り出して、なぜかその場から少し離れた。

連絡を終えた園部さんは「では私はここで失礼します。真崎先生、カウボーイの衣装を調達しておきますんで、日程などは後でまた電話で相談させてください」と言ってお辞儀をした。ひかりさんも「園部さんのお陰で素敵ないたずらになりそう。本当にありがとう」と頭を下げた。

森さんが運転するワンボックスカーで正門まで送ってもらい、お礼を言って三人で正門の外に出ると、見覚えがあるタクシーが停まっていた。運転席にいたお母さんが、ぎょっとした顔でこちらを見ている。さちも「えっ、何で？」と漏らした。

翌日、ミッションは次の金曜日、子ども料理教室の後片付けが終わる頃に決まったという内容のメールがミツキさんから届いた。さちは金曜日が待ち遠しくて、何度もみんなが驚く様子を想像してにやついた。週間天気予報によると、火曜日から木曜日は降水確率が割と高かったけれど、金曜日は大丈夫そうだった。

くすのきクラブ代表の高津原さんには話を通しておくことになり、園部さんが事前に電話をかけて説明をした上で水曜日に来訪し、事務室で高津原さんにあらためて話をしたようだった。園部さんは子どもたちがいる二階の部屋には来なかったので、さちも会わなかったけれど、後で高津原さんから小声で「さっき来たよ、カウボーイさん」と教えてもらった。そのときに、子ども料理教室で使っているみそやマヨネーズなどの調味料、お好み焼き粉などは、ケヤキ食品から提供してもらっている、ということも教えてもらった。商品を運搬したりするときに箱の一部が潰れたりすると、店から返品されてしまうらしい。格安スーパーなどに値段を下げて納めたりしているけれど、それでも余る商品が出るから、くすのきクラブに寄付してくれたのだという。高津原さんからの説明はそれだけだったけれど、ひかりさんが園部さんに頼んだか、園部さんからの申し出で提供してもらっているのだなと判った。

お母さんはここ数日、ちょっと機嫌がいい。ミツキさんがひかりさんの知り合いに広めてくれたお陰で、ケヤキ食品や白壁会館の来客などを、お母さんがご指名で送迎する仕事が急に増えたからだ。先週の土曜日、ひかりさんとミツキさんからケヤキ食品にいた理由について車内で説明を受けたとき、お母さんは「はあ」と戸惑い顔で、二人を降ろしてさちだけを乗せているときにも「白い馬に乗ったカウボーイって……おかしなことを企むおばあさんねえ」と呆れた様子だったけれど、ご指名の仕事が次々と入り始めると「ひかりさんって、すごい人ねー。あの人が一声かけただけで、大企業の偉い人や、大勢の弟子を抱える空手の先生が、私のタクシーを利用してくれるなんて。いったいどういう人なのかしら」と驚きと好奇心が入り交じったような態度に変わった。そして「営業成績が上がっていけば、社内でも見くびられることがなくなるわねー」と上機嫌で缶酎ハイのプルタブを引いた。

いよいよ金曜日がやってきた。あいにくの曇り空だったけれど、水曜日と木曜日に降り続けた雨は上がり、天気予報によるとこれから夜にかけて徐々に晴れてくる、とのことだった。

子ども料理教室は、豚汁と焼きおにぎりを作った。みんなで手分けして材料を切り、井手さんやマイさんと中学生が鍋を担当し、小学生は調理ラップを使っておにぎりを作り、油を引いた弱火のフライパンで両面を焼きながら、ハケでだし入りしょうゆを塗った。香ばしい匂いが立ちこめ、何人かが「あー、腹が鳴る」「何とも言えないいい匂いー」などと言ったけれど、さちはこの後のことが気になって、それどころではなかった。

みんながだいたい食べ終えたところで、豚汁のおかわりをよそう係をしてくれていたひかりさんが、さちたちがいる調理台にやって来た。

「ひとみちゃん、白い馬に乗ったカウボーイを見たの？」

他の子たちにも聞こえるよう、大きめの声だった。何人かの子たちが、ちょっと顔をしかめている。その話はしない方がいいのに、という感じだった。

ひとみちゃんは返事をせず、焼きおにぎりの最後の一口を残して箸を置き、うつむいた。そんなウソをつくから仲間外れになっちゃうんだよ、みたいな説教が始まると思っているのだろう。実際、あのときから今日まで、ひとみちゃんは他の低学年の子たちとほとんど口を利いていない。無視されているというより、お互いに意地を張って距離を取っている感じだった。

「私も見たわよ、確か五月の終わり頃だったかな」ひかりさんはさらに声を大きくした。「昼休みの後、外の空気を吸いに駐車場に出たら、白い馬に乗ったカウボーイが、ここの前を通ったのよね」

周囲がざわつき始めた。誰かが「はあ?」「ウソだろ」と言うのが聞こえた。

「それでびっくりして、あっ、て言ったら」ひかりさんは構わず続ける。「白い馬が駐車場の前まで来て、カウボーイさんが手を振ってくれたの。それでちょっと安心して、ここをよく通るんですかって聞いてみたら、たまにねって言ってたよ。こんなところを馬で通っていいのって聞いたら、法律で認められてるから大丈夫だって」

井手さんもマイさんも、唖然としていた。遠くにいた高津原さんは、笑いをこらえているようだった。他の子たちは眉間にしわを寄せたり、ひそひそ声で話し合って苦笑したりしている。反応はまちまちだったけれど、誰も信じてはいないようだった。それはそうだろう。さちも、秘密のミッションだということを知らなければ、ひかりさんがとうとうおかしくなったと思ってしまう。

ひとみちゃんが、目を見開いて、「見たの?」と尋ねた。

「見たわよぉ」ひかりさんが大きくうなずく。「でも、誰も信じてくれないのよねー。

何日か前に高津原さんにそのことを話したんだけど、そんなわけないでしょって笑われちゃって。他の人には言わない方がいいですよ、だって。でも、ひとみちゃんも見たらしいってさっき、さっちゃんから聞いたから、やっぱりと思って、内緒にしておく必要はないかなって」

男子の誰かが「ウソに決まってんじゃん」と言うのが聞こえた。

ひとみちゃんは、どういう反応を示せばいいのか判らないようで、ぽかんとしたままひかりさんを見上げている。

ひかりさんは静かに笑いながら、「そろそろまた会えるかもね」とうなずいた。

みんなで後片付けをしている途中、井手さんがさちに「さっきのあれ、どういうこと?」と聞いてきた。

「何がですか?」

「何がって……白い馬とカウボーイ。ひかりさん、何であんなことを」

「ひかりさんが見たと言うのなら、本当に見たんじゃないですか」

「ウソ、ウソ、ウソ。そんなの、あるわけないでしょ」

「どうして?」

「どうしてって……」

井手さんの困惑顔を見て、噴き出しそうになり、さちは顔を背《そむ》けた。気持ちを抑えてから真顔を作り、「気になるのなら、ひかりさんに直接聞いた方がよくないですか。私は見たわけじゃないので」と言うと、井手さんは「まあ、そうなんだけどさ……」とまだ何か言いたそうにしていた。

後片付けが終わり、二階の部屋に戻ってしばらく経ったところで高津原さんがドアを勢いよく開け、「白馬に乗ったカウボーイが来たよっ。窓から見えるよっ」と言った。部屋中がどよめき、「ウソだぁ」「んなわけない」などという声が上がりつつも、みんな窓に殺到した。

くすのきクラブの真ん前の道は、中央線のない市道だ。その道を右から左方向に向かって、白い馬のアッちゃんがぱっかぱっかとゆっくり歩いている。乗っているのは、グレーのテンガロンハットをかぶり、ベージュの長袖シャツ、ジーンズ姿のカウボーイ。ハットのつばでここからは顔が見えないけれど、細身の体型で園部さんだと判る。さちが窓を開けて「おーい」と手を振ると、園部さんが見上げて手を振り返した。他の子たちは言葉を失って、食い入るように見ている。ひとみちゃんも唖然としていたけれど、気を取り直して、さちと同じように「おーい」と手を振った。園部さんが再び手を振り返す。するとようやく「本当かよ」「まじかー」という声が上がり始めた。園部さんちがさらに声を張り上げて「見に行ってもいい？」と尋ねると、園部さんは片手の親指を立てて見せ、左折して、くすのきクラブの駐車場に入って来た。さちが走り出すと、他の子たちも続いた。高津原さんが「走らない、転ぶわよ」と注意したけれど、誰もはやる気持ちを抑えられないようで、廊下や階段に賑やかな足音が響いた。

外に駆け出すと、園部さんはアッちゃんから降りて、手綱を引いて立っていた。ベルトのバックルはいかにもカウボーイ風の立体模様が入った金属製のもので、足もとも、先が尖っていてヒールがちょっと高い、茶色のブーツだった。確かウエスタンブーツという、カウボーイなんかがはくやつだ。馬のアッちゃんは、子どもたちがやって来ても興奮する様子もなく、静かに立って、優雅に長い尻尾を振っていた。

みんな、興味津々という感じで顔が上気していたけれど、触れるほどには近づくことができず、二メートルぐらい離れて、アッちゃんと園部さんを取り囲む形になった。

井手さんたちスタッフらも子どもたちの後ろに来ていた。ひかりさんだけはみんなから少し離れて、玄関の前から、にこにこして見守っている。

「本当にいたんだ……」と二年生のタカオ君が言った。「ひとみちゃん、ウソつきだって言って、ごめん」

タカオ君に謝られたひとみちゃんは「う、うん……」とうなずいたけれど、なぜ本当に白い馬とカウボーイが現れたのかが不思議過ぎるようで、呆然自失という感じだった。

井手さんもマイさんも、あまりの驚きに、口を開けてアッちゃんを見つめている。マイさんが何か言い、井手さんは頭を横に振っている。どういうこと？　みたいなことを言われて、判らないよ、と答えたのだろう。

中学生女子の一人が「おじさん、カウボーイなの？」と尋ねると、園部さんは「カウボーイの格好をしてるだけだよ。普段は会社で働いてるおじさん。この馬は、子どもたちとのふれあいイベントなんかをするために会社で飼っていて、今日は運動させるために外出したんだ」と手綱を持っていない方の手でアッちゃんの首をなでた。さらに他の子たちから「前にもここを通ったことある？」「その馬で通勤してるの？」「馬は暴れたりしないの？」などと聞かれ、前にも通ったことがあること、通勤は普通に車を運転していること、おとなしい馬だから近づいても大丈夫だけれど、絶対に蹴られないとは言えないから馬の後ろには立たない方がいいことなどを話した。すると途端に「きゃっ」という複数の声と共に、アッちゃんの後ろにいた子どもたちが動いて、空間ができた。

園部さんと目が合い、ほんのわずかの判るか判らないかというぐらいのウインクをされた。さちは笑いをこらえながら、かすかなうなずきを返した。

「さて、そろそろ会社に戻ろうと思ってたんだけど」と園部さんが軽く咳払いをした。「せっかくだから、希望する子どもを、ちょっとだけ乗せてあげようかな」

いっせいに「えーっ」という悲鳴にも似た驚きの声が上がり、何人かが後ずさった。女の子たちは隣の子と腕を抱きかかえ合ったり、他の女子の後ろにしがみついたりしている。男子の中には後ろから押されて「やめろよぉ」みたいなことをやっている。みんなかなり興奮しているようだった。

井手さんが「大丈夫ですか、そんなことして。落ちたりしたら……」と探るように尋ねると、園部さんは「普段からホースセラピーと言って、知的障害や発達障害の子どもたちを乗せてる馬なので大丈夫です。私がちゃんと手綱を引いてゆっくり歩くから、心配いりませんよ」と笑って答えた。すると高津原さんが「じゃあ、お願いしちゃいましょう。井手さん、脚立《きゃたつ》を持って来てくれませんか」と頼み、井手さんは「あ、はい」と建物の中に取りに行った。井手さんは普段から、蛍光灯の取り替えだとか高い場所の掃除だとか、脚立を使う作業を任されている。

園部さんの提案で、乗りたいと手を上げた順番に並んだ。最初は、さちを含めて四、五人しか手を上げなかったけれど、その子たちが並んだのを見て他の子たちも手を上げ始め、全員が並ぶことになった。ひとみちゃんはためらっていたけれど、さちが「きっと楽しいよ」と声をかけると意を決して手を上げたので、さちはひとみちゃんの後ろに並び直した。

くすのきクラブが入っている建物は、正面玄関側と裏口にそれぞれ車十台分ぐらいの駐車場があり、そこ以外は金網フェンスで囲まれている。道路に面した側は建物の壁が迫っていて、人が何とかすれ違えるぐらいしか幅がないけれど、裏側は馬が通れるぐらいの余裕がある。このため、正面玄関側の駐車場からスタートして建物の裏側を通り、裏口の駐車場で方向転換して戻って来る、という一往復ずつをすることになった。乗り降りの際は、井手さんが補助してあげることになった。

乗ったときに「きゃー」と叫んだ中学生女子、緊張で顔が強張《こわば》っていた高学年の男子、「すげー、高い」と周囲を見回した中学生男子、乗るときに尻込みをして後ろの子に順番を譲った低学年の女子など、反応はまちまちだったけれど、戻って来たときにはみんな、緊張と高揚感と、言葉では表現できない感動が顔に表れていた。もうすぐ自分の番がくる子が、先に乗った子に「どうだった？」と尋ね、聞かれた子は「むっちゃ楽しかった」と上気した顔をほころばせた。

ひとみちゃんも、他の子たちが乗るのを見て落ち着いてきたようで、乗るときにはちょっと顔が強張っていたけれど、戻って来たときは満面の笑みだった。

ひかりさんはその間ずっと玄関出入り口ドアの前にいて、にこにこして見守っていただけだった。ひかりさんこそが実はこのミッションの仕掛け人で、総合演出を担っているのだと知ったら、みんなどれほど仰天《ぎょうてん》するだろうか。

園部さんが帰るために再びアッちゃんにまたがったとき、子どもたちの中から「次はいつ来る？」「また来てー」という声が上がり、園部さんは「すぐには無理だけど、いつかまた会おう」と手を振って、ぱっかぱっかと去って行った。子どもたちの多くが外に出て、姿が見えなくなるまで「ばいばーい」「ありがとう」と手を振った。すれ違う軽自動車を運転していたおばさんが、ものすごくびっくりした顔をしていた。

さちも手を振りながら、園部さんも園部さんの会社もまた、大いなる力には大いなる責任が伴う、という言葉の意味をよく判っているのだなと思った。ケヤキ食品は大きな会社だから、おカネもたくさん持っているはずだ。でも、そのおカネを自分たちの給料を増やすことだけに使ったりしないで、ホースセラピーという活動にも使って、地域に役立とうとしている。

建物に戻るときに、さちの前にいた男子たちが「まさかここでこんな体験ができるとは」「何か、夢見てるみたい」「本当に夢だったりして」などと言い合っていた。後ろから「俺もちょっと乗りたかったなー」とつぶやく声がしたので振り返ると、井手さんだった。その井手さんと目が合い、何か問いたげな顔で見返されたけれど、隣にいたマイさんから「だったら頼めばよかったのに」と言われたのを機に前に向き直った。井手さんは、これは何か裏があるんじゃないかと勘づいたようだったけれど、真相には多分、たどり着けないだろう。

部屋に戻ったところで中学生女子の一人がひとみちゃんに「ひとみちゃんが見たっていうの、本当だったんだね」と言うと、ひとみちゃんは目を泳がせながら「う、うん」とうなずいた。すると、それをきっかけに低学年の子たちが「ウソつきだなんて言ってごめんね」「僕もごめん」「私もごめんなさい」と順番に謝り、ひとみちゃんは「うん」「いいよ」などと答えた。部屋の隅から、ひかりさんがそれを笑って見ていた。

その後は、高学年の男子や中学生男子らがテーブルの一つに集まって、本棚にあった動物図鑑を開き、馬の種類などを調べ始めた。「さっきの馬って、これかなあ」「それっぽいね」「色で種類は決まらないだろう」などと言い合っている。さちが後ろから覗き込むと、男子らがこれではないかと指さしているのは、フリージアンという種類の馬だった。確かに掲載されている写真だけでは区別が難しそうだ。さちが我慢できずに「さっき乗った馬は、クォーターホースっていう種類だって」と言うと、男子らが振り返り、そのうちの一人が「何で知ってるの？」と聞いてきた。

「それは……私が乗せてもらってるときに、カウボーイのおじさんに聞いたから。そしたら、クォーターホースっていう種類だって教えてくれたの」

男子らは「ふーん」と言いながらページをめくり、それらしきものを見つけた。正式名称はアメリカンクォーターホースというらしい。みんなの中心にいて図鑑を広げていた男子が「あ、ほんとだ。カウボーイが乗ってたのがこの種類だって書いてある」と説明書きの箇所を指さした。

もしかしたら、くすのきクラブの年上の男子に自分の方から話しかけたのは、これが初めてかもしれない。でも身構えることなく、普通に話すことができた。

その後、図鑑は女子グループに渡り、彼女らも熱心に読んでいた。聞こえてくる会話から、馬と人との歴史などにも興味が広がっていることが判る。知識に対する抑えきれない欲求を、みんなが今、体験している。そういえば、先日の空手体験教室の数日後も、参加した男子らは空手についてそれぞれが調べたことを言い合っていた。教科書に載っていることと違って、実体験は知的好奇心を強烈に刺激するものらしい。さち自身も、けんすいを始めたことで、トレーニングについての知識をある程度身につけることができた。誰からも強制されず、自分で知りたくなって調べるのは、こんなに楽しいことなのだ。

トイレに行くときに、ひとみちゃんもついて来た。戻る途中、廊下で立ち止まり、前後に誰もいないことを確認して、さちは「びっくりしたでしょ、白い馬とカウボーイ」と言ってみた。ひとみちゃんは大きな目を向けて「うん」とうなずいた。さちが何か知っているらしいと察したようだった。

「これ、内緒の話だよ。他の人には言っちゃダメだよ。約束できる?」

ひとみちゃんがちょっと思い詰めたような表情になって「うん」と再びうなずいた。

「実は、ひかりさんはね、魔法使いなの。だから、ひとみちゃんがウソつきだって言われてるのを気の毒に思って、白い馬とカウボーイさんを登場させたのよ」

「えーっ、ウソだあ」

ひとみちゃんは笑ったけれど、絶対にウソだという確信は持てていないことが表情から窺えた。

「じゃあ、どうして白い馬とカウボーイが現れたと思う？」

「……判んないけど」

「ま、信じなくてもいいけど、ひかりさんが魔法を使うと、うんと体力を消耗しちゃうの。今日みたいな魔法だと、今夜から何日か寝込んじゃうぐらい疲れるの」

「本当？」

「うん。だから、むやみに魔法は使えないの。今回は、ひとみちゃんを助けるために魔法を使ってくれたけど、もう、ああいう作り話はしないこと。ひとみちゃんの作り話は、私は聞いていて楽しいけれど、中には嫌な気持ちになる子もいるんだよ。実際、ケンカになったでしょう」

ウソだとは言わずに作り話という表現を使ったお陰か、ひとみちゃんは受け入れてくれたようで「うん」と一応はうなずいてくれた。

「判ってくれてありがとうね」さちはひとみちゃんの頭をなでた。「ひとみちゃんは判ってくれる子だと思ったから、ひかりさんも魔法を使ってくれたんだよ、きっと」

ひとみちゃんは、さまざまな感情がごっちゃになってこみ上げてきたようで、鼻をぐすぐすさせて泣き出した。両手で目をぬぐって「うえーん」と口をへの字に曲げた。

今、誰かに見られたら、いじめてるみたいに思われるぞと気づき、前後を見回した。

幸い、誰もいない。

そのとき、ひとみちゃんが少し赤く腫れた目をさちに向けて聞いてきた。

「さっちゃん、ひかりさんが魔女だって、何で知ってるの？」

やば。

「それは……ひとみちゃんが他の子たちとケンカになって、そのことをひかりさんに相談したの。ほら、私、金曜日はひかりさんと帰りが一緒だから。そしたら、だったら白い馬とカウボーイを登場させて、ひとみちゃんを助けてあげようって、ひかりさんが言い出して。私がそんなことできるわけないでしょうって言ったら、ひかりさんはにやにやし始めて、実は私、魔法使いだからできるのよって」

「ふーん」ひとみちゃんはまだちょっと半信半疑みたいだったけれど、話のつじつまが合ってることは理解してくれたようだった。

「そのとき私、ひかりさんが魔法で助けてあげたら、ひとみちゃんは図に乗ってまた変な作り話をするかもよって言ったんだ、ひとみちゃんには悪いけど。そしたらひかりさん、ひとみちゃんは今回のことで失敗したと思ってるから大丈夫、もう作り話は卒業するはずだからって。そのときに、魔法を使うと体力を消耗するということも聞いたんだ」

ひとみちゃんは何か言いたそうではあったけれど「ふーん」とうなずいてくれた。

結局、ひとみちゃんは、ひかりさんが魔法使いだということは誰にも言わない、さちと二人だけの秘密にするという約束の指切りげんまんに応じてくれた。でもその後、さちに向かって急に、人さし指を口に当てて意味ありげに笑う、という判りやすいことをやり始めた。あのことは内緒だよねー、というバレバレの仕草。案の定、それに気づいた二年生のかなえちゃんから「何？　今の」と聞かれ、「ううん、何でもない」と頭を横に振っていた。

それもやめるよう、後で約束させなければ。


ひかりさんとの帰り道は、秘密のミッションが成功して、みんなが驚いた様子やどれほど大喜びしていたかで、話が止まらなかった。あらためて「ひかりさん、本当にありがとう」と礼を言うと、ひかりさんは「私の方こそ、ありがとう。こんな楽しい作戦を一緒にできて、とてもいい気分」と笑って答えた。ひとみちゃんに後でこっそり、ひかりさんは実は魔法使いだということや、もう作り話はしないことを約束させたことを伝えると、「あら、私、魔法使いにされちゃったの」と口に片手を当てて上品に笑った。

その日のけんすいは、現状維持の二回半だったけれど、さちはそこでバーから手を離さずにぶら下がったまま三、四秒休憩してからもう一度チャレンジしてみた。やっている途中で気づいた裏技だった。すると三回目は、あごがバーの高さまであと少しというところまでできた。二回半ではなくて二回でいったんぶら下がって休憩していたら、確実に三回できていたはずだった。

さちが着地すると、ひかりさんが「すごい、さっちゃん、もうちょっとで三回できるところまできたじゃないの。最初は一回もできなかったことを考えると、ものすごい進歩ね」と、いかにも感心した表情で拍手した。

「でも、ちょっとズルしちゃった」さちは舌を出した。「最後はぶら下がったまま少し休んだから」

「ううん、それはズルじゃないと思うわよ」ひかりさんは即座に頭を横に振った。「けんすいは回数を計るものであって、基本的に制限時間はないんだから」

「そうかなあ」

「ちょっとぐらい、ぶら下がって休んだっていいのよ。同じテンポでやったら二回半だけど、最後にちょっとぶら下がって休んだら三回できる。だったら三回できた方が気分もいいでしょ。これは、さっちゃんが編み出した方法なんだから、限界を突破するために使えばいいのよ」

「うん、そうだね」

ひかりさんに認めてもらったお陰で、ズルをしたという後ろめたさは消えていった。

この裏技を使えば明日は三回できそうだな、というのは確かに気分的にもずっといい。

「でも、さっちゃん、そろそろオーバーワークになってるかもしれないから、トレーニングの量は少し減らした方がいいかもね」

「オーバーワーク？」

「トレーニングの量が多すぎるかもしれないってこと。オーバーワークになっちゃうと、伸びない状態がずっと続いたり、ときには回数が減ってきたりしちゃうそうよ」

さちは首をかしげた。毎日、公園でけんすいにチャレンジして、その後でネガティブトレーニングを五回やってるだけだ。時間にすると五分もかかっていない。

「さっちゃんは若いし、回復力もあるから、そう簡単にはオーバーワークになったりしないかもしれないけど、全力でけんすいを一セットやったら、もうそれだけでかなり筋肉を使ってるのよ」

「白壁先生がそう言ってたの？」

ひかりさんが「そう」とうなずいた。「だから、けんすいの回数が増えていくのとは逆に、ネガティブトレーニングの回数は少しずつ減らしていった方がいいわね」

「あー、そういうことか」

でも、さちはどうも納得がいかなかった。けんすいの回数にチャレンジして、その後でネガティブトレーニングを五セットやってるだけで、本当にオーバーワークになんてなるんだろうか。もちろん、トレーニングの量を少し減らした方が本当に調子が上がって回数を増やせるのだったら、こんなにいい話はないだろうけど……。

9

それからしばらくは雨のせいでけんすいができない日が続いた。さちはちょっといらいらしていたけれど、二週間ぐらい経って、ひかりさんが言っていたオーバーワークというものを理解することになった。

二日連続で強い雨の日があり、三日ぶりにけんすいをやってみたら、何と四回目ができたのだ。最後の四回目は裏技を使ったけれど、それでも四回できたという事実は確かである。どうやら、ひかりさんの助言は本当だったらしい。

パソコンを使って、あらためて「オーバーワーク」について調べてみたところ、ウエイトトレーニングは限界までやって強い刺激を与えなければ筋肉は発達しないが、その一方で、何セットもやるとオーバーワークになってプラトー状態に陥りやすい、という説明を見つけた。要するに、筋肉を発達させるためには強度の高いトレーニングが必要だけれど、何セットもやったら疲労回復が遅れ、かえってマイナスになってしまう、ということだ。

以来、さちは雨が降る日は休憩すればいい、その方が順調に回数は増やせるのだと、気楽に取り組むことができるようになった。また、けんすいの回数にチャレンジした後のネガティブトレーニングも、五セットから三セットに減らすことにした。

梅雨の晴れ間だったその日、さちは干していた洗濯物を取り込むときにお母さんのストッキングを伝線させてしまい、その理由が手のひらにできたタコのせいだと気づいた。特に中指と薬指のつけ根の下辺りの皮が盛り上がって硬くなり、その手で触ったストッキングが伝線してしまったのだった。そのタコを見せたところ、指で触ったお母さんはびっくりして、「このままけんすいを続けてたらグローブみたいな手になるわよ」と言い出し、百円ショップでゴムのすべり止め加工がされた子供サイズの軍手を買ってくれた。こういう感じの軍手は、体育のソフトボールでバットを握るときに使ったことがある。バットを振った勢いですっぽ抜けるのを防ぐため、みたいな説明を先生がしていた。

以後、その軍手はリュックのポケットにいつも待機させることとなった。

立禅も無理をせずに少しずつ時間を延ばしながら続けて、九分間できるようになった。頑張れば十分以上できるとは思うけれど、無理をすると続けることがストレスになってよくない。だから九分間をしばらく続けて、そろそろいいかなと思ったら三十秒だけ延ばすというやり方を心がけた。一応の目標は、小学生のうちに二十分できるようになること。ゆっくりペースでも充分に可能なはずだ。途中でやめたりせず、こつこつ続けてさえいれば。

入浴後のストレッチは、立禅よりも速く効果が表れた。立位体前屈《りついたいぜんくつ》は最初、指先がやっと床に届くぐらいだったけれど、今では手のひらをぺたんと着けられるようになった。開脚前屈でも、鼻先ぐらいは床に着けられるようになった。この調子で続けてゆけば、いつか新体操の選手みたいに百八十度開脚ができるようになるかもしれない。そうなれば、スポーツクライミングでも足を伸ばせる範囲がうんと広がり、かなり有利になるはずだ。

金曜日の帰り道は、ひかりさんと相変わらず、いろんなお話を作りながら歩いた。雨の日も、傘をさして前後に並んで、雨音に負けないよう声を張って話した。

その中では、白い馬のアッちゃんを主人公にした話と、リキを主人公にした話がなかなかの出来映えで、さちは後でそれをノートに書いた。

白い馬のアッちゃんは駆けっこが速くないせいで、他の馬たちからちょっとバカにされていた。速い馬たちは競走馬になって活躍し、みんなからちやほやされたけれど、アッちゃんは子どもたちの乗馬体験の相手をするばかり。速い馬たちから「お前、走るところを見たことがないぞ。もしかして走り方を知らないのか？」などとからかわれる。アッちゃんは、最初のうちは腹を立てていたけれど、だんだんとそんなことはどうでもよくなる。子どもたちが喜んでくれるのが楽しいから。やがて月日が経ち、速かった馬たちは衰えてしまい、怪我をしたりもして、よたよたと歩くことしかできなくなる。でもアッちゃんは今でも元気いっぱいで子どもたちの人気者。他の馬たちはうらやましそうにそれを見ているのでした。

おとなしい性格で誰にでも尻尾を振って近づいてしまうリキは、あるとき家に泥棒が入ったのに吠えなかったせいで、おカネなどを盗まれてしまう。あまり被害は大きくなかったけれど、リキが番犬として役に立たなかったことを、近所の人たちから馬鹿にされる。散歩中に出会ったよその犬たちからも「お前、泥棒にも吠えなかったんだって?」などとからかわれる始末。特に、猛然と吠えて泥棒を撃退した近所の犬と較べられて、リキはダメな犬だとみんなから言われる。でもその後、リキのお手柄によってそのときの泥棒は逮捕される。リキが尻尾を振って近づいたとき、泥棒はうっかり軍手をはめた手でリキをなでてしまい、警察の捜査で容疑者の一人として浮上していたその泥棒が持っていた軍手に、リキの毛が付着していたため、決定的な証拠となったのだ。こうしてリキは、リキなりのやり方で泥棒を捕まえることに成功し、みんなからちょっと見直され、リキはリキでいいんだと認められる。

さちは、やっぱりひかりさんは本当に魔法使いかもしれないと思うようになっていた。お話を作るのでも、自分一人だったらなかなか上手くいかないけれど、ひかりさんと一緒だと、ときどき素敵な物語が出来上がる。ひかりさんの最初の提案に、きっともう魔法がかかっているのだ。「もし馬のアッちゃんを主人公にしたら、どんなお話ができるかしらね」「もしリキを主人公にしたら、どんなお話ができるかしらね」と言ったとき、ひかりさんの頭の中には、だいたいの物語の輪郭が既に浮かんでいて、後はそれがさちに伝わるように、上手い具合に誘導してくれてるのではないか。ひかりさんはきっと、「そんなわけないじゃないの。さっちゃんだから楽しいお話が作れるのよ」と言うだろうけど。

七月に入り、梅雨が明けた頃に二回目の空手体験教室があった。このときは十人ぐらいが参加し、初めて参加した子たちは白壁先生がサンドバッグを蹴ったり突いたりする迫力に目を丸くしていた。

子ども料理教室も毎週金曜日に開催されて、夏休み前の最後の日は、豚の冷しゃぶや温野菜などを載っけた素麵《そうめん》を作った。七夕のときには一階エントランスに飾られた笹にみんなの願いごとを書いた短冊がつり下げられた。〔料理が上手になりたい〕〔馬の世話をする仕事をしたい〕といったものもあった。さちは〔読み語りお姉さんになって、たくさんの子どもたちを楽しませたい〕と書いた。学校ではバカにされたけれど、くすのきクラブでは誰も悪口を言ってきたりはしない。さちの読み語りを下級生たちが楽しんでくれていることを、みんなが知ってるから。

ひとみちゃんは、あれからは変な作り話をしなくなり、乗馬体験で何か自信のようなものがついたのか、以前はさちについて回ってばかりだったのが、他の低学年の子たちとも一緒に過ごす時間が増えてきた。そして今でも白い馬アッちゃんの話を誰かが始めると、みんなが「あれはすごかったなー」「またいつか乗りたいね」などと目を輝かせた。貴重な経験を共有できたことで、それまで互いに無関心だった子たち同士の間でも連帯感みたいなものができたようだった。

土曜日か日曜日には、ときどきひかりさんちに出かけて、ミツキさんと一緒にリキの散歩をした。ミツキさんは、白い馬のアッちゃんに乗った園部さんがくすのきクラブに現れたときの様子を聞いて、手を叩いて笑い、「見たかったなー」と言った。また、さちがけんすいを四回できるようになったと知って、ミツキさんは「えーっ、私、この前やってみたら、一回がやっとだったのにぃ」とびっくりしていた。ミツキさんきっかけで、さちのお母さんの仕事が増えたことについて、あらためて礼を言うと、「何の、何の。私じゃなくて、おばあちゃんの人脈なんだから」と片手を振った。

七月下旬にようやく梅雨が明け、その次の週から夏休みになった。くすのきクラブは基本的に、学校に登校する時期に合わせて開かれているので、夏休みの間はお休みとなる。その夏休みの初日に、五年生になってほとんど会ったことがない、四十代ぐらいのおじさんで、おなかが出ている担任の先生がさちの家にやって来て、対応したおじいちゃんに夏休みの宿題プリントなどを渡した。その先生が言うには、他のドリルや自由研究は無理しなくてもいいが、〔祖父母など身近な高齢者から人生経験について話を聞き、それを原稿用紙四枚以上にまとめること〕という課題だけは是非提出して欲しい、とのことだった。二学期中に一冊の文集にまとめたいのだという。そのとき、さちは二階の部屋にいて、先生が来ているらしいことには気づいていたけれど、下りては行かなかった。おじいちゃんも、担任の顔なんて見たくないだろうと気を利かせてくれて、さちを呼んだりはしなかった。後でさちに説明したおじいちゃんは、「あらかた、教育委員会のお偉いさんたちにも配布する文集だから、全員提出しなきゃいけないってことになってるんだろうよ」と口を歪めて言った。

その日の夕食時に、課題作文をどうするかという話になった。おじいちゃんは「身近な高齢者っていったら俺か、真崎ひかりさんってことになるが、嫌だったら何も書かなくてもいいし、真崎ひかりさんのことを書きたかったら書けばいいんじゃないか」とテレビを見ながら関心なさそうな態度だった。さちにはそれが、本当は自分のことを書いて欲しい気持ちがあるけど、そうならなかったときにショックを受けないように、そう言ったように映った。さちが「できたらおじいちゃんの若い頃とか、やってた仕事のことを聞いて書いてみたいな。ちゃんと聞いたこともないし、自分のルーツになる話だし」と答えると、おじいちゃんは「まあ、そうしたいんなら、そうするかね」とそっけない言い方をしたけれど、実はうれしかったみたいで、しばらくしたらやっていた仕事のことなんかをいろいろと話し始め、食事が終わる頃には、来週の月曜日にでも、おじいちゃんがかつて働いていた中央卸売市場に行ってみよう、ということが決まった。お母さんも「実際に見に行った方がイメージしやすくなるし、暇つぶしにもなるからいいかもね」と賛成したけれど、微妙な笑い方をしていた。おじいちゃん喜んでるわね、あんたも気が利くじゃないの、と言いたそうな表情だった。

月曜日は天気がよすぎて建物の陰にいないと汗がにじんでくるぐらいの暑さだった。おじいちゃんとバス停のベンチに座っていると、道路の先の方の空気がゆらゆらと動いている。確か、陽炎《かげろう》という現象だ。さちが「おじいちゃん、陽炎ができてるね」と指さし、「どうしてああいうふうに空気が歪んで見えるのかな」と聞いてみたけれど、おじいちゃんは白い開襟《かいきん》シャツのえりをつまんでぱたぱたさせながら「そりゃあ、あれだろう。暑いからだろう」と言ってから、「ハンカチじゃなくてタオルを持って来た方がよかったなあ」とつけ加えた。おじいちゃん、知らないのなら知らないと言えばいいのに。帰宅したら、陽炎についてパソコンで検索してみることにしよう。

中央卸売市場に行くには、いったんJR駅前のバスセンターで別のバスに乗り換えないと行けないらしい。以前、おじいちゃんは自分の車で通勤していたけれど、引退後に車を手放してからはペーパードライバーで、家に一台だける軽自動車もお母さんの通勤用なので、バスで行くしかない。バスセンターで乗り換えたとき、おじいちゃんは「タクシーにすればよかったかなあ」とつぶやいたけれど、本当にそう思っていたら今ごろはタクシーの車内にいたはずだ。バス料金とタクシー料金はかなり違う。距離が長くなればなるほど、その差は開く。

港の埋め立て地に入ると、辺りの景色は工場や倉庫ばかりになった。さちにとっては初めて来る場所なので、ちょっと珍しい眺めである。隣に座っているおじいちゃんが「中央卸売市場は港の埋め立て地の一番先にあるんだ。もう少しだから」と言い、しばらくしてから「ほら、大きい煙突が見えてきただろう。あれは中央卸売市場の隣にあるエコセンターという施設で、中央卸売市場で使われる電気も全部、エコセンターで可燃ゴミを燃やして作られてるんだ」と、ちょっと自慢げに指さした。

中央卸売市場は思っていたよりもうんと広くて、バス停を下りてから、おじいちゃんが働いていた会社が入っている水産棟という施設までは、歩いて十分ぐらいかかった。もしかしたらケヤキ製菓やケヤキ食品が入っている敷地よりも広いかもしれない。

アスファルトの照り返しが強くて、おじいちゃんは何度もハンカチで汗を拭いている。直射日光を避けるため、途中にある青果棟という施設に入って、その中を通ることになった。

バスを降りたのはまだ午前十一時過ぎだったけれど、青果棟の中はがらんとしていて、仲卸《なかおろし》店と言われる施設内の八百屋さんや果物屋さんだけがいくつか開いているだけだった。人通りが思ったより少なくて、電気で走っているらしい黄色い運搬車みたいなのがときどき通路を走っている。おじいちゃんは「中央卸売市場は朝の五時から九時ぐらいまでが一番人が多くて活気があるんだ。この時間帯はもう、みんな帰ってしまったり、後片付けをしてる頃なんだ」と説明した。

ようやく到着した水産棟もやっぱりがらんとしていた。競りが行われるというコンクリートの広いスペースにはちょっと魚の匂いが残っていて、長靴を履いた作業服姿の若い人がホースで水を撒き、これまた電気で走るらしい清掃用の車が床にブラシをかけていた。競り場はコンクリート護岸の海に面していて、漁船を横づけして獲れたての魚介類を運び込めるようになっているのだという。今は風が吹いておらず、ここから見える海はのっぺりとした印象で、空の青さとは対照的に色味がなくて、遠くを行き交ういくつかの船は止まっている絵のようだった。

おじいちゃんは「ここにたくさん魚を並べて、競りにかけるんだ」とコンクリートのだだっ広い空間を指さした。「この市場では競り下げと言ってね、競り人が値段を提示して、それで買うよと手を上げる人がいなかったら、少しずつ値段を下げていくんだ」と説明した。さちが「おじいちゃんは、魚の競り人だったんでしょ」と言うと、「四十代ぐらいまでは近海物と言ってこの近辺で獲れた魚を扱ってたけど、その後は水産棟の事業者組合で清掃活動の責任者をしたり、不要になった発泡スチロールを溶かして新しいのを作る施設の責任者をやったりしてたよ。だから最後の方は魚を直接扱うことはなくなってたな」との答えだった。おじいちゃんの言い方から察すると、競り人でなくなった後の仕事には、ちょっと不満を持っていたようだった。

水産棟の二階には卸売会社が二つ入っていて、おじいちゃんが働いていたのはそのうちの一つ、中央海産興業という会社だった。おじいちゃんの「せっかくだから、会社の中を見させてもらおう。まだ知り合いがいるはずだから」という提案で階段を上り、殺風景な廊下を歩いて、その会社の出入り口の一つから中に入った。他にも廊下にドアノブの出入り口が見えたけれど、ここだけがすりガラスの自動ドアだった。

おじいちゃんは受付にいたおばさんに「こんにちは。以前ここで働いてた重ノ木と申しますが、ヤマウラ専務さんはいらっしゃいますか」と、おじいちゃんにしては愛想よく尋ねたけれど、おばさんの方は少し顔をしかめて「アポは取っていただいてますか」と聞いてきた。会社の中はエアコンが効いていて涼しかった。

「アポ……あ、いや」おじいちゃんは顔の前で片手を振った。「実は孫娘が夏休みの課題で、私が働いてた職場のことなどを作文にまとめたいって言うんで、ちょっと連れて来てみたんですよ。ヤマウラさんとはいろいろつき合いがあったもんで、ちょっと顔を出してあいさつぐらいはしとこうかと思った次第で」

「そうですか」おばさんは少し思案顔になって内線電話を取り上げ、小声で誰かと話をし始めた。ときどき「重ノ木さんという方が」「お孫さんの夏休みの」「ヤマウラ専務を訪ねていらしてるんですが」という言葉が聞こえた。

しばらく待たされてやって来たのは、ノーネクタイのワイシャツ姿で髪を七三分けにした五十前後ぐらいの男の人で、首から下がっていた名札には、ヤマウラではなくて〔常広〕とあった。おじいちゃんが「おう、常広《つねひろ》さんじゃないか」と、ちょっとほっとしたように言い、常広さんも「重ノ木さん、ごぶさたしてます」と頭を下げた。おじいちゃんの後輩だった人らしい。

広い事務室内の隅にある応接ソファに案内され、常広さんと向き合って座った。常広さんから「何か飲みたいもの、ある？」と聞かれ、さちは「いえ、大丈夫です」と遠慮したけれど、受付にいたおばさんよりはだいぶ若いお姉さんがコップに入れた麦茶を、さちとおじいちゃんに出してくれた。常広さんは、「専務はあいにく接客中なもので」と説明し、おじいちゃんは「いやいや、私の方こそアポなしで来てしまって」と応じた。おじいちゃんが麦茶を一口飲んでから「常広さんは、今は……」と尋ねると、「総務部長をやらせてもらってます」と答えた。

「へえ、そうか。有能だったたからね―」

「いえいえ、名前だけで実態は雑用係ですから」

常広さんは苦笑いで片手を振ったけれど、雑用係だから急に孫娘を連れて訪問したOBの相手もしなきゃならないわけでして、みたいな微妙な空気が漂った。それを察したのか、おじいちゃんが「最近、景気はどんな感じ?」と話題を変えると、常広さんは「取扱量は減るばかりですよ」と少し顔を曇らせながら小さく数度うなずいた。

「昔のようには魚を食べなくなってきたからねえ、日本人は」

「それもありますが、場外流通の拡大が」

「そうだね、私がいた頃も既にそうなりつつあったからねえ」

場外流通というのは多分、中央卸売市場を経由しない流通、ということだろう。夕食中に家族で見たドキュメント番組でも、大手スーパーとか居酒屋チェーンなどが直接、漁師さんたちと交渉して買いつける約束をして、その代わり安く仕入れる、みたいなのをやっていたことがある。中央卸売市場という施設の必要度が下がってきた、ということだろう。

明るくない話題のせいで、さちは居心地の悪さを感じた。

雰囲気を変えようということなのか、常広さんが作り笑顔になって、さちに「水産棟の施設内はもう見て回った?」と聞いてきた。

さちが「さっき、ちょっと見ました」と答えると、おじいちゃんが「まだ競り場しか見せてないんで、この後、仲卸なんかを見せようかと思ってて」と補足した。

「じゃあ、ちょっと待ってて」常広さんはさちにそう言っていったん席を立ち、カラー刷りのパンフレットらしきものを持って来てくれた。「見学者用のものなんだけど、これを見れば施設内のことはだいたい判ると思うから」

さちは「ありがとうございます」と受け取り、中を開いてみた。中央卸売市場全体の内容を紹介するカラー刷りのパンフレットで、全部で八ページあった。その中には魚や野菜などが流通する仕組みを説明するイラストや、施設内の見取り図などもあった。何と、中央卸売市場の敷地内には、グラウンドや体育館もあるらしい。

常広さんが「重ノ木さんは今、お仕事なんかは?」と尋ね、おじいちゃんが「いや、何もしてなくて」と答えると、「いいですねー、悠々自適の生活かあ」「とんでもない、細々と年金で食ってるだけで」とさらに続き、やっぱり会話はいい感じには進まない。

麦茶は冷たかったけれど、ちょっと味が薄かった。

「さて、あんまり長居をしても何なんで」おじいちゃんが両手を両ひざに載せた。「そろそろお暇《いとま》させてもらいますけど、一つお願いできないかなあ」

常広さんが「何でしょう」とちょっと身を乗り出す感じで言った。おじいちゃんが帰るそぶりを見せたことが、何だかうれしそうだった。

「海上いけすを見学させてもらえないかと思って」

「ああ……海上いけすですか……」常広さんはいかにも困ったという顔になって、片手で首の後ろをなでた。「申し訳ないのですが、部外者は立ち入り禁止なんですよ」

「まあ、そうなんだろうけど、元社員が家族に見せるということで、何とかなりませんか。私が働いていた頃には、そういう融通は利いてたと思うんだけど……」

「残念ながら、今は昔と違って規則が厳しくなってまして……」

「ああ、そうですか」おじいちゃんはもともと細い目をさらに細くしてうなずいた。

「いや、無理な頼みごとをして申し訳ない」

「こちらこそ、すみません。あ、でも、金網越しにご覧になるのは全く構いませんので」

「ああ、そうですね」

最後の方は、おじいちゃんの方がそっけない態度を露骨に出していた。

結局、おじいちゃんが歓迎される雰囲気は全く感じることがないまま、長年勤めた会社を後にすることとなった。

金網越しに見る海上いけすは、海上釣り堀みたいな感じの四角いいけすがたくさん並んでいるだけの無味乾燥な眺めだった。風がほとんど吹いていないお陰で波打っていない海面がときおりはねてるのが判り、魚がいるのは確かなようだけれど、ここからだと何の魚がいるのか全く判別できない。おじいちゃんから、ハマチ、ヒラマサ、マダイなどがここにいること、天然魚を計画的に出荷するためにここに入れておいて、しばらくエサをやることになるからちょっとだけ養殖みたいになる、そういうのを畜養《ちくよう》というんだという説明を聞いても、ふーんと思うだけで何も心動かされるものはなかった。さちにとってはハマチもタイも、刺身やあら炊きなどの姿の方がリアルに頭に浮かぶ。

ついでに発泡スチロールをリサイクルする施設だとか、ターレと呼ばれる、場内での運搬に使われる黄色い電動車がたくさん駐車されている場所なども見たけれど、残念ながらパンフレットにも写真が載っているので、いちいち直に見るほどのものではなかった。途中、おじいちゃんは、常広さんが若い頃には先輩社員としていろいろ教えたらしいことをちょっと話したけれど、そのことでだんだん腹が立ってきたのか、「久しぶりに訪ねたのに、ちょっと冷たい感じの態度だったよな」とさちに同意を求めてきた。さちが素直に「うん、そうだね」とうなずくと、多少は気持ちが晴れたようで、「まあ、しゃーない。もうとっくに辞めた人間だからな」と自分に言い聞かせるようにつぶやいた。

仲卸店が並ぶ区画は、競り場などこれまでに見た施設とは違って、まだシャッターを下ろしていない店が割とあった。人通りはもうほとんどなくなっていて、仲卸の人たちも後片付けや掃除をしていたけれど、ガラスの水槽や小さなプール型のいけすを持っている店が割とあり、さちが「わ、すごい」と興味を持ったせいで、おじいちゃんが店を訪ねるたびに「すみません、ちょっといけすを見させてもらっていいですか」と声をかけて了解を取ってくれた。人がいない店は、おじいちゃんが「勝手に見ていいよ。上の事務所に誰かいるとは思うけれど、いちいち声をかけるとかえって迷惑だろうから」と店内にある階段を指さした。仲卸店は基本的に、一階が店舗で二階が事務所になっているらしい。

タイは思っていた以上に大きくて、スーパーで見かける尾頭《おかしら》付きのタイとは別物だった。おじいちゃんによると、こういうのはちょっと高級な料理屋さんや鮨屋さんに行くやつだという。タイの目の上がアイシャドーを塗ったみたいに鮮やかな青色をしているということを初めて知った。

トラフグたちはころころしていてかわいい。プール型のいけすに入ったイセエビやズワイガニたちは大きくて迫力があり、水族館に来たような気分を味わうことができた。イカがたくさん泳いでいる水槽もあった。さちが驚いたのは、十本の足の方を前にして泳ぐのが基本的な動きなのだということだった。考えてみれば確かに、口は足の奥にあるし、目も足のつけ根に近いところにある。だから足の方を前にして進むのが当たり前だ。ていうか、足というよりも手に近い存在なのだろう。マンガなんかに出てくるイカの姿や動きのせいで、ずっと誤解していた。

「ここにいるのはヤリイカっていう種類でね」おじいちゃんが説明する。「活け作り用のやつだよ。活け作りは食べたことがないだろう」

「刺身とは違うの？」

「ちょっと違うんだよ」おじいちゃんは少し機嫌がよくなったようで、口数が増えていた。「すぐにさばいて出すから、イカが半透明のままなんだ。甘くて、こりこりしてて旨いんだぞ。ゲソなんか皿の上でくねくね動いてて、口に入れたら吸盤が舌や口の内側にひっつくんだ。いつか食べさせてやるよ」

ゲソというのはイカの足のところらしい。でも話を聞いた感じだと、ちょっと口に入れるのは怖い。

「イカってのは、実は貝の仲間なんだ」

「えっ、まじ？」

「ああ、まじもまじ。貝は硬い殻に守られているけれど、基本的には海の底でじっとしているだけ。それに我慢ができなくなった種類が殻を脱ぎ捨てて、天敵に狙われる危険をかえりみず、自由に泳ぎ回る道を選んだんだ。動き回れる方が美味しいエサを食べられる機会が増えるからな」

「へえ」

普段は家でゴロゴロしてテレビを見ながら何かの悪口を言うか、詰め将棋をするか西部劇を見るかぐらいしかすることがないおじいちゃんが、今は全くの別人に思えた。

さらに、別の仲卸店の水槽にいた大型のアジたちについて、おじいちゃんはこんな話をしてくれた。

「ここにいるアジは大型でちょっと黄色みがかってるところが特徴だ。キアジって言われてるやつで、脂が乗って旨いから刺身用だ。それに対して、スーパーなんかで普通に見かける小型のアジはクロアジ。あんまり脂が乗ってないから、刺身には向いてない。もちろん塩焼きとか南蛮漬けにしたら、ちゃんと旨いがね」

「アジにも種類があるんだ」

「しかしアジの場合はどっちも同じアジなんだな」おじいちゃんは意味ありげに笑った。

「さて、どういうことか判るか？」

何かちょっと上から目線になってる。でも、おじいちゃんの機嫌がよくなることはいいことだ。さちは「判んない」と頭を横に振った。

「同じアジだけれど、普通に群れの中で生きてゆく道を選んだ個体と、群れから離れて単独行動で生きる道を選んだ個体との違いなんだ。基本的にアジは群れでエサになる小さな海の生き物たちを求めて回遊する。群れでいたら、大型魚から襲われても助かる確率は高くなるっていうのは判るよな」

「うん。千匹の群れだったら、仮に十四の仲間が犠牲になっても、助かる確率は……えーと、九十九パーセントか」

絵本『スイミー』に出てきた小魚たちも、みんなで大きな魚の形を作って泳ぐ方法で、天敵から身を守ろうとした。

「おっ、さすが五年生、計算が速いな」おじいちゃんはにたっと笑った。「でもその代わり、エサもみんなで分け合わなきゃならない。独り占めしようとしても、すぐに横から取られちまうからな。だからあまり身体も大きくならないし、身に脂も乗らない。しかしアジの中には、群れには加わらず、エサがたっぷりある場所に居着くやつがいる。そいつがキアジに成長する。一匹で行動するから天敵に襲われる危険性もあるけれど、エサを独り占めできるチャンスも多い。そのお陰で身体が大きくなるし、身に脂もたっぷり乗る。人間にもそういう違い、あるとは思わないか？」

確かに、会社に勤める方が向いている人もいれば、一人で商売などをしている人もいる。一人でやる人は、失敗したら損失を被らなければならないけれど、成功したら利益も独り占めできる。

さちはふと、自分はどっちなんだろうかと考えた。学校という群れの中にいるのがしんどくて抜け出してしまったけれど、それは積極的に一匹狼になりたくて選んだわけではない。弱っちいから群れからはじかれたのだ。

待てよ。アジの中にも、もともとは弱っちくて群れからはじかれたけれど、その後少しずつ一匹だけで生きてゆくすべを覚えて、エサをたっぷり食べて、たくましいキアジに成長した個体だっているかもしれないではないか。気が強くて群れから離れる個体もいるだろうけれど、大胆に行動し過ぎてすぐに天敵に食べられてしまったケースもあるはずだ。それとは逆に、臆病で弱かったからこそ周囲を警戒することを怠らず、生き延びることができた個体だっているんじゃないか。さちはこの考え方が気に入り、自分はキアジタイプなのだと自覚した。

そのとき、「あれ、重ノ木さんじゃないですかぁ」というだみ声がしたので振り返ると、シャッターが半分下りていたためさっきスルーした仲卸店の前に、体格のいいおばさんが立っていた。髪を後ろにまとめ、白いポロシャツに白いジャージ、白い長靴。かなり体重がありそうで、さちは何となく雪だるまを連想した。

「おお、江口《えぐち》さんじゃないか」おじいちゃんは目尻にしわを作って笑った。「よく俺だって判ったね」

「聞き覚えのある、ちょっと高めのよく通る声が耳に入ったから、あれっと思って出て来たらやっぱり重ノ木さんだぁ。お久しぶりです。引退してからもう十年以上になるわね」

「そうだね。年を取っただろう」

「それはお互い様よ」江口さんと呼ばれたおばさんは苦笑いをして片手を払う仕草を見

せ、さちに視線を向けた。「こちらは、お孫さん？」

おじいちゃんが「ああ、そうなんだ」とうなずき、さちは「重ノ木さちです」と会釈した。江口さんは「じゃあ、さっちゃんだね」と笑った。

江口さんの店の下ろしかけたシャッターには、店名の下部分、三分の一ぐらいが見えていただけだったけれど、〔江口商店〕と書いてあるのだと判った。

「私はここを」と江口さんは後方の店を指さした。「旦那と一緒にやってる江口です。よろしくね」

さちが「はい、よろしくお願いします」と答える声にかぶせるようにして、おじいちゃんは「旦那はいるかい？」と聞いた。

「さっきこれに」

江口さんが片手で何かをつかむような指の形を作って、それを回転させた。

おじいちゃんが「ああ、そういや好きだったんだよな」と苦笑いでうなずいた。さちにもそれがパチンコだということが判った。

「で、今日はお孫さんを連れて何の用事で？」

江口さんにそう聞かれて、おじいちゃんが経緯をざっと説明した。すると江口さんは「だったらうちにも寄ってってよ。おじいちゃんがここでどんな仕事をしていたか、話したげる」と言い、おじいちゃんに向かって「ね」と笑いかけた。

江口さんの店の水槽には、赤茶色ベースのまだら模様をした、とげとげした感じの魚たちがいた。泳ぎ回るのではなく、底にいてあまり動かない。サザエやアワビも入っていて、水槽にへばりついている。さちは、アワビに二本の触覚があることを初めて知った。おじいちゃんが「その魚はカサゴ。海底でじっとしてるけど、エサが近づいたら電光石火の早業《はやわざ》でパクリだ。見た目はごつごつしてるけど、刺身、天ぷら、煮つけ、何でも旨い高級魚なんだ」と説明した。

丸椅子を出してもらって座り、江口さんが二階から湯飲みに入ったお茶を持って来てくれた。麦茶かと思ったけれど、香りでほうじ茶だと判った。口に含んでみると少し温かい。お店の人がいつでも飲めるよう、大きなやかんで作っておくんだなと、さちは推理した。

「重ノ木さん、他の仲卸は覗いたの？」

江口さんに聞かれておじいちゃんは「ああ、人がいたとこには水槽を見せてくれって声をかけたよ。何人か覚えてる顔がいたけど、向こうは俺だと気づいてなかったみたいなんで黙っといた」

「あの頃は作業服にキャップだったから、この格好じゃ気づかれないかもねー」江口さんはうなずいてから、さちの方を向いて「重ノ木さんは、この市場内で顔が広い人だったのよ」と言った。「鮮魚を扱う業者というのは気性の荒いのが多くて、ときどきケンカ騒ぎが起きたりするんだけど、重ノ木さんが仲裁するのを何度か見たことがあるわ。重ノ木さんは必ず両方の言い分を聞いてあげるの。言いたいことを言うとイライラも収まるし、周囲の視線にも気づいて恥ずかしくなってくる。で、何となく収まる。重ノ木さんは、ああだこうだって上から言わないで、お前さんの気持ちも判るよって、共感してくれるの」

さちは「えーっ」と反射的に声を上げた。おじいちゃんは「たいがい、どっちもよく知ってる奴らだから、片方に肩入れするわけにもいかねえしな」と、ちょっと照れた感じの笑い方をした。

家ではテレビに向かって誰かの悪口ばかり言ってる人がケンカの仲裁をしていたとは。やっぱり、そういう役目を果たす機会がなくなってしまって、誰からも認めてもらえなくなったせいで、人の悪口を言うようになったんだ。おじいちゃんには何か新しい役目が必要なのかも……。

「ゴミ捨て場をきれいにしてくれたのも重ノ木さんだったのよ」と江口さんは話を続けた。「ほら、ここは魚を扱う場所だから、売れ残ったり傷んだ生魚なんかがすぐに腐って、無茶苦茶臭くなるのよ。特に夏なんてもう、気絶するぐらいのひどさ。それが風に乗って水産棟内に入ってきたら、食べ物を扱う場所としては大問題じゃないの。一時期はカラス、ハト、トンビ、カモメなんかがいっぱい群がってたわよね」

おじいちゃんが「競り人を辞めた後、場内の業者団体の役員になって、美化清掃の担当を任されたんだ。まあ、仕事でやっただけだよ」と言った。

「それが画期的な方法だったのよ」江口さんは、おじいちゃんの言葉を無視するように、さちに言った。「さて、どんな方法だったでしょうか？」

「頻繁に運び出して、隣の発電施設で燃やした、とか」

「おー、さっちゃん、頭いいー。そういう手もありかもね」江口さんは拍手をした。「でも残念ながらブッブー。正解は、ＥＭ菌などを使って発酵《はっこう》処理する施設を作って、生ゴミをすべてそこで堆肥に生まれ変わらせたの。堆肥って、判る？」

「はい」さちはうなずいた。「野菜などがよく育つよう、畑などの土に栄養を与えるために使うものです」そう言いながら、ケヤキ食品で馬ふんを肥料として役立てていることを思い出した。

「そうそう。しかも次々とできた堆肥を袋詰めして販売して、ちゃんと元が取れるように事業化してくれたのよ」

「俺が発明したわけじゃないって」おじいちゃんが片手を振った。「生ゴミを堆肥にする事業の成功例を調べて、うちでもやろうと提案しただけなんだから」

おじいちゃんはそう謙遜したけれど、顔のにやけ方から、まんざらでもない気分であることは明らかだった。

さらにおじいちゃんと江口さんはしばらく昔の話をしていたけれど、おじいちゃんが腕時計を見て、「おっ、もう昼飯どきを過ぎてるじゃないか。さち、関連棟に行って何か食おう」と言った。江口さんが「この時間にまだ開いてる店だったら」と言って二、三軒の名前を口にし、それから「ここには車で来たの？」と聞いた。おじいちゃんがバスだと答えると、江口さんは「だったら食べた後、もっかいここに寄ってよ。ちょうど私も引き上げる時間だから、ついでに車で送ったげる。重ノ木さんちは確か、市民会館の西側だったよね。楽勝、楽勝」と言ってくれた。おじいちゃんはいったんは遠慮したけれど、江口さんは「何言ってんのよ、ついでなんだから乗りゃいいでしょ」と言った。

関連棟は、水産棟から三百メートルほど離れた、正門出入り口側にあった。歩く途中、おじいちゃんは「俺のことを覚えてくれてたとはなあ」と、うれしそうに言い、「あのおばちゃん、だみ声であの見た目だけど、そういえば俺がここで働いてたときは必ず、会えばあいさつをしてくれてたよ」とつけ加えた。

関連棟は、飲食店だけでなくて弁当屋さん、金物屋さん、作業服店、理髪店などもあって、レトロなスーパーマーケットという感じだった。ただし人が利用する時間帯は過ぎているせいで、ここも人は少なかった。飲食店も閉まっている方が多いみたいだった。

さちは、おじいちゃんから「好きな店を選んでいいぞ」と言われ、中華屋さんにするか、食品サンプルのカツ丼が美味しそうだった定食屋さんにするか少し迷ったけれど、おじいちゃんが何気なく「おっ、ここの天津飯、昔はよく食ったなあ」とつぶやいたので、中華屋さんに決めた。

案の定、おじいちゃんは天津飯を注文した。さちはメニューの写真を見て、あんかけチャーハンを選んだ。おじいちゃんは店員さんを見て「ありゃ、店の人は替わってるな」と、ちょっと残念そうだった。

おなかがすいていたこともあって、あんかけチャーハンはレンゲを口に運ぶ手が止まらなかった。おじいちゃんも「あの頃の味をちゃんと守ってる」とうれしそうだった。

江口さんが用意してくれたのは、車体の横に〔江口商店〕と書いてある白いワンボックスカーで、運転席と助手席と、運転席の後ろの席しかない変則的な造りだった。残りのスペースは荷台として使っているらしい。おじいちゃんは助手席に座り、さちはハンドルを握る江口さんの後ろに座った。出発したところでおじいちゃんが「ありがとう、助かるよ」と声をかけると、江口さんは「ちょうど最近、ホロ付きの軽トラックからこれに買い換えたから、ナイスタイミングだったわ。ホロ付き軽トラではさすがに三人は乗れないから」と言った。

運転しながら、おじいちゃんと江口さんが再び昔の話をいろいろしていたけれど、さちが蚊帳《かや》の外に置かれていることに気を遣ってか、国道の交差点で信号待ちをしているときに江口さんが「さっちゃんは、学校でもさっちゃんて呼ばれてるの？」と聞いてきた。

「低学年の頃は、そう呼ばれてました」

「じゃあ、今は？　そういえば最近の学校って、あだ名やニックネームで呼ぶのを禁止してるんだって？　いじめにつながるとか、何とかで」

微妙な間ができた。さちが「はい」と答えた後、数秒ぐらい経ってからおじいちゃんが「さちは今、学校に行ってなくて、フリースクールに通ってってね」と言った。

他人にそんなことを言わなくても。いや、別にいいか。フリースクールに通うことを恥じる必要なんてない。実際、さちはそうしてよかったと今は思っている。おじいちゃんもきっと、フリースクールに行っていることを恥ずかしがる必要なんてない、胸を張っていいんだという気持ちから口にしたのだ。

「あら、本当に？」江口さんの反応は、気まずさを全く感じなかったかのような、カラッとしたものだった。「もしかして、くすのきクラブだったりして」

おじいちゃんが「え、知ってるの？」とちょっと驚いた口調で江口さんの方を見た。

「じゃあ、さっちゃん、真崎ひかり先生と会ってるわよね。最近、週に一回ぐらい顔を出してボランティアスタッフをされてるそうなんだけど」

ミラー越しに江口さんと目が合い、さちが「はい、知ってます」とうなずくと、江口さんは「えーっ、そうだったんだ。こんなところでつながるとは……」と声を大きくした。そして感慨深げに「やっぱり、真崎先生ってすごいわぁ。人と人とをつなげる力を持ってるのよねー」とつけ加えた。

その後、江口さんは、真崎先生がどれほどの恩人かという話をずっとしていた。江口さんもまた、ひかりさんがやっていた書道教室の教え子で、小学生のときは口で上手く気持ちを伝えることができず、落ち着きがないところもあって、男子から何か言われると、かっとなって手が出てしまうような子どもだったらしい。江口さんの両親は、落ち着かせる目的で書道教室に通わせ始め、最初のうちはやはりそこでも男子にからかわれてかんしゃくを起こすことがあったけれど、ひかりさんはそんな江口さんを叱ったりはせず、「さっきはものを投げるのを我慢できたわね、偉いわ」とほめてくれたという。江口さんは「それがうれしくってねー」と感慨深げだった。また、ひかりさんからは手先の器用さを見出されて裁縫を教わり、下級生のボタンをつけてあげたり、ひかりさんの口添えによって不仲だった男子の帽子のほころびを直してあげたりするようになり、気がつくと落ち着きがあって頼りになる上級生に成長することができたのだという。

さちが尋ねてみると、やはり江口さんは空手の白壁先生やケヤキ食品の園部さんのこともよく知っていて、当時の様子を語ってくれた一方、さちが白壁先生や園部さんとどういう関係なのかを聞かれた。さちの説明に江口さんは「そうかー、これはちょっと遅れを取ったなー」と、何だか悔しそうだった。そこでさちが、「白壁さんも園部さんも、ひかりさんのことを人生の恩人だ、みたいなことを言ってました」と話を振ってみると、案の定、江口さんはこういう反応を見せた。

「まあ確かに、白壁さんも園部さんも真崎先生の世話になったし、今でも慕ってるんでしょうけど、一番目をかけてもらったのは私なのよねー」

家の近くで降ろしてもらったとき、江口さんはおじいちゃんに「これ、よかったら使ってみて」と細長い箱を差し出した。おじいちゃんは「送ってもらった上にそんな……」と遠慮したけれど、江口さんは「真崎先生の知り合い同士でそういう他人行儀な態度はなしっ」と押しつけるようにして渡した。

江口さんからもらったのは、江口商店が製造販売しているという、海鮮出汁《だし》の素《もと》だった。夕食のときにお母さんがそれでお吸い物を作ったところ、びっくりするぐらいの美味しさだった。ソフト豆腐と刻みネギを入れただけなのに、お母さんは「ちょっとこれ、高級料亭の味じゃない？」と目を見開き、おじいちゃんも「飯が進むなあ。たいしたもんだ」と感心し、普段は滅多にしないご飯のお代わりをした。今日の出来事について、さちとおじいちゃんから話を聞いたお母さんは、「真崎ひかりさんって、まじすごい人なんだねー。何だかちょっと、怖くなってきた」と言った。

そりゃそうだよ、魔法使いなんだから。さちは心の中でつぶやいた。

パソコンで〔陽炎〕について調べてみたところ、〔局所的に密度の異なる大気が混ざり合うことで光が屈折して起こる現象。よく晴れて日射が強く、かつ風があまり強くない日に、道路のアスファルト上、自動車の屋根部分の上などに立ち昇る、もやもやとしたゆらめきのこと。〕とあった。ざっくりとしたことは理解できた。空気は本当は完全に透明なものではなく、密度が違う空気が混ざり合ったときなどには、そのことを目で確認することができる、ということだろう。

入浴後、さちはノートに今日のことを箇条書きにした。作文を書くことをちょっと面倒だなと思っていたけれど、今はちょっと、わくわくした気分になっていた。

10

中央卸売市場の見学をした五日後の土曜日、さちは自転車に乗ってひかりさんちを訪ね、リキに絵本の読み語りをしてやり、ミツキさんと一緒にリキの散歩をした。ひかりさんは、さちのおじいちゃんが江口さんと知り合いだったことについて、「ご縁というものは、あるところにはあるものなのよね」と、あまり驚いてはいない様子だった。

ひかりさんちをお暇しようとしたとき、ひかりさんから「帰りに原稿用紙を買いに行くって言ってたわよね。さっちゃんちに帰る途中だったら、ホームセンターのグッジョブで買う予定なの？」と聞かれ、さちは「うん」とうなずいた。昨日、ノートに書いた作文の下書きが完成したので、近所の百円ショップに買いに行ったけれど、周辺の小中学生たちみんなが夏休みの宿題用に買ったせいか売り切れだったことは、ひかりさんとほうじ茶を飲んでいたときに話してある。

ひかりさんは「じゃあ、私も一緒に行ってもいい？　さっちゃん自転車だったから申し訳ないんだけど」と言ってきた。

「いいよ、そんなに遠くもないし」

「ありがとうね。私はリキのおやつを買いたいから」

すると縁側に座っていたミツキさんが「おばあちゃん、リキのおやつだったら私が買いに行くよ。外は暑いし」と言ったけれど、ひかりさんは「大丈夫。夏休みの間は、さっちゃんと歩く機会が少ないから」とやんわり断った。

グッジョブがある場所は、ひかりさんちとさちの家の中間ぐらい。くすのきクラブから帰る道からは、ちょっと外れている。

まだ太陽が高く、陽射しも強かったけれど、ひかりさんは日傘を差さなかった。でも、姉さんかぶりをした手ぬぐいは日よけになっているようだった。自転車を押すさちはつばが小さめの麦わら帽子をかぶっていた。

道中、けんすい、立禅、ストレッチなどの話をした。ひかりさんは「白壁さんから以前教えてもらったことなんだけど」と前置きして、可逆性と不可逆性についての話をしてくれた。筋力、柔軟性、スタミナ（専門的には心肺機能というらしい）などは可逆性という特徴があって、続けていれば徐々に向上してゆく一方、止めてしまうと徐々に衰えて元に戻ってしまうから、積み重ねが大切なのだという。それに対して、勉強だとか技術的なことは不可逆性があり、いったん身についたらその後は同じことを繰り返さなくても能力は失われない。だから自転車の乗り方を身につけた人は、何十年もブランクがあったとしてもすぐに乗ることができる。その話を聞いたさちは、このことを理屈として知っているのと知らないのとでは、大きな違いだと思った。スポーツ選手なんかが引退会見をするとき、よく「技術的な部分はまだ自信があるけれど、体力的には限界」みたいなことを言ったりする。その一方、息子ぐらいの年齢の選手に混じって、今も第一線で活躍している選手もいる。そういう選手は、可逆性と不可逆性の違いをはっきりと理解していて、体力の衰えを防ぐためには何が必要かをちゃんと判ってトレーニングや栄養摂取を続けているのではないか。

グッジョブはエアコンがよく効いていた。この店には、お母さんの買い物につき合って何度か来たことがある。お風呂の栓《せん》が古くなって水漏れするようになったときも、ここで新しいのを買った。お母さんは、栓のサイズが一種類ではないことを知ってちょっと慌て、目測で「多分これだと思うけど……」と迷っていたときに、近くにいた店員さんが「レシートと一緒に持って来てくだされば、開封しても返品できますから」と声をかけてくれたため、お母さんは後で「グッジョブは従業員教育ができてる」と感心していた。ちなみに、買ったお風呂の栓はぴったりだった。

ひかりさんは、さちがまずは原稿用紙を探すのにつき合ってくれた。店内フロアのちょうど真ん中辺りにあった文具コーナーですぐ見つかり、続いて二人でドッグフードのコーナーへと向かった。

知らない間にペット関連の売り場が拡充されていて、犬や猫はいなかったけれど、大きなかごの中にはカブトムシやクワガタがたくさんいて、金魚や熱帯魚の水槽も並んでいた。ハムスターや小鳥、丸っこい甲羅の小さなリクガメなどもいて、若いカップルや家族連れなどが「かわいいー」などと言いながら見て回っていた。さちは、ひかりさんがリキのおやつを選んでいる間、小動物たちを見て回った。

やがてさちが足を止めて見入ったのは、火鉢のような丸い大きな陶器の中に作られた、メダカのおうちだった。底には白っぽい、細かい砂利が敷かれ、小さなハスみたいな葉をたくさんつけた水草が植えられている中を、オレンジ色の小さなメダカたちが泳いでいる。数えてみたところ、どうやら五匹いるようだった。上にかかっているプレートには［ミニビオトープ］と書いてあった。

メダカたちは、さちがしゃがんで顔を近づけると、水草の葉っぱの下にさっと隠れた。けれど、しばらくすると大丈夫そうだなと判断したようで、ちょっとずつ出て来た。さちが動くとまた隠れ、じっとしているとまた出て来る。メダカの胸びれはせわしなく動いていて、こんな小さな生き物でも身体の細かいパーツがちゃんと機能しているのだということが、神秘的に思えた。ミニビオトープのメダカは他の水槽にいる魚たちと違って、エアポンプの泡が不要なようだった。そのせいで、静かな水辺でひっそり生きてる、という自然の世界を覗いているような気分になれる。水草もちょっとした森のように見えてくる。

ミニビオトープはもう一つあって、そちらには小さな金魚たちがいた。同じようなハスみたいな草が水面に浮いているけれど、こちらは淡い紫と白の花を咲かせている。金魚は尾びれがレースのカーテンみたいで、ちょっとずんぐりした体型だった。確か、リュウキンという種類だ。金魚たちはメダカと違ってあまり警戒心がないようで、さちが顔を近づけても隠れる素振りを見せなかった。

「あら、いいわね」という声に振り返ると、ひかりさんがにこにこして立っていた。手にはリキのおやつらしき袋を二つ持っている。

さちが立ち上がると、ひかりさんは「もっと見てていいわよ。私もちょっと、この辺りを見て回りたいから」と笑顔のままうなずく。

さちはその言葉に甘えることにして、「じゃあ、もうちょっとだけ」と言い、メダカのビオトープ観察を続けた。

不思議なほどに飽きない。じっと見ているうちに、自分もメダカになってこの中を泳いでいるような感覚になってくる。それは日常とは違う、異次元の世界だ。

ふと、上にかかっているプレートに再び目をやった。

自分の小遣いではとても買えない金額だった。ゆうちょに預けてあるお年玉を引き出さないと無理だ。

そのとき、「真崎先生っ」という男性の声がした。見ると、グッジョブのスタッフおそろいの緑色系ポロシャツとベージュのエプロンを身につけ、黒縁眼鏡をかけた太り気味のおじさんがこちらに近づいて来るところだった。真崎先生と呼んだということは、ひかりさんの教え子の一人らしい。

ひかりさんが「あら、東尾《ひがしお》さん」と応じた。「わざわざ声をかけてくれなくてもいいのよ。お仕事中なんでしょ」

東尾さんと呼ばれたおじさんの胸には〔店長　東尾〕とあった。

「いやいや、あいさつぐらいさせてくださいよ」東尾店長さんは、ひかりさんと会うことがいかにもうれしそうな、でれっとした笑い方をした。

「スタッフさんに教えてもらったのね。そんなことする必要ないのに」

「へへへ」東尾店長さんは笑いながら両手を腰に当てた。「真崎先生が見えたらスタッフ用の携帯端末で知らせてくれって全員に頼んであるんです。先生、ご機嫌いかがですか。いよいよ暑くなってきましたけど、体調なんかは大丈夫ですか」

「私は大丈夫。東尾さんこそ、もう少し身体の管理をなさった方がいいんじゃない？」

「ありゃ、こりゃやられた」東尾店長さんは片手を後頭部にやって、舌を出した。三文芝居っぽかったけれど、憎めない感じではあった。それから東尾店長さんは、さちに視線を向けて、「ええと、先生のご親戚で？」と尋ねた。

「親戚じゃなくて、くすのきクラブで知り合いになった、さっちゃん。一緒に帰りながら、いろんな話の相手をしてもらってるんだけど、それが本当に楽しくてね」

「おお、そうでしたか、くすのきクラブで」

ひかりさんは、さちの方を向いて、「ひっつかないアルミホイルとか、いくつかの調理器具なんかを、東尾さんがグッジョブから提供してくださったのよ」と言った。「私がくすのきクラブのボランティアスタッフを始めたときに、東尾さんにちょこっとそういう話をしたら、だったら協力させて欲しいって言ってくれて」

「いえいえ、こっちは地域貢献という名目でそういう支出をすると、ある程度は節税対策になるんで。まあ、ウィンウィンってやつですよ」

ウィンウィンというのは、双方が得をするという意味だったはずだ。子ども料理教室には、ケヤキ食品からもいろいろ提供してもらっている。空手体験教室も含め、ひかりさんのコネでいろいろとくすのきクラブは助けてもらっていることになる。あらためて、ひかりさんという人の顔の広さを思い知った。

さちが立ち上がって「重ノ木さちです。ひっつかないアルミホイルのお陰で、子ども料理教室を楽しくやらせてもらってます」と礼を言うと、東尾店長さんは「これはこれは。私は東尾マサヒロと申します。真崎先生には高校生のときに書道を教わったことをきっかけに、今も親戚のようなおつき合いをさせていただいております。よろしくお願いします」と、子どもに対するものとは思えない丁寧な口調で自己紹介をした。

「さっちゃんって呼んでるのよ」とひかりさんが言った。

「では私も、さっちゃんと呼ばせていただいても？」

ひかりさんは「それは本人に頼まないとね」と笑っている。

東尾店長さんは「私も、さっちゃんと呼ばせてもらっても？」と、探るように聞いてきた。さちが「はい、いいです」とうなずくと、東尾店長さんは少しほっとしたように笑い、「では、さっちゃん、どうぞよろしくお願いします」と言ってから、「何年生？」と聞いた。「五年生です」と答えると、「そう。夏休みの宿題とか、頑張ろうね」と小さくガッツポーズを作った。

さちは、もしかしたら東尾店長さんには思春期ぐらいの娘がいて、あまり口を利いてもらえなくなっていたりして、それで十代の女子との接し方には、ちょっとおっかなびっくりなところがあるのではないか、と想像した。

「これ、いいわね」ひかりさんがミニビオトープを指さした。「さっちゃんが、すごく熱心に見てたの」

「おお、そうですか。確かに足を止めて見入っているお客さん、ちょいちょいいるんですよ。子どもさんだけじゃなくて、大人のお客さんの中にも、熱心にご覧になる方がいます。水槽と違って、上から眺めるのが新鮮なんでしょうね」

少し間ができた後、東尾店長さんは、ひそひそ話をするときの、片手を口の横に持っていく仕草を見せて、「さっちゃん、これ、九割引ぐらいで買う方法があるよ」と小声で言ってきた。

さちの代わりにひかりさんが「どういうことかしら」と尋ねた。

「ミニビオトープセットの中で一番コストがかかってるのがこの鉢なんですけど、端っこが欠けてしまって売り物にならないやつが倉庫にあるんです。砂利も、園芸コーナーにあるやつで袋が破けてしまったものがあって。なので、メダカとスイレンのお代だけで手に入ります。スイレンも、花がついてないやつならお安くできますよ。鉢が少し欠けてるっていってもさほど気にならない程度のものだし、耐久性は問題ありません」東尾店長さんはそう答えて、さちに笑いかけた。「親御さんに相談してみたらどうかな？」

ひかりさんとは、グッジョブの前で別れて、それぞれの家に向かうことになった。別れ際、ひかりさんは「さっちゃんちの玄関に、ミニビオトープが置いてあったら、素敵かもね」と笑った。

そのお陰で、家の玄関前にミニビオトープがあったらどんなだろうと想像しながら自転車を漕いだ。通りから路地に入る。そこはちょっと薄暗い。石畳、さちの家の壁、隣の家との間にあるコケが生えたコンクリート塀。その細い路地の突き当たりの玄関前に、ミニビオトープ。毎日、玄関から外に出たら、小さな異世界がある。自分ちだけの、どこでもドアだ。

さちは、自転車を漕ぐ自分の影法師《かげぼうし》に向かって、「欲しいなー。欲しいよね」と声をかけた。影法師は、さちが漕ぐのに合わせて頭が少し上下している。その動き方は、何度もうなずいているように見えた。

さちは作戦として、まずはおじいちゃんを味方につけておいて、それからお母さんに頼むことにした。おじいちゃんに了解してもらう自信はあったけれど、お母さんは簡単には首を縦に振らない可能性があるからだ。エサやりや掃除を忘れずにやれるのかとか、飽きて放ったらかしにしないと約束できるのかとか、猫や鳥に襲われるんじゃないかとか、いろいろ言われそうな気がしていた。

帰宅したさちは、さっそくおじいちゃんに話そうと思っていたけれど、それは上手くいかなかった。うがいと手洗いをしている間におじいちゃんはトイレに入ってしまい、出て来る前に、お母さんが帰ってきたからだ。

でも、ありがたいことに、この日のお母さんはとても機嫌がよかった。さちの顔を見るなり、「またまた、ひかりさんのお陰で新しいお客さんが増えたわー。今度は市営団地に住んでるお年寄りの人たちでね――」と話し始めた。ひかりさんは、市営団地に住んでいる独り暮らしのお年寄りに届ける宅配弁当を作るボランティア活動もしていて、ひかりさんから話を聞いたそこのNPO団体の人が話を持ちかけてきて、お年寄りたちが県立病院に行き来するときに、お母さんのタクシーに相乗りする形で利用してくれることになったのだという。診察時間が近い人同士が市営団地前に集合してタクシーに乗り、帰りも待ち合わせて一緒に乗る。そうすれば、バスの運賃よりはちょっと高めだけれど、バス停まで歩いたり、炎天下の中で待つ必要がなくなる。今後は、NPOの人が独り暮らしのお年寄りの通院日程などをパソコンに入力しておいて、効率よくお母さんのタクシーに乗れるようスケジュールを組んでみる、と言ってくれたという。

そしてお母さんは、「そのNPO団体ってさー、あんたがこないだ会ったっていう、江口さんもメンバーの一人なんだって」と言った。

「えっ、まじ？」

「だって、その江口さんが私のスマホに電話をかけてきたんだから。市営団地から県立病院まで、三人乗せてもらえませんかって。だから、喜んで行かせていただきますって返事したわよ。帰りの待ち時間もそれほど長くはなかったし、駅前でお客さんを拾うよりもよっぽどいいよ。みなさん、喜んでくれてねー、特に夏場や雨の日にバス停で待ってるのがきつかったから、本当に助かるって」

「へえ、よかったね」

「横柄《おうへい》な態度で指図してくる客とか、酔っ払い客とか、そういうのに較べたら私の方も楽しくやれて、ありがたいことだよ。やっぱ仕事ってさ、相手の人に感謝されてなんぼだよねー。つくづくそう思うわ。今日乗ってくれた三人のお年寄りのうちの一人は、足が悪いおばあちゃんでね、私もタクシーを降りて、身体を支えながら病院の中まで送ってあげたら、何度も頭を下げて、ありがとうね、ありがとうねって言ってくれて」

さちは、お母さんが缶酎ハイを開けるまで待つことにした。それまでの間に、ダイニングのテーブルにいつも置いてあるパソコンを立ち上げて、ミニビオトープの通販サイトを開いておいた。写真が豊富なので、これを見せたら説明しやすい。

よほど機嫌がよかったのだろう。「夕食は、シメサバやマグロのづけ、イクラなどをたっぷり載せた、ちらし寿司にするからねー」とお母さんは言って、鼻歌を唱いながら支度に取りかかった。

さちが寿司飯を冷ますためにうちわで扇いでいるときに、そのチャンスはやってきた。お母さんは「あ、そうだ、作りながら飲んじゃおっと」という独り言と共に、冷蔵庫から缶酎ハイを出してプルタブを引き、ごくごくやってから「あー、旨いっ」と口にしたタイミングで、「お母さん、あのさ」と切り出した。

お母さんは、拍子抜けするぐらい簡単に「メダカだったら犬や猫みたいに手間がかからないし、玄関前にそういうのがあると風情も出て、いいかもね」と了解してくれた。グッジョブの店長さんがひかりさんの教え子だということや、九割引きで買えるということも効いたようだったけれど、何よりもお母さん自身の仕事がいい感じで上向いてきて、以前のようなイライラ感がなくなり、おだやかな気持ちになってきたからだろう。

翌日の日曜日、おじいちゃんがグッジョブに電話をかけて、東尾店長さんに例のミニビオトープについてお礼を言ってから、購入したい旨を伝え、自転車に積んで運ぶことはできるでしょうかと尋ねた。すると東尾店長さんは、自転車は難しいと思うので他の配送のついでにお届けしますよ、と言ってくれた。

昼過ぎに、東尾店長さんがグッジョブのワンボックスカーでミニビオトープを運んで来てくれた。そのまま載せると水がこぼれたりメダカが飛び出したりするからだろう、後部ハッチを開けて東尾店長さんが降ろしたとき、ダンボール箱で取り囲んで固定されていたミニビオトープは、水が少なめで、メダカは別の手提《てさ》げ水槽に入っていた。

グレー系の陶器でできたミニビオトープの鉢が、玄関ポーチの隅に置かれた。ここは屋根があるから雨が降っても水があふれる心配はない。おじいちゃんが「安く譲っていただける上に、わざわざ運んでくださって、ありがとうございます」と頭を下げると、東尾店長さんは「真崎先生のお知り合いのためとあらば、これぐらいのこと、お安いご用ですよ」と笑った。

少し欠けていると聞いていた部分は、上の縁の、ほんの一部分で、しっくいみたいなもので補修してあった。さちは、これが売り物にならないなんてもったいないことだと思ったけれど、もしかしたら本当は売ろうと思えば売れるものを、さちに安く譲るためにちょっとおおげさな表現をしたのかもしれないと思った。ひかりさんの教え子だから、相手に気を遣わせない、優しいウソのつき方を知っているに違いない。

東尾店長はさらに荷台から大きめのペットボトルを取り出して、ミニビオトープに水を注ぎ足した。「カルキ抜きをした水です。いきなり水道水の中にメダカを入れちゃうと、弱ってしまうことがありますのでね。水を注ぎ足すときは、コップなどに入れた水道水を一日寝かせてからにすれば、たいがい大丈夫です」と説明した。

水槽からそっと、メダカたちがミニビオトープの中に戻された。せまくて殺風景な槽から、居心地のいい場所に戻ったことを確かめるかのように、メダカたちはスッ、スッとあちこちを行き来している。

おじいちゃんが「こういう色のは、ヒメダカっていうんだ。それに対して自然界に普通にいるのがメダカ、あるいはクロメダカ。ヒメダカは突然変異でできた種類を人間が繁殖《はんしょく》させて増やしたんだ。色が目立つから天敵に狙われやすく、自然界では生きて行くのが難しい。といっても今は人に飼われてるヒメダカよりも、自然界にいるクロメダカの方が、護岸工事とか外来魚のせいで棲みづらくなってしまって、とうとう絶滅危惧種になっちまったがね。あと金魚も同じだ。もともとはヒブナっていう、突然変異でできた色つきのフナから、いろいろと品種改良されて種類が増えてったんだぞ」と説明した。

東尾店長さんが「お詳しいですね」と言うと、おじいちゃんはまんざらでもなさそうな顔で「昔は一応、魚を扱う仕事をやってたもんで」と答えた。でも、さちは知っている。ときどきパソコンの検索履歴を見ることがあるのだが、今日の早朝に、メダカやビオトープについて調べた形跡があったのだ。おじいちゃんは中央卸売市場時代の習慣が残っているのか、あるいは年寄りは早起きになりがちだからなのか、いつも朝の五時ぐらいには起きている。

東尾店長さんはさらにミニビオトープの上に丸い網を載せ、四か所に重しとして、白くて丸っこい石を置いた。おじいちゃんが「猫や鳥から守るためですか。これはいいアイデアだ」と言うと、東尾店長さんは「バーベキュー用の網がちょうどいい大きさだったもんで。石はガーデニング用に販売してるやつなんですけど、袋がやぶけちゃって売り物にならないのが役に立ってくれました」と笑ってうなずいた。

東尾店長さんは、小箱入りのメダカ用エサも用意しておいてくれた。それをさちに渡すときに、「一応、パソコンなどで、正しい飼い方を確かめておいてね」と言ってきたので、さちは「はい」とうなずいた。実は昨日のうちにパソコンで調べて、大切なことはノートに箇条書きにしてある。

代金は、おじいちゃんが支払ってくれた。おじいちゃんも中央卸売市場に行った日以来、機嫌がよくて、気前もよくなっている。おカネを渡すときにおじいちゃんは「本当にいいんですか、こんな値段で」と恐縮していたけれど、東尾店長さんは「さっちゃんは真崎先生のご友人ですから、喜んで特別扱いさせていただきます」と言い、ねーっ、と言う感じでさちに向かって目を細めながら顔を少し傾けた。

帰り際、東尾店長さんは「売り物にならない鉢、まだありますから、ご入り用のときはいつでもご連絡ください」と言い、なぜか「多分もう一つぐらい、またお届けすることになるような気がしてますよ」と意味ありげに笑った。

車が見えなくなったところで、おじいちゃんが「最後のは、どういう意味だ?」と聞いてきたけれど、さちも「さあ」と肩をすくめるしかなかった。

最初のうちは一緒に眺めていたおじいちゃんが「ごゆっくりー」と言って家の中に戻った後も、さちはミニビオトープのメダカを観察し続けた。鉢にはバーベキュー用の丸い網が載っているけれど、観察しているうちに、不思議なことに網は見えなくなってしまう。でも、姿勢を変えたり、ふと別のことを考えたりした瞬間に、また網が現れる。しゃがんでいることに疲れてきて、あ、そうだと思い出し、自分の部屋の押し入れから木製の小さな椅子を引っ張り出し、そこに座ることにした。四年生のときに図工で作って以来、押し入れの中にしまい込んであった小さな木工椅子はちょうどいい高さだった。

売り物にならない鉢と同様、この椅子も活躍する機会が巡ってきたのだ。さちは、『ふらいぱんじいさん』の話を思い出して、心の中で椅子に、ずっと出番を与えてあげられなくてごめんね、これからお世話になるからね、と声をかけた。

さらに観察を続けるうち、ふと気配を感じて顔を上げると、通りからキックボードに片足を乗せた女の子が、こちらを見ていた。黒いハーフパンツに黄色いTシャツ、さちが持っているのと似た感じの、つばが小さめの麦わら帽。さちよりも確実に年下の子だった。

一、二秒間見つめ合った後、女の子が行こうとしたので、さちは「メダカがいるよ」

と声をかけてみた。以前は初対面の子に話しかけるようなことはできなかったけれど、ひかりさんとつき合うようになって、ちょっと自分が変わったことを感じる。

行こうとした女の子は振り返り、「見に行ってもいい？」と尋ねたので、さちは「いいよ」とうなずいた。すると女の子はキックボードを塀に立てかけて、路地に入って来た。

女の子は興味津々という感じでミニビオトープの鉢を覗き込み、「ほんとだ。あっ、でも葉っぱの下に隠れたっ」と言った。

「急に覗き込んだら、びっくりして隠れるんだ」さちは言った。「じっとして待ってたら、また出てくるよ」

女の子は上から覗き込むのをやめて、鉢の前にしゃがんだ。さちが「椅子、使う？」と言うと、女の子は小さく頭を横に振った。ちょっと細い目で、鼻の頭に小さな汗の粒がついている。

「中央小？」

「うん」

「じゃあ、一緒だね。何年？」

女の子は、人さし指を立てた。

「えっ、一年なの？　背が高いから、三年生ぐらいかと思った」

ということは、ひとみちゃんと同学年か。この子と較べると、ひとみちゃんはやっぱり幼い。

女の子は「クラスで一番高いの」と言った。

「へえ、いいなー。背が高いとモデルさんになれるかもね」

女の子は笑ってまた小さく頭を横に振り、「何年?」と聞いてきたので「私は五年。クラスで背は低い方」と言うと、彼女はちょっと笑った。

再び出て来たメダカを、女の子は熱心に観察し始めた。「色がオレンジ色だね」と言うので、ヒメダカについて知っていることを説明すると、「へえ」とうなずきながら聞いてくれた。その後、「お姉ちゃん、何て言う名前?」と聞かれたので「私はさち。あだなはさっちゃん」と言うと、女の子は「へーっ、似てるー。私はよつはっていう名前で、よっちゃん」と教えてくれた。「よつは? ちょっと珍しい名前だね」と言うと、よっちゃんは「四つ葉のクローバーは幸運のしるしだから、よつはって名前にしたんだって。ひらがなで書くの」と言った。さちは「私もひらがなだよ」と言い、互いに顔を見合わせて笑った。さっちゃんとよっちゃん。語呂がいい。

その後も、よっちゃんはしばらく観察を続け、しゃがみ続けてそろそろ足がしびれてきたんじゃないかと心配し始めた頃にようやく立ち上がって「あー、楽しかった」と満足そうに微笑み、「また見に来てもいい?」と聞いた。さちが「いいよ。家は近く?」

と尋ねると、よっちゃんは「すぐ近くのマンションの六階」と言った。
へえ、あそこのマンションに住んでる子だったのか。

よっちゃんは翌日の午後にもやって来た。玄関チャイムを鳴らしたので最初はおじいちゃんが出て、「さち、年下の子が遊びに来たみたいだぞ」と教えてくれた。よっちゃんと一緒にメダカを見ていると、おじいちゃんも出て来て、ヒメダカについての説明を始めたけれど、さちが「そういうことは昨日もう教えたよ」と言うと、「あ、そう」と少し残念そうな顔をした。

よっちゃんと一緒にメダカを眺めながら、好きな食べ物や得意なこと、互いの家族の話などをした。よっちゃんはポテトサラダが好きで、縄跳びが得意で連続の二重跳びができるという。お父さんとお母さんと三人暮らしで、お父さんはゴルフが好きで休みの日にも家にいないことが多いけれど、たまには三人で動物園や遊園地に行くこともある、とのことだった。

よっちゃんが猫を飼いたいけれどあのマンションでは飼えない、という話をしている最中に、通りから「よっちゃん」と声がかかった。見ると、お母さんらしい女の人と手をつないだ幼稚園ぐらいの子が片手を振っていた。

「あ、なみちゃんだ」とよっちゃんが立ち上がった。「同じマンションの子で、こばと幼稚園の年中さん。さっき、ここにメダカがいるって教えちゃった。見せてあげてもいい?」

よっちゃんは、ちょっと申し訳なさそうな表情を見せた。

「いいよ、もちろん」さちはうなずいた。「一緒にいるのはお母さん?」

「そう。本当のお母さんじゃなくて、新しいお母さん」よっちゃんは小さな声で言い、「でもなみちゃんと仲いいみたい」とつけ加えた。

なみちゃんの手を引きながら近づいて来たお母さんに「見せてもらってもいい?」と聞かれたので、さちが「いいですよ」と椅子から立ち上がって場所を空けると、なみちゃんは遠慮することなくその椅子に座った。そして「うわーっ、かわいい」と声を上げた。

なみちゃんのお母さんは、さちのお母さんよりも十歳ぐらい若そうだった。薄手の白いパーカーを着て、白いキャップをかぶっていて、あまり化粧っ気がなかった。

そのお母さんが「色がついてるのね」「何匹いるのかしら」などと聞いてきたので、さちがいろいろとレクチャーしていると、玄関戸が開いて、おじいちゃんが顔を出した。なみちゃんのお母さんが「あら、すみません。メダカがいると聞いて、ちょっとお邪魔してます」と頭を下げると、おじいちゃんは「いやいや、全く構わんですよ。好きなだけ見てってください」と笑い、よっちゃんとなみちゃんに「どうだい、面白いか?」など尋ね、「うん」とうなずくのを、にやにやしながら見返していた。

その日の夕方、よっちゃんもなみちゃん親子もあのマンションの住人だということを教えると、おじいちゃんは「えっ？　そうだったんか……」としばらく考え込むような間を作った後、「じゃあ、あそこに住んでる他の子どもたちにもミニビオトープの話が伝わって、これからもっと見に来るようになるかもな。よし、じゃあ、玄関の壁に張り紙をするか。メダカを見るだけなら玄関チャイムを鳴らさなくていいよって。小さい子どもでも読めるように、ひらがなで書いた方がいいな」と、うれしそうに言った。

おじいちゃんのあのマンションに対する態度が、がらりと変わった瞬間だった。さちは、これもひかりさんの魔法なのかもしれないと思った。


翌日の午後、さちは自転車でひかりさんちに出かけた。午前中に、今まで全くつき合いがなかった近所の小さい子たちがメダカを見に来るようになったことをミツキさんのスマホにメールしたところ、〔おばあちゃんが、さっちゃんに、今日の午後三時頃、できたらこっちに来て欲しいって言ってるけど、大丈夫かな？　つき合って欲しい所があるんだって。私は残念ながら午後は他の用事があるからいないけど。〕という返信が届いた。ひかりさんから何か声がかかるとたいがい、ちょっと素敵なことが起きる。さちはわくわくしながら、〔午後三時、ＯＫです。〕と送り返した。

ひかりさんは、つき合って欲しいと言っていたはずだったけれど、さちを出迎えるといつもと同じく縁側に座らせ、ほうじ茶とごませんべいを出してくれた。その間、扇風機の風を送ってもらった。庇《ひさし》のところにつるしてある風鈴がときおり涼しい音を鳴らしている。さちが「この家はエアコンがないのに暑くないね」と言うと、ひかりさんは「昔の家は、夏の日中は太陽の光が入らないように庇が出っ張るように造ってあるのよ。でも冬は逆にちゃんと光が入るの。ほら、冬は太陽が低いから。あと、土壁を使ってるから、夏は熱を吸ってくれるの」と説明した。さちは、エアコンなどの家電製品を使うようになったことで、古いけれど理にかなったものが失われつつあることを知った。

ほうじ茶を飲み終えて「ごちそうさまでした」とさちが両手を合わせると、ひかりさんが「じゃあちょっと出かけたいので、つき合ってもらえるかしら」と言った。

「どこに行くの？」

「河川公園。スジエビを獲りに行きたいんだけど、危ないから一人で行ったらダメだってミツキさんが言うのよ。あそこの川は流れも緩いし深さも腰までぐらいしかないけれど、足をすべらせて転落したら、浅くても溺れることがあるからって。あれでミツキさん、心配性なところがあるのよね」

河川公園は、森林公園とは逆方向の、田富瀬川《たふせがわ》沿いの公園だ。さちの家からはちょっと遠いけれど、ここからだと歩いて十分ぐらいの距離だろう。でもそんなことよりも、気になったのはスジエビなるものだった。さちは「スジエビって、エビの仲間？」と尋ねた。

「そうよ。全国の川にいる小さめの川エビなんだけど、かき揚げのタネに混ぜようと思って。意外と美味しいのよ」

「へえ、そんなのがその辺の川にいるんだ」

「水草の中とか、水路のトンネルなんかには割といるのよ。陸上からは見えにくいから気づいてない人が多いんだけどね」

「ふーん」

ひかりさんは百円ショップで売ってそうな虫取り網を片手に持ち、もう片方の手にはエコバッグを持った。さちが「どっちか持つよ」と言うと、「じゃあお願いできる？」と網の方を渡された。ひかりさんが持つエコバッグにはティッシュの箱を二段重ねにしたぐらいの大きさの発泡スチロールの箱が入っていた。獲ったスジエビをそこに入れるのだろう。

歩きながら、スジエビについて、ひかりさんから教えてもらった。体長は三センチから五センチぐらいで、半透明な身体にすじ模様が入っていることが名前の由来らしい。ひかりさんが子どもの頃は食料確保のためにスジエビを獲って、それをお母さんにかき揚げや素揚げにしてもらったり、大豆と一緒に煮た料理を作ってもらったという。スジエビを使ったエビ豆という料理は、今も琵琶湖《びわこ》の特産品としてお土産《みやげ》屋さんなどで売られているとのことだった。

ひかりさんはさらに、テナガエビのことも教えてくれた。スジエビに近い種類だけどもっと大きくて、素揚げや天ぷらが絶品だという。河川公園周辺にはあまりいないけれど、市内の水辺にはテナガエビが獲れるポイントがいくつかあるというので、さちが「ひかりさんはそのことをどうやって知ったの?」と尋ねると、「子どものときに、どの辺にいるかというのは覚えたから。水の流れが緩くて、適度に濁ってて、身を隠す穴やくぼみがありそうなところ。ついでに言うと、そういう場所ではウナギが釣れるのよ。ウナギはテナガエビが大好物だから」とのことだった。

田富瀬川沿いの遊歩道に入ると、急に涼しくなった。川の冷気だけでなく、川の両岸にある桜並木が直射日光を遮ってくれるからだ。

ほどなくして、ひかりさんが「この辺で獲ってみようかしらね」と言ったのは、田富瀬川の本流ではなく、河川公園の裏手の方に枝分かれした、傾斜の緩いコンクリート護岸の水路だった。周辺は民家と田畑が入り交じった区域で、さちは来たことがない場所だった。水路は流れが緩くて、水面は少し濁っているけれど、うっすらと水草が見えた。

「じゃあ、網を貸してくれる?」と言われて、エコバッグと交換した。ひかりさんは「じゃあ、やってみるわね」と微笑み、緩い傾斜のコンクリート護岸を下りた。地下足袋なので全く足音がせず、忍者みたいだ。これだと水路の中に潜んでいるエビたちに気づかれることはないだろう。

ひかりさんは、網を静かに水路の中に入れ、ぐぐっと、水草をひっかくように動かした。そして上げた網の中を見せてもらうと、ちぎれた水草と一緒に、何匹もの小さなエビが網にひっついていた。半透明で、シマウマみたいな縦じまが入っている。ざっと見て、十四以上入っていた。

そのうちの一匹が急にピッと跳ねて網から飛び出し、コンクリート護岸に落ちた。ひかりさんはささっとかがんでそのエビをつまみ、網に戻した。お年寄りとは思えない素早さだった。

「発泡スチロールの箱を開けてもらえる?」と言われ、さちはエコバッグから出して、ふたを開けた。すると中には小さな手提げ水槽が入っており、その下には保冷剤が敷いてあった。さらに「水槽は出してくれる? 発泡スチロールの箱に直接エビを入れるから」と頼まれ、水槽はエコバッグにしまった。

ひかりさんはしゃがんで網から一匹ずつエビをつまみ出して、発泡スチロールの箱に入れていった。凍った保冷剤のせいか、エビたちはおとなしくしていた。

突然、ひかりさんが一匹のエビを無造作に水路の中にひょいと投げて戻した。さちが「逃がすエビと持って帰るエビはどう違うの?」と尋ねると、ひかりさんは他の一匹を網から取り出して見せてくれた。そのエビのおなかには、半透明の小さな卵がたくさんついていた。

さちが「あ、お母さんエビ」と言うと、ひかりさんは「そ」とうなずいた。

卵を持ったエビを逃がしてやれば、いずれまた孵化《ふか》して増えてくれる。全部獲ってしまったら、次に来たときの収穫量が減ってしまう。何ごとも、ほどほどにってことだ。漁業でも禁漁期間というのがある。前にテレビで見た、山でクマ刈りをするマタギの人を取材した番組では、山中で食べられるキノコや山菜を見つけても半分しか採らないというルールが紹介されていた。全部採ったらもう生えてこなくなるけれど、半分にしておけばまた採れる。ひかりさんもきっと、子どもの頃からそういう、自然界と賢くつき合うルールを知っていたのだろう。

網の中のエビを発泡スチロールの箱に入れた後、ひかりさんは「スジエビ、持って帰りたい？」と言った。「観察すると面白いかもしれないわよ」

おお、メダカの次はエビか。いいかもしれない。

さちが「うん」とうなずくと、ひかりさんは「じゃあ、水槽に水を入れておいて、さっちゃんが自分で獲ったやつを入れるといいよ」と言った。

それからは、さちもときどき網を持たせてもらい、スジエビを獲った。場所を少しずつ移動しながら、水草の中に網を入れ、ゆっくりと前後に揺すりながら進んでゆく。意外と水草の抵抗力が強くて、力を入れないと網が傾いてしまう。

さちがやると、ひかりさんほどにはスジエビが獲れなかった。でも、二回、三回とやってゆくうちに何となくコツみたいなのが判ってきた。水草の中に潜んでいるスジエビたちの動きを想像しながら網を動かすと、上手くいきやすい。

ときどき、スジエビに混じって、一センチに満たない小魚も網に入っていた。ひかりさんは「クチボソやヌマムツなどの稚魚《ちぎょ》のようね。一緒に育ててみたら？」と笑ってうなずいた。クチボソもヌマムツもさちは知らなかったけれど、大きくなってきたら図鑑と照合して確かめられるかもしれない。さちは小さなエビや小魚を指でそっとつまんでは水槽に入れた。ついでにちぎれた水草も。隠れる場所があった方が、このコたちも少しは安心するだろうから。

途中の水路にはトンネルがあった。歩道の向こう側にある別の水路につながっているようだった。ひかりさんから「その中にも案外いるわよ。トンネルの横壁に沿って、手前に網を引くといいわよ」と教えてもらい、言われたとおりにすると、獲れたのは三匹だけだったけれど、サイズが結構大きかった。反対側の壁でもやってみると、また三匹獲れた。

さらには護岸と石階段の間にあった隙間では、エビだけでなく小さなカニも獲れた。さちはカニも水槽に入れた。

獲り始めて一時間も経たないうちに、発泡スチロールの箱の中には、数えるのが面倒になるほどたくさんのエビが入っていた。さちが持つ水槽も、小さなエビやカニ、小魚たちでにぎやかな状態になった。

帰り道、ひかりさんから、エビやカニにはザリガニ用のエサをやるといいということ、あまりたくさんやると水の傷みが早く、逆に少なすぎると共食いを始めてしまうので気をつけた方がいいこと、直射日光に当てると水温が上がりすぎるので日陰で飼うこと、などのレクチャーを受けた。さちが「もう一つ、ミニビオトープを用意して、そこでエビたちを飼うのは？」と聞いてみると、ひかりさんは「それは素敵なアイデアね。さっちゃんちの玄関は日陰になってて割と涼しそうだし、スイレンの葉っぱや水草があるとエビたちも元の環境に近いから簡単には死なないだろうしね。上手くいったら、お母さんエビが卵を産んで、赤ちゃんたちが生まれるかもね」とにこにこ笑ってうなずき、「おじいちゃんとお母さんがいいと言ってくれたらいいんだけど」とつけ加えた。さちは「うん」と答えながら、ひかりさんと一緒に獲ったんだから、おじいちゃんもお母さんもダメだとは言わないだろうと確信していた。

そして、ひかりさんはここに来る前に、ちょっとした優しいウソをついたことに、さちは気づいていた。水辺は危険だから一人で獲りに行ったらダメだとミツキさんに言われてるから一緒に行って欲しいと頼まれたけれど、実際に来てみたら、危険そうな場所なんてなかった。低学年の小学生でも水遊びができるような場所だ。「エビを飼ってみる?」と提案してから連れて来ても別によかったはずだけれど、それだと何となく、押しつけがましいような、あなたのためを思って的な感じになってしまう。だからひかりさんは、逆にさちに頼むような形で連れて来たのだ。ひかりさんのこういうところが、多くの教え子たちから今も慕われる理由なんだろう。

手提げの水槽はしばらく借りることになった。帰宅したさちは、家に居たおじいちゃんから「おお、ミニビオトープもう一つ、買っていいぞ。同じ値段だったら俺が出してやっから」と了解をもらい、電話でお母さんからも「いいよ。実はメダカを見て、ちょっと私も癒やされてたし、もう一つあるとにぎやかになっていいかもね」という返事をもらって、自転車でグッジョブに出向き、東尾店長さんに事情を説明した。東尾店長さんは「きっとそういうことになると思ってましたよ」と笑ってうなずき、その日のうちに車で届けてくれた。今度はスイレンだけでなく、エビたちが好みそうな目の細かい水草も砂利の中に植えてあった。

二つ目のミニビオトープは、一つ目の隣、玄関ドア側の、より日陰になっている場所に置かれた。おじいちゃんが「悪くないな。こりゃ、ちょっとしたミニ水族館だ」と腕組みしてうなずいた。

さちは、水槽の中にいたスジエビや小魚たちを、水と一緒にそっと鉢の中に注ぎ入れた。エビたちはたくさんの足をせわしなく動かして方々に散り、小さなカニは砂利の上を歩いて水草の陰に隠れた。数ミリの小魚たちはスイレンの葉の下に逃げた後、何匹かが様子を窺うようにして、また出て来た。

しばらく観察していると、エビたちも安心したのか、まずは細い触覚がスイレンの葉の下から出てきて、それから姿を見せ始めた。ザリガニ用のエサを少し撒いてみると、匂いに敏感なようで、たちまち数匹が集まって来て食事を始めた。

さちにとってエビとはこれまで、ボイルされた状態の朱色のしま模様が入ったエビか、パックに入っているブラックタイガーか、エビフライになった姿しかイメージがなかった。でも目の前にいるエビたちは、水晶みたいに半透明で、たくさんの足を動かして泳ぎ、黒目がかわいい。

そして、東尾店長さんが「きっとそういうことになると思ってましたよ」と言った意味を想像して、多分こういうことだなと推理した。自分の知らないところで、ひかりさんと東尾店長さんが密談みたいなことをしていたのではないか。ミニビオトープ作戦の第二弾、今度はスジエビでいこうと。

二つ目の小さな異世界。よっちゃんやなみちゃんたちがどんな顔で観察するかを想像して、さちはにやついた。

11

九月に入り、くすのきクラブへの通学が再び始まった。ひとみちゃんから「さっちゃん、すごい焼けてるね」と目を丸くされたけれど、ひとみちゃんもそこそこ焼けていた。お母さんに何度か市民プールに連れて行ってもらったという。

さちは夏休み中にけんすいが四回までできるようになったけれど、二週間以上が経過してもその回数は増えなかった。ぶら下がったまま二、三秒休む裏技を使えば何とか五回いけるけれど、伸びが止まっている感覚があった。しかし、これがウエイトトレーニングを続けていれば必ず発生するプラトーというやつだと知っていたので、焦りや苛立《いらだ》ちはなかった。地道に続けていけば、必ず限界を突破できるときがやってくる。そのときを楽しみに待っていればいいのだ。

立禅の方は順調に時間が延びてゆき、十二分できるようになっていた。ストレッチも、開脚の角度がさらに広がり、前に片足を振り上げてみたら簡単にひざが胸に着き、つま先が頭よりも高く上がった。

ひかりさんから教わった、効率的な勉強法のお陰で、それまであまり開かなかった学校の教科書を読んでみたところ、全然難しいとは感じなかった。学校ではみんなに合わせて授業が進むので、判りきっていることも聞かされることになり、そのせいでさちの中では授業イコール退屈なものだった。けれど、ドリルの判っているところは飛ばしてゆく方法だと、学校の授業よりもかなり短い時間で同じ内容をマスターすることができる。判らないところは、質問すればボランティアスタッフの井手さんやマイさんが親切に教えてくれる。学校の先生みたいに「ちゃんと授業を聞いてたら判るはずでしょ」なんていう意地悪な言い方をしないから、気楽に質問できるし、緊張しなくて済むからなのか、不思議と頭に入る。

さちは、学校に行ってる子たちから勉強で後れを取るのではないかという不安を感じなくなっただけでなく、新しいことを知りたいという好奇心が高まっていることを自覚していた。例えば、けんすいを始めたことで、ウエイトトレーニングについて知りたくなり、可逆性と不可逆性の違いだとか、筋力が向上してゆくメカニズムなども判ってきて、最近では栄養学などにも興味が広がってきた。おじいちゃんから、イカは貝から枝分かれして動き回る道を選んだことや、キアジは危険を冒してでも群れから離れてエサをたっぷり食べる生き方を選んだことなどを聞いて、生き物たちは単に図鑑に並んでいる存在なんかじゃなく、それぞれにドラマがあるのだと気づかされ、それからはネットで生物についていろんなことを調べるのが楽しくなった。最近知って目からウロコが落ちたのは、木の実や果物をつける植物たちはみんな動き回ることができない代わりに、動物たちに実を食べさせて遠くに運ばせ、フンと一緒に地面に種を落として子孫を増やすという戦略を取っている、ということだった。どんぐりの木などはときどき実をつけない年があり、それによって野ネズミを間引きしているという。そうすることで、どんぐりが食べ尽くされないようにしているのだ。また、海底火山の活動で溶岩の島が出現することがあるけれど、ほんの数年後には草木が茂って緑豊かな島に変身しているのは、海鳥たちが植物の種を含んだフンを落としてゆくからだということも知った。地球の至る所でそういう〔事件〕が起きているのだと思うと、わくわくしてくる。

メダカやスジエビを飼い始めたことも、周辺の水辺環境について興味が湧き、それに関連するさまざまなことを調べるようになった。やらされる勉強と、好奇心から自分で調べる勉強は、栄養価が違うのだと、さちは気づいた。

学校から提出を求められていた課題作文は『知らなかった祖父の仕事』というタイトルでまとめ、お母さんが仕事のついでにタクシーで持って行ってくれた。直接担任の先生には会わず、担任の先生宛ての封筒に入れて事務室の人に渡したという。お母さんは「担任にいちいち会いたいとは思ってませんから、というメッセージぐらいは伝わるでしょうよ、いくら鈍感な人でも」と言っていた。

九月最初の金曜日、子ども料理教室では焼《や》き餃子《ぎょうざ》を作った。さちが家で食べてきたのは冷凍食品かレトルトの餃子ばかりだったので、タネから作って手作業で皮に包むというのは新鮮な体験だった。気のせいかもしれないけれど、新鮮な合挽《あいびき》ミンチ肉やニラをたっぷり使った手作り餃子は、市販のものより味が濃厚で、食べても食べても飽きなかった。他の子たちの間でも「冷凍のやつより美味しくね?」という声が上がっていた。

この日の帰り道、さちはひかりさんと一緒に歩きながら、けんすいの話をし、その流れでひかりさんから「鉄棒かうんていのお話を作るとしたら、どんなのがあるかしらね」と振られた。二人でいろいろ案を出し合ううちにでき上がったのは、公園にある遊具の中で一番人気がない高鉄棒の話だった。ほとんど誰からも使ってもらえず、ブランコやシーソー、ジャングルジムたちからバカにされていた高鉄棒。でも一人の少年だけが熱心に使ってくれるようになる。逆上がりやけんすいから始まって、やがて蹴上がり、そしてついには大車輪までできるようになって、他の子たちから大注目を浴びる。でもそんな少年もやがて姿を消し、年月が経つうちに高鉄棒は塗装もはげてサビが広がってきて、そろそろ寿命だなと感じ、たった一人だけ熱心に使ってくれた少年の思い出と共に人生の終わりを覚悟する。ところがある日突然、高鉄棒は人間たちによってサビを落とされ、きれいにペンキを塗り直されてよみがえる。さらに高鉄棒は紅白のリボンを巻きつけられ、びっくりするぐらい大勢の人間に囲まれる。そのとき、大人になったあの少年が現れ、みんなの前でスピーチを始める。彼はその後本格的に体操を始め、オリンピックの鉄棒で金メダルを獲得したのだった。彼は、この鉄棒で練習したのがすべての始まりで、この高鉄棒との出会いがなければ選手になれなかったとみんなに話し、盛大な拍手を受ける。その後、この公園にはゴールドメダル公園という愛称がつけられ、高鉄棒は公園内で一番有名な遊具になったのでした。

ひかりさんと一緒に話を作ると、たいがいそこそこの物語ができ上がる。さちはこのお話も、後でノートに清書することにした。

メダカとスジエビのミニビオトープは近所の小さな子どもたちの人気スポットとなり、しょっちゅう誰かがやって来てはしゃがみ込んでじっと見入っていることが日常の光景となった。ときどき、おじいちゃんが出て行って、メダカやスジエビなどの生態や飼い方について子どもたちにレクチャーし、若いお母さんたちからは「親切なもの知りおじいさん」という感じで見られるようになった。おじいちゃんはそれがうれしいようで、玄関付近で子どもたちの声が聞こえると、いそいそと出て行って、新たに仕入れた知識を披露している。おじいちゃんはさらに、国道沿いのガードレール下に生えていたスナゴケという、緑色が鮮やかでちっちゃなクリスマスツリーがたくさん集まっているような種類のコケを採取してきて、玄関前の路地の隅っこ、コンクリート塀に沿った地面にせっせと置き始めた。前からコンクリート塀に付着していたコケと較べると、スナゴケは色も形も人の目を引く。そのスナゴケたちはすぐに地面に定着し、ちょっとした緑のベルト地帯みたいになって、色彩が乏《とぼ》しかった薄暗い路地の印象が、がらりと変わった。そしておじいちゃんは虫眼鏡を用意して、小さな子たちに「いいかい、見とくんだよ。水をかけたらスナゴケが元気になる様子が判るから」と言い、霧吹きで水をかけるようになった。さちも虫眼鏡で観察したけれど、霧吹きで水をかけるとスナゴケはたちまちクリスマスツリーの葉っぱが開いて一本一本が目覚めたかのように、ぐぐっと起き上がり、緑色がさらに鮮やかになる。そのさまはまるでジャングルのジオラマのようでもあり、以前ジブリ映画で観た、荒廃した土地がじわじわと緑の草木に覆われてゆく場面みたいでもあり、こんな生き物が近所に生えてたのかということが新鮮な驚きだった。

そのお陰で、さちが二階の部屋にいるときにも外から「うわっ、ほんとだ」「すごい動いてる」という子どもたちの声がしばしば耳に届くようになった。

おじいちゃんはいつの間にか、テレビを見ながら誰かの悪口を言うことがなくなった。お母さんもご指名での仕事が増えて、以前とは別人のように機嫌がいい。夕食のときには、さちはくすのきクラブでのことや自主学習で新しく知ったことを話し、おじいちゃんはミニビオトープを見に来た小さな子がなかなか帰りたがらずお母さんが手を焼いていたといったことを目を細めて話し、お母さんは指名してくれたお客さんから「国道の真ん中に取り残されたお年寄りを保護されたそうですね」「私も真崎ひかりさんとはちょっとした知り合いでして」などと話しかけられた出来事を話す。ひかりさんとの出会いによって、家の中の雰囲気もがらりと変わった。

翌週の金曜日には、子ども料理教室で皿うどんを作って食べ、午後には白壁会館での空手体験教室があった。この日は十二人中、十人が参加した。白壁先生は、子ども用のグローブやすね当てを用意してくれていて、それを着ければサンドバッグを叩いたり蹴ったりしても痛みを感じることはなかった。初めて参加した中学生女子は、サンドバッグを蹴り終わった後、息を切らせながら「ストレス解消になるね」と、さちに笑いかけてきた。この子がさちに話しかけてきたのは初めてのことだった。

十月に入り、さちはけんすいのプラトーをついに脱して、五回できるようになった。ぶら下がったまま二、三秒休む裏技を使えば六回までいける。それを知ったミツキさんからは「そういえばさっちゃん、身体つきがアスリートっぽくなってきたし、顔つきもきりっとしてきたよ」と言われ、まんざらでもない気分だった。ネットで調べてみたら、スポーツができる小学校高学年男子でも、けんすいを五回できる子はそういないようだった。駆けっこもドッジボールも苦手だけれど、一つでも他人に負けないものを身につけると、それだけで朝から晩まで、ちょっと気分がいい。気分がいいと不安や焦りも感じなくなってくる。

でも、お母さんもおじいちゃんも、さちがけんすいを五回できるようになったことを簡単には信じてくれず、お母さんは「腕を曲げたままでちょこちょこっとやるからでしょ」と言い、おじいちゃんは「斜めけんすいのことだろう」と笑っていた。少しカチンときたさちは日曜日の夕方、二人を近所にあるマンションの公園に連れて行き、けんすいをやって見せた。五回目の後、ぶら下がって少し休憩する裏技を使って、六回やった。

着地すると、お母さんは口をあんぐり開けて絶句していた。おじいちゃんは目を丸くして「へえ、これはすごい」と拍手し、「これを毎日、こつこつと続けてたのか」と聞いてきた。さちが「まあね」と答えると、おじいちゃんは「すごいぞ」と、頭をなでようと片手を伸ばしてきたので、とっさによけてしまい、少し気まずい感じになった。

できることを証明できたので帰ろうとしたけれど、お母さんが「ちょっと待って。私もやってみる」と言い出し、うんてい側面のバーをつかんだ。お母さんの身長だと、ひざを曲げないと両足が浮かない。

お母さんは一回もできなかった。ひざを曲げてぶら下がったままでいるので、いつ始めるのだろうかと思っていると、「あー、全然上がらない。ダメだこりゃ」とバーから手を離した。そして「さち、あんたもしかしたら本当にスポーツクライミングの選手になれるんじゃないの？」とおだてるようなことを言い、おじいちゃんも「俺もそう思う。さちならなれるぞ」とうなずいた。二人とも、疑ってごめんなさいと謝るのが嫌だから代わりにほめることで勘弁してもらおうという作戦だなと、さちは見当をつけた。

まあ、いいでしょ。

翌日の月曜日、ひとみちゃんがくすのきクラブに来なかった。午後になってくすのきクラブ代表の高津原さんから、ひとみちゃんは虫垂炎《ちゆうすいえん》という、昔は盲腸《もうちよう》と呼ばれていた病気で入院したことを聞かされた。井手さんがスマホを使って調べてくれたところ、虫垂炎は腸の一部が炎症を起こして、おなかが痛くなったり吐いたり下痢をしたりする病気だという。

その翌日、ひとみちゃんのお母さんから電話での報告を受けた高津原さんから、手術は無事に終わり、十日後ぐらいには退院できるようだと聞かされた。金曜日にそのことを知ったひかりさんは、「そうだったの。ひとみちゃん、さっちゃんの読み語りを恋しがってるでしょうね」と言い、「次に会ったとき、催促してくるわよ、きっと」と笑った。

翌週月曜日の午後、くすのきクラブの部屋でドリルをやっているときに高津原さんがやって来て、「重ノ木さん、ちょっといい?」と手招きされ、一階の事務室に連れて行かれた。そしてパイプ椅子に座らされてこう言われた。

「ひとみちゃんが、さっちゃんにお見舞いに来て欲しいんだって。私も一緒に行くから、お願いできないかしら」

「いいですけど、いつですか」

「できたら今から。もうすぐ退院できるからってお母さんがなだめてたらしいんだけど、今日になってついに、さっちゃんに会いたいよーって泣き出したそうなの」

さちは、ひかりさんが「さっちゃんの読み語りを恋しがってるでしょうね」と言ったことを思い出して、ぷっと噴き出してしまった。

自分のリュックを持ち、高津原さんの軽自動車に乗せてもらって、数分後に到着したのは、さちがいつも帰り道で通る国道沿いにある総合病院だった。以前、名前は知らないけれど同じ学年の、片足に問題を抱えている女の子が入るところを見た病院だ。そのせいで、さちは一階ロビーに入ってから、ひとみちゃんがいる五階の病室に行くまでの間、ずっと周りをきょろきょろしたけれど、残念ながらあの女の子を見つけることはできなかった。

ひとみちゃんがいる病室は、扉のところに名札が四つあった。高津原さんが控えめにノックしてから扉をスライドさせ、「窓側の右のベッドにいるから」とさちに言った。入室して進む途中、カーテンで隠れていないベッドにいた中学生ぐらいの女の子と「こんにちは」とあいさつし合った。

ひとみちゃんのベッドはカーテンが引かれていた。窓際に回り込むと、ひとみちゃんは小さなイチゴがたくさんプリントされたパジャマを着て、お母さんにむいてもらったらしいリンゴを食べているところだった。ひとみちゃんは、リンゴをくわえながら「さっちゃーん」とうれしそうに片手を振ったので、さちも振り返した。

ひとみちゃんのお母さんは、これまでさちに対して「こんにちは」「さようなら」ぐらいしか言わない、あまり愛想がよくない人だったけれど、この日は「さっちゃん、ごめんなさいね、ひとみが会いたいと言ってきかないから」と、ちょっとびっくりするぐらいの笑顔を見せた。高津原さんが一緒にいるせいで、無理して笑顔を増し増しにしてるのだなと思った。

ひとみちゃんのお母さんと高津原さんが術後の経過だとか週末には退院する予定だとといった話などを始めたところで、リンゴを食べ終えたひとみちゃんが「お母さん、さっちゃんとプレイルームに行って来ていい?」と聞き、お母さんは「いいけど、はしゃいだらダメよ。おとなしくしてないと、またおなかが痛くなるからね」とちょっと脅す感じで注意した。

リュックを背負い直して廊下を歩いている途中、ひとみちゃんが手をつないできた。さちが「おなか、痛かった?」と聞いてみると、ひとみちゃんは「うん、痛かった。さっちゃんだったら、きっと泣いちゃうよ」と妙な先輩感を出してきた。

「今はもう痛くないんだよね」

「うん、もう大丈夫。最初はおなかピーピーだったけど、それも治った」

プレイルームは、エレベーターの近くにある、入院している子どもたち用の遊び部屋だった。床は柔らかいカラフルなマットが敷いてあり、小さい子が入れるプラスチック製の小屋が真ん中にあった。壁際の棚には幼児用のさまざまなおもちゃや絵本が並んでいて、反対側にある大きな薄型テレビでは『きかんしゃトーマス』をやっていて、三人の小さな子たちが座って見ていた。窓際では、頭に包帯を巻いている男の子と一緒に、お母さんらしい女の人が『アンパンマン』のパズルをやっている。若いお母さんは髪を後ろにまとめていて細身のスーツ姿、すぐ横に大きめのショルダーバッグを置いている。仕事中に時間を作って息子に会いに来たのだなとさちは推理した。

ひとみちゃんは部屋に入るなり、「さっちゃん、ここに座ろ」と、プラスチックの小屋の前を指さした。リュックを下ろして一緒に座り、「いつも一人で来るの？」と聞いてみると、ひとみちゃんは「うん。絵本を読むの」とうなずいてから、「さっちゃんみたいに読み語りが上手になりたくて、声に出して読んでるよ」とつけ加えた。

「へえ、そうなんだ」

ひとみちゃんが一人で絵本を読むのは見たことがなかったので、ちょっと意外だった。読んでくれる人がそばにいないと、そうなるのだろうか。だとしたら、入院したことは、ひとみちゃんにとって悪いことばかりではなかったのかもしれない。

さちは「だったら、ひとみちゃんに絵本、読んで欲しいな」と言ってみたけれど、ひとみちゃんはすぐさま頭を横に振り、「まだダメ。もっと上手になってから」と、ちょっと口をとがらせた。

「じゃあ、何する？」さちは壁際の棚を見回して、「あ、オセロゲームがあるね。やる？」と提案してみたけれど、ひとみちゃんは「うーんと」と人さし指をほっぺたにつけて考える仕草を見せてから「私ね、さっちゃんが作ったお話が聞きたい」と言い出した。

ひとみちゃんが入院する少し前に一度、ひかりさんと歩きながら作ってノートにまとめたお話を読み語りしてあげたことがある。さちがリュックからドリルを出すときにそのノートも出してしまい、ひとみちゃんが目ざとく表紙に小さく書いてあった〔さっちゃん童話集〕というタイトルを見つけて「そのノート何？」と聞かれたことがきっかけだった。ひとみちゃんは「えっ、さっちゃんがお話を作ったの？」と目を丸くし、読んで欲しいとせがまれたので、他の人に気づかれないよう小さな声で、という条件で『ひとりぼっちのタンポポ』を読んであげたら、もっと読んで欲しいと言われ、さらに『白馬のアッちゃん』『ほえない犬リキ』なども披露することになったのだ。

予想以上に、ひとみちゃんからは高評価だったらしい。さちの方も悪い気はしないので、「判った。じゃあ、この前みたいに小さな声でね」とうなずき、リュックからノートを出して、前回と同じ話を読み語りした。でも読んでいる途中で半ば無意識に力が入ってしまい、いつの間にか自分の声が大きくなっていることに気づいて、あわててボリュームを下げた。

新作の『高鉄棒と少年』まで読み終えて「これでおしまい」とノートを閉じると、ひとみちゃんは拍手をしながら「さっちゃんてすごいね。また新しいの作ったら読んでね」と言うので、「次はいつできるか判らないよ」と答えておいた。

そのとき、急に別の拍手がそこに割り込んできた。頭に包帯を巻いている男の子とパズル遊びをしていた、スーツ姿の若いお母さんだった。あらためて見ると、目がきりっとしていて、えらが少し張っていて、気が強そうな印象の人だった。

「途中から聞かせてもらってたけれど、全部あなたが作ったの?」と聞かれたので「ええ、まあ」とうなずくと、「本当に?」と念押しされた。一人で全部作ったのかと聞かれると、確かにそうではないので「知り合いのおばあさんと歩きながら一緒に作りました」と答えると、「へえ」と感心した様子で目を見開き、「そのおばあさんって、童話を書いてる人なの?」と聞かれたので「いいえ、昔は書道の先生をやってて、今はフリースクールでボランティアスタッフをしている人です」と答える。心の中で、実はその人は魔法使いだけど、そのことは内緒だよー、とつけ加える。

若いお母さんはさらに「ふーん、それにしてもすごいね。白馬の話にしても、ほえない犬の話にしても、ストーリーの起承転結がちゃんとできてるし、主人公のキャラクター設定だってちゃんとしてる」と、評論家みたいな言い方をした。息子の男の子は、ぽかんとしてそれを見上げている。ひとみちゃんも、何この人？という感じで若いお母さんを見ていた。

「あ、ごめんなさい、急に声をかけたりして。ちょっと待ってね」

若いお母さんは気を取り直すためか両手をぱんと叩き、それからショルダーバッグの中に片手を突っ込んでごそごそと何かを探った。

ほどなくして差し出されたのは、一枚の名刺だった。さちの家にも配達されている地元の新聞社、双葉新聞の記者さんで、中村里香《なかむらりか》という名前の人だった。

その後は病院の一階にある待合フロアで、中村さんは高津原さんに取材の意図や理由について説明をし、高津原さんは「重ノ木さん本人と親御さんが了解するなら」と返答した。中村さんによると、本名は出さないで、病院で出会った小さな童話作家、みたいな感じで紹介させて欲しい、とのことだった。いわゆる新聞記事としてではなくて、『あんな人、こんな人』というタイトルの記者コラムとして書きたいのだという。さちは少し抵抗感があったけど、本名を出さず、後でお母さんとおじいちゃんに電話をかけてあらためて事情を説明するというので、それならまあいいかと思い、一応は承諾しておいた。

その日の夕食後に、中村さんに教えておいたお母さんのスマホに電話がかかってきた。あらかじめさちからある程度の説明はしてあったので、お母さんは最初のうち「本名を出さないのなら本人も構わないと言ってますから、取材の日時と場所を決めていただければ」と答えていたけれど、途中から急に険しい顔になって、「本人に聞いてみますので、五分後にもう一度かけ直していただけますか」と言った。

いったんスマホを切ったお母さんに、ソファに座って聞き耳を立てていたおじいちゃんが「どうかしたのか」と尋ねると、お母さんは「さちがヤクザの抗争に巻き込まれて肩を撃たれた件についてもコラムの中で触れていいかって聞かれたんだけど」と答えて、さちの方を見た。洗い終わって乾いた茶碗や皿を食器棚に戻していたさちは、その手を止めた。

さちが「何でそのことを中村さんは知ってるの?」と尋ねると、お母さんは「そりゃ、新聞記者だからよ。重ノ木さちっていう、ちょっと珍しい名前を見て、あれ、どこかで見た名前だなってなって、新聞社の中で調べてみたら、あっ、あのとき撃たれた子だってなるじゃない」と言った。

おじいちゃんが「別に構わんのじゃないか。ていうか、そのことがきっかけでクラス内で仲間外れにされたりいじめられたりして、くすのきクラブに通うようになったんだ。こっちが隠すようなことじゃないと思うがね」と言った。

その点についてはさちも異論はなかった。そういう出来事があって、くすのきクラブでひかりさんと出会って、お話を作るようになったのだから、隠すことはない。別にクラスのイケてる女子たちがいじめの中心だったとか、その子たちの名前が出るわけではないのだから、構わないと思った。ひかりさんとの出会いのお陰でいろいろ変わることができたこともコラムの中で触れてもらえるのなら、むしろ歓迎すべきことだろう。

さちは「いいよ、私は」とうなずいた。

取材は翌日の午前中、くすのきクラブの事務室で、高津原さんが立ち会う形で行われた。抗争の巻き添えで肩を怪我したくだりでは、中村さんは「嫌なことを思い出させてしまうけれど、ごめんね」と気を遣ってくれたけれど、今のさちにとっては、そういう出来事があったということは単なる過去でしかなく、淡々と話すことができた。ちなみに病院のプレイルームで中村さんと一緒にいた男の子は息子ではなくて、甥っ子だとのことだった。そして一時間ほどの取材が終わったとき、中村さんは「実は私、何度か童話の賞に応募したことがあるの。でも予選で落ちてばっかりで。一度だけ最終選考に残ったことがあるけれど、結局は選ばれなくてね。でも重ノ木さんだったら、プロの童話作家になれると思うよ」と笑いかけてくれた。

〔あんな人、こんな人――小さな童話作家〕

私用でたまたま出かけた総合病院の小児病棟で、小学校高学年のある少女に出会った。彼女は入院中の児童らが遊ぶ部屋、プレイルームにいて、見舞った低学年の女の子に童話の読み語りをしてあげていたのだが、驚いたのは、それらの童話がすべて、彼女の創作だということだった。厳密には、知り合いの年配女性と歩きながら一緒に考えた、とのことだったが、聞くともなしに聞いているうちに物語の世界に引き込まれてしまった。

誰もいない空き地に一本だけ咲いているタンポポの話は、一人の女の子に声をかけてもらったり水をもらったりしたが、結局は孤独な人生を終える。しかし女の子は綿毛になったタンポポを持って、たくさんの植物や虫たちがいる場所に綿毛を撒いた。前世の記憶がうっすらとある新しいタンポポは、女の子のお陰で今度は孤独から免れたのだと気づく。

駆けっこが苦手だった白い馬は、他の馬たちからバカにされながら、遊園地で子どもたちを乗せてゆっくりと歩く仕事を続ける。やがて年月が経ち、他の馬たちは走るのが遅くなったり怪我で走れなくなったりして人々から見向きもされなくなるが、白い馬はずっと子どもたちの人気者で、今も元気いっぱい。

その他、吠えるのが苦手で番犬になれなかった犬の話など、彼女が作った童話には、ダメな存在なんてない、今は不遇でも、日の目を見るときが必ずくる、というメッセージがこめられているように思った。

実はこの少女は、二年前に銃撃事件の巻き添えで肩を負傷している。たまたま事件現場を通りかかっただけだった。幸い、肩の怪我は完治したが、大人たちから気を遣われ、学校で宿題を忘れても大目に見てもらうことがあったのだが、そのせいでクラスメートたちから「あの子だけ特別扱いされている」と妬《ねた》まれ、無視や陰口が始まった。やがて彼女は学校に行けなくなり、今はフリースクールに通っている。

それでも彼女は、「私は人に恵まれてると思います」と、控えめな笑顔で話してくれた。童話作りを始めたのも、効率的な勉強法があることを知ったのも、フリースクールを通じて出会った一人の年配女性のお陰だという。春には一回もできなかった〔けんすい〕が今では五回できるようになったのも、その女性から効果的な練習法を教えてもらったからだった。

こつこつと地道に続ければ、いつか花開くときがくる。彼女が作った童話の内容は、彼女自身の人生とも重なっている。

最後に、将来の夢について聞いてみた。どういう職業に就きたいかは、まだ判らないけれど、〔読み語りおねえさん〕になって、子どもたちに読み語りをしてあげることをライフワークにしたい、そして、その中に自分が作った童話もこっそり混ぜて、子どもたちの反応を確かめてみたい、とのことだった。

（文責　中村里香）

翌週の水曜日にこの記者コラムが掲載されると、その日の夕方に、教頭先生と担任の先生が家にやって来た。さちは二階の部屋にいたが、応対したおじいちゃんが声を荒らげ始めた。先生たちが帰った後、おじいちゃんからやりとりの内容を聞くと、先生たちはコラムの内容が気に入らなかったようで、事前に相談して欲しかったということや、今後は登校できるよう独自の支援を検討したいということ、それからできれば十一月中旬に開催予定の運動会には参加してもらえないか、とのことだった。去年まで運動会は十月開催だったけれど、温暖化の影響で最近は十月でもかなり暑い日があるため、熱中症対策で十一月になったという。

おじいちゃんは「おおかた、コラムに気づいた教育委員会のお偉いさんたちから何か言われて、泡を食って飛んで来たんだろうよ。教育委員会も、市議会議員のお偉いさんたちから何か言われたんじゃねえか。この件を議会で取り上げることを検討している、みたいなことを言われたら、出世にかかわる一大事だからな」と苦々しい顔つきだった。あまりに腹が立ったおじいちゃんは、「そういう圧力が余計にあの子の心の負担になるってことが判らんのかっ、帰ってくれ」と怒鳴りつけ、「どうしても運動会に参加させたいんなら、けんすいを競技種目に入れてみやがれ、それができるんなら参加してやるよ」と言い放ったらしい。

おじいちゃんはそう説明した後、「どうせ、けんすいを運動会の競技に組み込むことなんてしねえよ、あいつらは。前例のないことを極端に嫌う人種だからな」とつけ加えた。

夕食前、おじいちゃんは「さち、興奮して先生たちを追い返してしまったけど、ちょっとよくなかったかな。ますます学校に行きづらくさせてしまったよなあ」と少し反省しているような態度で聞いてきたけれど、さちは「ううん、おじいちゃん、ありがとう。くすのきクラブの方が勉強もはかどるし、楽しいから、気にしなくていいよ」と答えておいた。

記者コラムには、さちの実名が出ていたわけではなかったので、くすのきクラブの子たちには気づかれなかったようだった。ひとみちゃんも、記者の中村さんには会っているけれど、さちがインタビューを受けたり、それがコラム記事になったことまでは知らない。井手さんやマイさんは、高津原さんから話を聞いているかもしれないけれど、何も言ってこなかった。ひかりさんとミツキさんには、記事のことを教えようかとちょっと思ったけれど、発砲事件に巻き込まれたことを知られると変に気を遣わせてしまうかもしれないから、やめておいた。ひかりさんとミツキさんはもしかしたら、記事を読んでそれがさちのことだと気づいているかもしれないけれど、だとしても、そのことには触れないでいてくれたのだろう。

そんなことよりも大切なことは、インタビューを受けたことが正解だったということだ。なぜなら、中村さんが書いた文章の中にあった「彼女が作った童話の内容は、彼女自身の人生とも重なっている。」という言葉のお陰で、視界が晴れた気がしたからだった。ひかりさんと一緒に考えたときにだけ、なぜいい話ができたのか、その疑問が解けたのだ。

ひかりさんは別に童話を作れる人だったわけではなかった。ただ、重ノ木さちと共通点がある素材、感情移入できそうなものを見繕《みつくろ》ってくれただけなのだ。タンポポや馬や犬のお話は、実はさち自身の物語だった。それは、ひかりさん流の一種のカウンセリングのようなものだったのではないか。実際、孤独だったり、みんなから馬鹿にされたりしていた主人公たちは、最後はダメなやつじゃなかったことを証明し、それは確かにさち自身の気持ちにも影響した。直接「あなたはダメな存在なんかじゃないよ、頑張れば大丈夫だから」などと言われたら、口では何とでも言えるだろうとか、他人ごとだからそんなに簡単に言えるのだと、かえっていじけた気持ちになっていたかもしれない。

そしてもう一つ。ひかりさんによる題材選びのお陰ではあったけれど、そこからお話を生み出したのは自分自身なのだ、どれもこれも重ノ木さちが考えたからこそ生まれた話なのだと、少しは自信を持ってもいいのかもしれない。

お母さんは年に一回か二回、ひどい頭痛に見舞われて寝込むことがある。いつもかなり辛そうだけど、寝ていればたいがい翌日には回復する。お医者さんからは「ときどきそういう体質の人はいるから」と言われるだけで、原因も対処法も判らないままらしいけど、春先や梅雨どきになることが多いので、気圧や湿度が関係しているのかもしれない。今年は春先も梅雨どきも大丈夫だったけれど、それで油断したということなのか、十月下旬の急に肌寒くなった土曜日、午後に仕事を早退して帰って来たお母さんは、思いっきり顔をしかめながら「頭痛がきたー」とだけ言って、寝室に入った。

その日の夜、お母さんは夕食も食べたくないと言った。さちは、だったら夕食は自分が作ってみよう、子ども料理教室で身につけたスキルを発揮できるかどうか、冷蔵庫や食料庫にあるものをやりくりして、おじいちゃんをびっくりさせようと思ったけれど、準備に取りかかる前に、おじいちゃんが近所のお弁当屋さんからデラックス弁当を二つ買って来てしまったので計画はあえなく中止となった。しかもおじいちゃんはご丁寧に、翌朝用にとソーセージパンとツナマヨサンドも買っていた。

この日、お母さんがトイレ以外で一階にいるのを見たのは、さちが風呂から上がったときに、キッチンでオレンジジュースを飲んでいたときだけだった。そのときも「あー」と辛そうな声を出して、何も話しかけないでよ的な雰囲気がありありだった。以前、お母さんがこういう頭痛のときに「大丈夫？」と声をかけてしまい、「大丈夫かどうか、見て判んないの？」とキレ気味に返されたことがあるので、それ以来、さちは黙って見守ることにしている。よろよろと階段を上がって行くお母さんの背中を見送りながら、明日には治りますように、と祈った。

日曜日の朝の十時ぐらいにやっと、お母さんはまともな足取りで二階から下りて来て、インスタントコーヒーを飲んだ。ソファに座って詰め将棋をしていたおじいちゃんが「どうかね？」と聞くと、お母さんは「地獄から何とか生還。まだ重たい感じはあるけど、夕方までにはだいぶよくなると思う」と答えた。さちが「お昼、おかゆでも作ろうか？」と聞いてみると、お母さんは「えっ？」とこめかみをもんでいた両手を止めた。お母さんにとっては予想外の提案だったらしい。おじいちゃんが「おかゆぐらいなら、さちも作れるんじゃないか。おかずは買い置きの冷凍食品なんかでいいし」と言い、お母さんはそれもそうかと思い直したようで、「じゃあ、お願いしようかしら」と同意した。そして「どろどろじゃなくて、さらさらのやつにしてもらえる？」と注文された。さちはもともとそのつもりだったけれど、余計なことは言わないで「判った」とうなずいた。

お母さんが二階に上がり、おじいちゃんが再び詰め将棋を始めたところで、さちは昼食作りに取りかかった。おかゆだけでなく、冷蔵庫などにあるものでいくつかおかずも作ろうと考えていた。家では洗い物の手伝いなどしかしていないので、お母さんはまだ自分の娘をあなどって、料理なんてできるわけがないと思っている。けんすいのときと同様、びっくりさせてやろうじゃないの。

冷蔵庫の中をあらためてみた。残りのご飯は冷凍してストックしてあることが多いけれど、三人分には足りなかったので、一から作ることにした。パソコンで検索してみたところ、おかゆは本来、ご飯からではなくお米の状態から作るものらしかった。

お米一・五合分を計量カップですくってボウルに入れ、水を入れてすばやく三回かき混ぜ、すぐに水を捨てる。こうすることで、ぬかの成分が米に染み込んで臭みが出るのを防ぐことができる。水をよく切り、ボウルの中を片手で、あまり力を入れないでシャカシャカとかき混ぜる。お母さんは普段、水を入れたままで研いでいるけれど、それだと米の表面はあまり研げない。かき混ぜ終わったところで米よりも多く水を入れて、すぐに研ぎ汁を捨てる。これをもう一度繰り返して研ぎは完了。研ぎ汁が透明になるまで水を入れ替える人が多いみたいだけど、それをやってしまうと逆に米の旨味と栄養分も逃がすことになる。最後はうっすらと米が透けて見える程度の濁り方でいい。

研いだ米を土鍋に入れ、そこに水も入れる。米〇・五合に水六〇〇ミリリットルが標準なので、計量カップの六〇〇ミリリットルを三回入れた。

ガスコンロのスイッチを入れ、中火に設定。ぐつぐつしてくるまでの間に、冷蔵庫の中から、おかずの材料を選んだ。結果、卵、ベーコン、カイワレ大根、シメジを出した。

流し台の下にある食料庫も探してみたところ、奥の方からスモークオイルサーディンの四角い缶詰が見つかった。賞味期限を見るとあと一か月。スモークオイルサーディンは、スモークしたイワシのオイル漬けで、ふたを開ければそのまま食べられる。

ベーコンは切手よりもちょっと大きいぐらいに切って、薄く油を引いたフライパンで弱火で炒めた。ほぐしたシメジも投入し、菜箸を使って全体に火を通す。ベーコンやシメジに少し焦げ目がつき始めたところで、ちょっとだけしょうゆをかけて香りをつけて出来上がり。さちの家では、しょうゆをかけすぎないように、指でしゅっと押して霧吹きのようにしょうゆをかける容器を使っている。最後は食べたい人が勝手に取れるよう、一つの皿にまとめて盛った。

リビングにいたおじいちゃんが「お、何かいい匂いがしてきたな」と言って立ち上がったのが見えたので、さちは「出来上がるまで見に来ないでよ」と言った。おじいちゃんは「火には気をつけるんだぞ。おかゆが噴きこぼれたらやっかいだから」と苦笑いで言って、ソファに座り直した。

カイワレ大根は、根元を切り落としても種の皮が結構残っているけれど、フォークでひっかければきれいに取れる。二束分のカイワレ大根を二分の一の長さに切ってボウルの中で混ぜ、こちらも一つの皿に載せた。食べる直前にしょうゆをしゅっとかけて、かつお節を振ることにする。

そうする間に、土鍋の表面が白く煮立ち始めたので、お玉を使って優しく混ぜ合わせた。いよいよ沸騰してきたら弱火に切り替え、土鍋にふたをする。噴きこぼれを防止するため、ふたは完全に閉めないで、少しだけずらしておく。このまま三〇分から四〇分。冷蔵庫につけてあるキッチンタイマーを三〇分に設定してスタートさせた。

卵は、目玉焼きなら簡単にできるけれど、だし巻き卵に挑戦することにした。子ども料理教室で最初に食べたときは、ひかりさんが作ってくれたけれど、二学期に入って二回、自分でも作っている。一回目はちゃんとまとまらず、何層もの焼けた卵がはがれてしまって泣きたくなったけれど、二度目は形が少しいびつながらも、ちゃんとしただし巻き卵に仕上がっている。三度目の正直だ。

卵三個をボウルに割り入れて、箸でかき混ぜる。さちにとって菜箸は長すぎて手首がくたびれるので、食事用に使っている竹の箸を使った。黄身と白身が完全に一体化するまで混ぜる人もいるけれど、さちはそこまでは混ぜないやり方を選んだ。ひかりさんによると、そうした方が白身部分が焼けていい香りが立つのだという。

濃度二倍のそばつゆを目分量で入れ、さらに混ぜた。そばつゆの水分によって、ふっくらとした卵焼きになる。ただし、焼いている途中で崩れやすいという危険性もあるので注意が必要だ。

卵焼き用の四角いフライパンを中火で熱して、油引きで表面をコーティングする。これをこまめにやらないと焦げつかせてしまうことになる。

表面が熱くなってきたところで、そばつゆ入りの溶き卵をまずは四分の一ぐらい投入。じゅっという音と共に、そばつゆの香りが鼻の奥に届いた。表面にできた空気のドームをつついて潰し、フライパンを傾けて全体の厚さが同じになるよう調節。そして卵の表面が固まる前に巻き始める。

上手くいった。フライパンの隅っこに細いだし巻き卵ができた。再び油をフライパンの表面に塗り、もう一度、四分の一の量を投入。一回目でできた細いだし巻き卵をくるくると巻いてゆく。

それを繰り返し、最後に投入した溶き卵を巻き終えたところで火を切り、そのまま置いておく。こうすることで余熱で卵がしっかり固まって卵の層が一体化し、表面にはうっすらと、美味しそうな焦げ目がつく。

おかゆが出来上がるまでの間に、シメジベーコンを炒めたフライパンやボウル、まな板を洗った。ついでにお湯を沸かしてお茶を淹れようと思ったけれど、後片付けが面倒だなと思ったので、冷蔵庫の中にあったペットボトルの緑茶をレンジで温めるだけで済ませることにした。

だし巻き卵の表面温度が少し下がってきたのを確認して、新聞紙の上にクッキングペーパーを敷き、その上で切り分けた。

土鍋のふたを外しておかゆの様子を確認。顔に当たった湯気の中から、食欲をそそる匂いが鼻の奥に届いた。おかゆは作り方が悪いとぬか臭さが残るけれど、これは完璧だ。ただし、さらさらに仕上げるにはもう少し水を入れた方がよさそうだったので、マグカップに入れた水をレンジで熱して追加投入し、少しかき混ぜた。

だし巻き卵もオイルサーディンも、食べたい人が勝手に取れるよう、一つの皿にまとめて載せた。

カイワレ大根にしょうゆをかけて、かつお節を振りかけているときに、タイマーが鳴った。おじいちゃんが「おっ、できたのか」と言ったので、ガスコンロの火を消して「できたよー」と応じると、ソファから立ち上がって、「あっしも運ぶのを手伝いやす、アネキ」と、おじいちゃんにしては珍しいおどけ方をした。

キッチンにやって来たおじいちゃんは、目を見開いて「これも、さちが作ったのか?」と、だし巻き卵やシメジベーコンを指さした。「そうだよ」とうなずくと、「へーっ、たいしたもんじゃねえですか。こりゃ本当にアネキと呼ばせていただきやす」と軽く頭を下げてから「くすのきクラブで真崎ひかりさんから教えてもらった成果ってことか。すごい、すごい」としみじみとしばらく見入っていた。

おかゆは表面に軽く塩を振って出来上がり。土鍋は重いので、おじいちゃんが運んでくれた。ダイニングのテーブルの前で「アネキ、土鍋敷きを置いてもらえやせんか」と言われ、あわてて持って行った。

最後に、ガスコンロの火がちゃんと消えていることを確認。よし。ひかりさんが子どもの料理教室の最後に必ず、各調理台を回って「火は消えてる？」と確認して回っていたお陰で、料理が終わったら自動的に火元の点検をしている自分がいる。

準備が終わり、階段の下から「お母さん、できたけど食べられる？」と呼びかけると、しばらくしてドアが開く音がして「まだあんまり食欲ないけど、せっかく作ってもらったんだから、ちょこっといただきまーす」と返事があった。

お母さんは、だし巻き卵やシメジベーコンなどのおかずを見て、「えっ、さち、こんなの作れたの？　いつの間にこんなことができるようになったの？」と、具合が悪い人にしては大きな声を出し、おじいちゃんが「俺は全く手伝ってないよ。土鍋をここに運んだだけ」と半笑いで肩をすくめると、「うっそぉ……」と、どこか呆然としたような表情で椅子を引いた。

三人で「いただきます」と手を合わせた後、お母さんはさちに向かって「いただきます」ともう一度会釈をした。

お母さんは、おかゆの一口目をすすって、ん？　という間の後、「ちょっと、さち、美味しいじゃないの。何で？」と少々失礼なことを言った。おじいちゃんも「うーん、これはやられた」とうなってから、「お世辞じゃなくて、本当に旨いな。もしかしたら今まで食べたおかゆの中で一番かもしれん。何か作り方に秘訣でもあるのか?」と聞いてきた。

さちが、ひかりさんから教わった米の研ぎ方を話すと、お母さんは「まじ?」とお椀の中のおかゆとさちの顔を交互に見てから、「何で教えてくれなかったの、って言いたいところだけど、さちが言わなかった理由、判るよ。私のプライドが傷つくかもしれないって、気を遣ってくれたんだよね」と、しみじみした口調で言った。

おじいちゃんが「うん、だし巻き卵も旨い。柔らかくて、口の中で味がじゅわっと広がる」と言ったとき、お母さんがお椀と箸を置いて、ぼろぼろと涙をこぼして泣き出した。

さちは、おじいちゃんと顔を見合わせた。おじいちゃんは、何でか判らん、という感じで首をすくめながら小さく頭を横に振った。

さちは、米の研ぎ方を言い出せないような母親で申し訳ない、という気持ちからお母さんが泣いたのだと思っていたけれど、涙を拭き、気を取り直して食べ始めたお母さんは、こんなことを言った。

「私、さちがこのまま大人になって大丈夫なのかと心配するばっかりだったんだけど、母親なのに全然さちのことを判ってなかったよ。けんすいもあんなにできるし、こんなに美味しいものだって作れる。勉強もちゃんとできてる。その辺の五年生なんかより、よっぽどちゃんとしてるよ」

そしてお母さんは「さち、ごめんなさい。あなたは本当に頼りになる家族です。これからもよろしくお願いします」と頭を下げた。するとおじいちゃんがさちの方を向いて「アネキ、かっけー」と片手を口もとに添えて野次った。

お母さんは、食欲がないと言っていたけれど、おじいちゃんと競い合うようにもりもり食べて、あっという間に土鍋も皿も空になった。

12

翌日の月曜日、学校からお母さんのスマホに、さちが書いた課題作文『知らなかった祖父の仕事』が学年代表で市の作文コンクールに出品されることになったという連絡がきた。お母さんもおじいちゃんも喜んでくれて、その日の夕食は鰻丼になった。三人で「いただきます」と手を合わせたときに、お母さんは「国産の鰻だからね」と言った。

でも、二日後の水曜日、作文コンクールの話は難しくなった、という連絡が入った。さちの出席日数が足りないので、学校の代表という形で出品するのはいかがなものか、ということになったのだという。お母さんが、電話をかけてきた担任の先生を問い詰めたところ、どうやら、複数の保護者からクレームが来て、教育委員会も同様に難色を示している、とのことだった。そして担任の先生からは、今後はできるだけ登校できるように頑張りたい、という保護者と本人の誓約書的な文書を提出してもらえれば何とかできるかもしれないと言われ、お母さんはとうとう感情のメーターが振り切れて、「そんな作文コンクール、こっちから願い下げだよっ」と怒鳴って切ったという。話を聞いたおじいちゃんは「それはやりすぎじゃないか」とたしなめたけれど、さちはもともと作文コンクールなんか興味がなく、誰かからまた陰口を言われる可能性もなくなって、むしろほっとした。おじいちゃんが働いていたときのいろんなエピソードを知ることができて、そのことを作文にまとめることができただけで充分だった。さちがそう伝えると、お母さんは「さちは大人だよね。私なんかよりよっぽど器が大きいよ」と腕組みをしてうなずいた。

さらにその翌日の木曜日、教頭先生と担任の先生が再び家にやって来て、応対したおじいちゃんに作文の一件を謝罪した。おじいちゃんは「判った、もういいって」と形だけ謝罪を受け入れて追い返そうとしたけれど、先生たちはさらに、十一月の第二日曜日に開催予定の運動会で、けんすいの回数を競う種目を設けることになったので、重ノ木さちさんにはその種目だけでもいいから参加して欲しい、と言ってプリントを置いて帰った。そのプリントは『中央小学校 運動会プログラム（仮）』というタイトルで、昼食休憩の直前に〔三〇メートルケンケン走〕と〔けんすい〕という二種目があった。その二種目については、希望者のみが参加すること、児童会の提案により決まった新種目であるという注釈がついていた。おじいちゃんは、児童会が提案したというその注釈を、かなり怪しんでいたけれど、さちは本当に児童会が提案したのかもしれないと思った。ケンケン走はきっと、あの女の子が他の子たちと対等に競い合える種目を、ということで考案されたものだろう。名前は知らないけれど、隣のクラスの、片足に問題を抱えている子。あの学校の生徒たちは決してみんながヤなやつらじゃない。こういう提案をする子たちも、ちゃんといるのだ。もっとも、けんすいは、そのついでに先生たちがねじ込んだ気がするけど……。

その日の夕食のときに、おじいちゃんから「さち、運動会どうする？　けんすいのときだけ行って、終わったらすぐに帰ってもいいと思うんだけど」と言われ、さちが「うーん」と迷っていると、お母さんが「おじいちゃん、ちゃんとさちに頼みなさいよ。けんすいを運動会の種目に加えるなら参加してやってもいいって啖呵《たんか》を切ったのは、おじいちゃんでしょ。それで参加しなかったらメンツが潰れるから、けんすいだけ出てくださいって、ちゃんと言いなさいよ」と、ちょっと怒ったような言い方をした。するとおじいちゃんは「うむ、そのとおりだな」とお母さんにうなずいてから、「さち、俺の顔を立てて、けんすいだけ出場してくんねえか。俺が一緒について行くから」と頭を下げた。

さちは、あのイケてる女子グループのことや、わざと聞こえるように悪口を言った男子たちのことを思い出した。でも、以前のように、思い出すぐらいでは心臓の鼓動が速くなったりはしなかった。むしろ、あいつらの前でけんすいをやって見せる機会を得られたことに、ちょっとわくわくしている自分がいることを自覚した。

さちが「判った。おじいちゃんの顔を立てて、けんすいに出場する。ついでに、みんなをあっと言わせてやるよ」と言うと、おじいちゃんは両手を伸ばして強引に握手をし、「ありがとう、さち、いや、アネキ。やつらをあっと言わせてやりましょう」と芝居じみた口調で二度、三度とうなずいた。

十月最後の金曜日、子ども料理教室はロールパンを使ったミニホットドッグ、餃子の皮を利用して作るミニピザ、ブロッコリーやグリーンアスパラなどの温野菜サラダというメニューだった。餃子の皮を二枚、水で貼り合わせた上にケチャップを塗り、輪切りにしたソーセージとピーマン、タマネギの薄切り、そしてたっぷりのチーズをトッピングしてオーブンで焼けばパリパリ食感の小さなピザができるというのは目からウロコで、「おやつにもなるね」「家に帰ったらやってみよ」といった声が上がっていた。

ひかりさんと一緒の帰り道、運動会でけんすいの種目が設けられたので、それだけ参加してみようと思うと伝えると、ひかりさんは「きっと、さっちゃんを見るみんなの目が変わる日になるわね」と独特の表現で応じてくれた。

国道沿いの歩道に出たところで、ひかりさんが「けんすいの練習をしている女の子を主人公にしたとしたら、どんなお話ができるかしらね」と言った。

おお、ついに重ノ木さち本人を主人公にした話を提案してきたか。さちは、よし、考えてやろうじゃないのと思ったけれど、あまり新味のあるストーリーは浮かんでこなかった。けんすいの練習をしていた女の子は、バスケットボールやテニスなど人気のあるスポーツをやっている女子たちからバカにされていたけれど、やがてスポーツクライミングの選手として活躍するようになって……という展開を思いついたものの、それだと高鉄棒の話と一緒だ。

さちが「うーん……他に面白い展開ってないかなあ」と歩きながら考え込んでいると、ひかりさんが「じゃあ、読み語りお姉さんが将来の夢だということを、他の子たちからバカにされた女の子を主人公にした話というのはどうかしら」と提案してきた。

そっちだったら、何かできるかもしれない。さちは「読み語りお姉さんになりたいと言ったら、みんなからバカにされて……さて、どうなるか……」とつぶやきながらその先を探った。

すると、ひかりさんから「他の子たちは、どんな将来の夢を掲示板に貼り出したのかしらね」と聞かれ、「えーと、パティシエとかユーチューバーとか……あ、でも女子の一番人気はモデルとか女優かも。それを書くのは勇気がいるから、実際には書いた子の人数は少ないけど、クラスの中でスタイルがよくて男子にモテてイケてる子たちは堂々と書いてたし、書かなかったけれど、なれたらいいなと思ってる子はもっといる気がする」と答えた。

そう言った瞬間、ちょっとしたストーリーの骨組みが降りてきた。

そうだ、あの童話のパターンを使えばどうだろうか。

「ええとね……」さちはコホンと空咳《からぜき》をしてから「読み語りお姉さんになりたいということをみんなからバカにされた女の子が学校からの帰り道、森林公園で大人の人たちが集まって、きれいなモデルさんを撮影しているところに出くわすの。ほら、ファッション誌なんかの撮影。この辺では見かけたことないけど、都会の方だったらあんまり珍しい光景ではないだろうし」と言ってみた。「それでね、あ、プロのモデルさんだと思って、立ち止まって様子を眺めていたら、撮影スタッフの一人がにっこりしながら近づいて来て、モデルさんに興味があるんでしょ、移動前にちょっとだけ会わせてあげるよって言われるの。女の子はそんなつもりはなかったので遠慮しようとしたけれど、そのスタッフの人が大きな声で、モデル志望の女の子にアドバイスをしてあげてくれる？って言っちゃったから、逃げられなくなってしまうの」

「あらあら、面倒臭いことに巻き込まれちゃったわね」ひかりさんは笑顔で言い、「モデルさんとどんな話をするのかしら」と尋ねた。

「仕方ないから、モデルさんの仕事は楽しいですかって聞いてみるんだけど、実は結構大変なんだって言われるの。寒い冬なのに春のふりをして薄着で撮影しなきゃいけなかったり、暑い日に撮影場所がなかなか決まらなくて熱中症になりかけたり。カメラマンさんからああしろこうしろっていろいろ指図されることも多いし、モデルさんはそもそも洋服の引き立て役だから、あまり出しゃばったら怒られちゃう」

「なるほど、言われてみれば、そういうことはありそうね」

「で、モデルさんは最後に小声で教えてくれるの。今はモデルをやってるけれど、実は女優さんを目指してるって。モデルとして雑誌なんかにたくさん出て顔と名前を売っておけば、女優さんになるチャンスがめぐってくるからって。実際、モデル出身の女優さんはたくさんいるけれど、女優出身のモデルさんというのは聞いた覚えがないし。だから多分だけど、女性たちの中では、若いうちにまずはモデルさんをやって、それから女優さんに転身っていうのが、格好いいパターンだと思われてる気がする」

「へえ、そういうものなの」

「多分だけどね」さちはうなずいて続けた。「でね、また森林公園の中を進んで行ったら、今度はドラマの撮影をやってるところに出くわすの。テレビでよく見かける女優さんがいて、ベンチに座ってスマホで誰かと会話をしているシーンとか。で、また足を止めて見ていたら、スタッフの人が気づいて、あの女優さんのファンなのかって聞かれるの。違いますとは言えないから口ごもっていたら、もうすぐ休憩になるから会わせてあげるよって言われて、少し話をすることになるの」

「女優さんたちも人気商売だから、一般の人たちに無愛想な態度を取ってたら評判を落とすことになるでしょうからね」

「裏表がある女優さんもいるみたいだけど、そのときに会った女優さんは気さくな人で、何かご用？　って笑顔で声をかけてくれたということにしようかな。それで、女の子はやっぱり、女優さんの仕事は楽しいですかって聞くんだけれど、役作りで苦労をすることが多いとか、セリフをたくさん覚えないといけないから遊ぶ時間がないとか、苦労話をしてくれたり、でもやりがいもある、みたいな話をしてくれるの。そして最後に教えてくれるの。俳優というのは結局、監督さんの指示で動くわけで、監督さんが望む演技をしなきゃいけない、ドラマの現場では監督さんが一番偉いのよって。監督さんに逆らって、そのことが業界内で伝わって、消えていった俳優はたくさんいるって」

さちは言いながら、舞台あいさつ中に思いっきり無愛想な態度を取ったり、作品完成後に内容が不本意だと発言したりしてバッシングを受け、その後見かけなくなった女優さんたちのことを思い浮かべた。人気女優になってちやほやされているうちに、大勢の人たちの協力があってここまで来られたという感謝の気持ちを失ったから、そういうことになるのだ、みたいなことをワイドショー番組で誰かが言っていた。

「で、女優さんが口を利いてくれて、監督さんにも会わせてもらうことになるの」とさちは続けた。「女性の監督さんで、知りたいことがあったら何でも聞いていいよって言ってもらえて。それで監督という仕事について質問して、苦労話やよかったことなんかを教えてもらうんだけど、最後にこう言われるの」

「あら、監督さんが一番偉いんでしょ。その上に誰かがいるの？　プロデューサーさんとか、スポンサー企業の偉い人とか？」

さちは、プロデューサーという肩書きは知っているけれど、具体的にどんな仕事をしているかは知らなかった。監督さんとの力関係もよく判らない。

「ええとね……監督さんが、ちょっと離れたところにある大きな木の前に立っている初老のおばさんを指さして言うの、あの人がこのドラマの原作者だって。幸いあの人はあんまり細かく口出ししたりしないけど、仕上がった作品が原作者さんの気に入らないものだったりしたら大変なことになるって教えてもらうの。下手したらお蔵入りになることだってあるし、監督を交代させられることもあるって。原作者さんが気に入らないと発言したら、視聴率や観客動員数にも影響するしね」

「なるほど、原作者さんという存在には気づかなかったわ」ひかりさんは笑顔でうなずいた。「でも、この後どうなるのかしら。私にはその先がさっぱり見えてこないけど」

「でね、監督さんの紹介で、原作者の人からも話を聞かせてもらえることになるの。原作者さんには原作者さんの苦労があって、新しい話を作ろうと思っても降りてこないでイライラすることもあるし、いい小説が書けたと思っていてもあまり売れなかったり、出版社の人と意見が合わなくて企画が中止になったり。でも物語を作るのはやっぱり楽しいし、この仕事に就けてよかったと思ってるって言うけれど、今の自分があるのは、子どものときに、図書館で読み語りをしてくれたボランティアのお姉さんのお陰だって、最後に明かしてくれるの。そのお姉さんからたくさんの話を聞いて、わくわくしたり、あっと驚いたり、しんみりしたり、感動して泣いたりした体験があったから、自分も誰かの心を揺さぶるような何かをしたい、そういう存在になりたいと思うようになって、結果的に作家になったのよって」

「わぁ、すごい、すごい」ひかりさんは手に提げていた風呂敷包みを脇にはさんで、拍手をしてくれた。「モデルさんは女優さんになりたいと思っていて、女優さんは監督さんの望みどおりに演技しなきゃいけなくて、監督さんは原作者の作家さんには頭が上がらない。でもそんな作家さんは実は、読み語りお姉さんのお陰で作家になれた。さっちゃん、これって、もしかして、あのお話のパターンかしら？」

「うん、そのとおり」さちはうなずいた。

『ねずみのよめいり』のパターンを拝借してできた、読み語りお姉さんになりたいと思っている女の子のお話。

交差点に差しかかり、歩行者用の信号が点滅し始めた。ひかりさんはすたすたと歩ける人だから、早足で行けば間に合うだろう。

でも、さちの方から「無理しない方がいいね」と言い、ひかりさんも「そうね。いいお話を聞かせてもらって、余韻に浸るのにもちょうどいいし」と笑ってうなずいてくれた。

信号待ちの間に、ラストシーンをさちは思い浮かべた。

その女の子は、原作者の作家さんに「いいお話を聞かせていただいて、ありがとうございました」とお礼を言ってから、走り出す。森林公園の芝生広場に入って走りながら大きな声で、世界に向かって宣言する。

私は、読み語りお姉さんになるぞっ。そして、たくさんの子どもたちをハラハラドキドキさせたり、あっと驚ろかせたり、感動させたりするんだ。

近所のマンションにある公園でけんすいを五回やって、ネガティブトレーニングを一セット追加して、ひかりさんと別れた。最近までネガティブトレーニングは三セット追加していたけれど、けんすいができる回数が多くなってくるにつれてトータルの運動量が増えてゆくので、オーバーワークにならないよう段階的に減らした結果だった。ついこの前、ネガティブトレーニングが三セットだったのを二セットに減らした途端、けんすい五回を達成することができたので、やはりちょっとオーバーワークになっていたのだなと気づくことができた。

家の路地に入ると、幼稚園児ぐらいの小さな女の子二人が、それぞれ若いお母さんと一緒にミニビオトープを見物していた。女の子たちはしゃがみ込んでメダカやスジエビたちの世界を熱心に覗き込み、後ろに立っている若いお母さんたちは何やらおしゃべりをしている。そして、おじいちゃんがその近くに丸椅子を出して腰を下ろし、穏やかな笑顔で女の子たちを眺め、ときおりお母さんたちとも言葉を交わしている。

路地のコンクリート塀に沿っておじいちゃんが植えたスナゴケは、あっという間にこんもり膨らんで、緑豊かな山脈のように連《つら》なっていた。

さちに気づいて、若いお母さんたちが「あら、お帰り」と笑って手を振ってくれた。さちが「こんにちは」と会釈し、女の子たちも「お帰りー」と手を振り、さちも振り返す。おじいちゃんが「さち、二軒先の古枝《ふるえだ》さんがさ、このミニビオトープやスナゴケが近所でちょっとした評判になってるのを知って触発されたみたいでよぉ、趣味で集めてた多肉植物ってえの？　それを裏庭から玄関前に移してみんなが見られるようにしてるよ。ご丁寧に名札までつけちゃってんだ。よかったら後で見に行ってみな」と言った。

「多肉植物？」

「サボテンの仲間でさ、肉厚の葉っぱのがあるだろう」

「ああ……」

何となく頭に浮かんだのは、バラの花びらみたいな形をした植物だった。確か学校付近の民家の壁際に、そんな鉢が何個かあった気がする。

興味が湧いたので、引き返してその足で見に行ってみた。古枝さんは何年か前にご主人を亡くして独り暮らしのおばあさんだけれど、今まで簡単なあいさつぐらいしかしたことがない。

金網の柵と家の外壁との間に細長い木製の台が置いてあって、そこに多肉植物の鉢が横一列に並んでいた。全部で……八つ。

さちが最初に思い浮かべた、バラの花びらみたいな形のものは、エケベリアという名前だった。マジックペンで名札が書かれた小さなプレートが鉢に刺さっている。

マスカットを逆さまにしたようなものはセダム。見ていると本当に美味しい果肉なんじゃないかと思えてくる。

産毛がたくさん生えた赤ちゃんガメの足みたいなのが集まっているのはコチレドン。緑色だけど、爪の部分だけが茶色い。今にも動き出しそうだ。

透明感のある緑色をした、小さな水風船みたいなものが集まったものもあった。名前はハオルシア。これがフルーツではないとは。

他の鉢にあった多肉植物も、初めて見る珍しいものばかりだった。近所のおうちに、こんな植物があったとは。

そのとき、玄関のドアが開いて、白いポロシャツにチノパン姿で遮光サンバイザーをかぶった古枝さんがエコバッグを持って出て来た。

さちが「こんにちは。すごいですね、これ」と声をかけると、古枝さんは「果物みたいに見えるのもあるでしょう」といかにもうれしそうに笑い、「さっちゃんは何年生になったのかしら」と聞いてきた。「五年生です」と答えると、「あらぁ、もうそんなに成長してたのね」とちょっとのけぞるような仕草を見せ、「よかったらいつでも見に来てね。もし興味があったら、育て方とか教えてあげられると思うから」と言って、玄関横に停めていた自転車にまたがった。

遠ざかってゆく背中を見やりながら、ちょっとしたきっかけさえあれば、疎遠だった人との距離がこんなにも急に近くなるものなんだなと、あらためて思った。そして、ひかりさんはきっと、そのことをずっと昔から知っていて、ちょっとしたきっかけをいつも作れる人なんだろう。

自分の部屋で立禅をしている最中にお母さんが帰って来たことが気配で判った。やがて一階でおじいちゃんと何やら話し始め、おじいちゃんが「ほう、それはそれは」と言うのが聞こえた。

立禅を終えて階段を下り、「お帰り。どうかしたの？」と聞いてみると、ソファに座っていたおじいちゃんが「お母さん宛てに、お客さんから感謝の手紙が届いたんだってさ」と便せんらしき紙をひらひらさせた。

「今日、乗せたのが二回目のお客さんで、五十代ぐらいの女の人なんだけどね」とダイニングテーブルの椅子に座っているお母さんが言った。「十日ほど前に初めて乗せたとき、スマホをどこかに置いて来てしまったって言い出したのよ。だからその人の話を聞いて、それまでに立ち寄ったところに戻ったりして、一緒に探してあげたのよ。それがうれしかったみたいで、今日わざわざご指名で利用してくれて、お礼の手紙を渡されちゃって」

「スマホは見つかったの？」

「もちろん。家電量販店にお試し用のマッサージチェアがあるでしょ。そのクッションの隙間にあって、めでたし、めでたし」

「そのお客さん、会社にもお礼の電話をかけたんだってさ」とおじいちゃんが補足した。「さっき、社長さんがみんなの前でお母さんのことをほめて、重ノ木さんはわが社の誇りだって。仲が悪かった部長はバツが悪そうに下を向いてたんだとよ」

「あれは痛快だったわね」お母さんはしてやったりという表情で口もとの片方を軽く上

げた。「あと、午前中に乗せた初老の女性客からも、今後は指名で利用させて欲しいって言われちゃったのよ。その人は、車に乗ってすぐトイレに行きたいって言い出してさ、近くにそういう施設が見当たらなかったから、小さな町工場の前に停めて、中にいた中年のご夫婦に私がお願いしたら、快く使わせてくださって。そのご夫婦からも、親切な運転手さんですねえって感心されて、どこのタクシー会社ですかって聞かれたから、名刺渡しちゃった。じゃあ今度から利用することがあれば電話しますって、そのご夫婦からも言ってもらえて」

さちはその場面を想像しながら「へえ、すごいすごい」と小さく拍手した。以前はお母さんがそういう親切行為をすると、就業規則違反だと会社の人から文句を言われたりしたけれど、今は逆にいい方向に回っている。さちは心の中でそれを、「ひかりさん以前」と「ひかりさん以後」という表現で呼ぶことにし、重ノ木家の歴史の転換点だと位置づけることにした。

「その町工場なんだけどさ」とお母さんが両手をぱんと叩いて続けた。「入ってすぐのところにのっぺらぼうの黒いマネキン人形が二体立ってたんだけど、その人形が身につけてるものがなかなかすごかったのよ。ネジとかバネとかメーターとか、いろんな金属部品を組み合わせて作ったゴーグルとか、眼帯とか、革製のベストとかベルトなんかを着せてたのよね。それがなかなか格好よくて。ほら、近未来を舞台にした映画なんかに出てきそうな独特のファッションがあるじゃない。お客さんがトイレを使わせてもらってる間にそれについて尋ねてみたら、スチームパンクっていって、一部の若者たちの間で流行《はや》ってるファッションなんだって。そのご夫婦は、金属部品を作る下請け仕事がどんどん減って、もう廃業するしかないと思ってたけど、今ではその手のグッズ販売で持ち直したんですって。私その話を聞いて、そうなんだ、こつこつと頑張って続けてきたことに無駄なことなんてないって思い直したよ。無駄かそうでないかは本人次第。まあ、運もあるとは思うけど、その運だって本人の気持ちの強さで違ってくるんじゃないの？」

お母さんはそう言って、「さ、酎ハイ飲んじゃおー」と立ち上がった。

夕食は、お母さんの機嫌がいいお陰で、すき焼きになった。普段の重ノ木家では豚肉を使うけれど、この日は珍しく牛肉だった。ただしオーストラリア産。お母さんが言うには、最近はアメリカ産やオーストラリア産なら国産豚より安いときがあるのだという。

食べながら、おじいちゃんがテレビのリモコンを操作するうち、「おっ、さち、ほれ」と、指さした。

地元のローカルニュースだった。県立総合体育館の改修工事に併せて、来年春に、スポーツクライミングの室内練習場もできる予定で、既に着工しているという。三人とも箸が止まり、テレビ画面に顔を向けたため、カセットコンロの上ですき焼き鍋がぐつぐつ煮える音が急に大きく感じられた。

県内の高校や大学にはいくつかスポーツクライミング部ができており、需要の高まりを受けて造られることになったが、一般客も利用できるという。おじいちゃんの「おっ、誰でも利用できるんだって」という発言に邪魔されそうになったけれど、市民スポーツクライミングクラブという団体に加入すれば、一年を通じてインストラクターが指導してくれるという情報がしっかり耳に届いた。

県立総合体育館までは、ここから片道三キロぐらい。自転車で行き来できる。

お母さんが「さち、やりたかったら、やっていいよ。仕事の営業成績が上がってきたから、それぐらいの費用は平気だから」と言った。さちが「本当?」と聞き返すと、お母さんは「もちろん。水泳教室とかダンス教室と同じで、習い事としてやればいいよ。任せなさい」と箸を置いてげんこつで胸を叩いて見せた。

おじいちゃんも「さちは短期間でけんすいが五回もできるようになったんだ、きっとこのスポーツに向いてるぞ」と言ってくれた。

駆けっこやドッジボールは苦手だけど、うんていや登り棒は得意だったし、けんすいも結構できるようになった。入浴後のストレッチを続けてきたお陰で、開脚前屈もできるようになった。確かに、スポーツクライミングだったら、いい線いけるかも。

翌週の月曜日、くすのきクラブに新しい仲間が一人加わった。三河内《みかわち》ゆいちゃんという小学校一年生の女の子で、代表の高津原さんがみんなに紹介している間、彼女はずっと下を向いてもじもじしていた。ここに来る子は人見知りするタイプが多いけれど、見たところ、かなりのレベルみたいだった。

さちのその予想は的中し、ゆいちゃんは井手さんやマイさんに話しかけられても、他の女子たちから話しかけられても、目を合わそうとせず、口も開かなかった。うなずくか、頭を横に振るだけ。同じ学年のひとみちゃんが話しかけても同じだった。ひとみちゃんが「好きな食べ物、何？」と聞いたときには、うーん、という感じで首をかしげただけだった。

ほとんどの子たちは、ゆいちゃんとの距離を無理して詰めず、空気のような存在として見守ることにしたようだった。時間をかけて少しずつ、対話の機会が増えてゆけばいい。さちもそれでいいと思った。翌日も、翌々日も、ゆいちゃんはちゃんと来てはいるので、少なくともくすのきクラブは嫌な場所ではない、ということだ。

変化があったのは、木曜日だった。最近、絵本の朗読をさちの前で披露することを始めたひとみちゃんが絵本『チョコレートパン』を読んでいると、近くにいたゆいちゃんがどんな挿絵なのかが気になったようで、視線を向けたのだ。ひとみちゃんはそのことに気づいたみたいだったけれど、気づかないふりをして、でも挿絵が見えるようにちょっと傾けてあげて、読み続けた。

いつの間にか、ひとみちゃんは読むのが上手になっていた。こっそり読み語りの練習をしていたことは聞いていたけれど、びっくりするぐらいに滑舌《かつぜつ》がしっかりしていて、テンポや間の取り方もよくて、聞くだけで場面が頭に浮かんでくる。

ひとみちゃんの声が徐々に大きくなってきた。

チョコレートの池にパンたちがやって来て浸かり、出て来たときにはチョコレートパンになっている。それを見た動物たちも入って来たので、チョコレートパンが大きな声でダメだよと叫ぶ。

そして、ひとみちゃんが読み終えて、ゆいちゃんの方を見て笑った。

ゆいちゃんもうつむき加減だったけれど、かすかにはにかみ笑いを見せた。ひとみちゃんが「これ、面白いよね。もっかい読むね」と言うと、ゆいちゃんはちょっとうれしそうにうなずいた。ひとみちゃんが「じゃあ、こっちに座って」と隣の椅子を引くと、ゆいちゃんは素直に腰かけた。

二人の肩と肩が触れあいそうなぐらいの距離に並んで、ひとみちゃんがもう一度『チョコレートパン』を読み始める。ゆいちゃんは、食い入るように挿絵を見つめていた。

その様子をチラ見していたさちは、なぜだか急に涙が出てきて、手の甲でぬぐった。

あのひとみちゃんも、ちゃんと成長している。いつも五年生のお姉さんにくっついて、一人では何もできない子だと思っていたけれど、同い年の子がどうしていいか判らずにいることに気づいて、力になってあげようとしている。

その日、ひとみちゃんはゆいちゃんと一緒に弁当を食べた。さちも同じテーブルで食べたけれど、遠慮してどちらにも声をかけないでおいた。ひとみちゃんは、あまり話しかけるとゆいちゃんが引くと判断したようで、ぐいぐいいかず、自分のお弁当を見せて「赤、黄、緑」とプチトマト、チキンナゲット、芽キャベツの順に指さし、「信号機」と言って肩をすくめながら、くすっと笑って見せたりした。ゆいちゃんもワンテンポ遅れて、控えめなはにかみ笑いをしていた。

午後、ひとみちゃんがトイレの前に立っていたので、さちが「ゆいちゃんが出て来るのを待ってるの？」と聞いてみると、「うん」とうなずいた。そして小声になって「さっちゃん、ごめんね、私、しばらくは、ゆいちゃんのそばにいてあげたいから」と、両手を合わせて申し訳なさそうな表情を向けた。

さちは、噴き出したくなるのをこらえながら、「うん、判った。ゆいちゃん、ひとみちゃんには心を開いてるみたいだもんね」とうなずき、「ところでひとみちゃん、読み語りが上手になったねー。私びっくりしたよ」と言った。

「おうちで練習してたからね。さっちゃんみたいになりたくて」

ひとみちゃんのその表情は、あこがれの人を見る目つきではなくて、どちらかというと挑戦者の目つきのように思えた。

「そっか。じゃあ、お互い頑張ろうね。ゆいちゃんは、ひとみちゃんの読み語りのファン第一号だね」

ひとみちゃんはその表現が気に入ったようで、にたっと笑って「まーねー」と片手で髪をかき上げる仕草をした。

さちは心の中で、「よっ、ひとみねーさん」と返した。

十一月上旬のうちに、さちのけんすいはもうちょっとで六回目ができるというところまできた。でも、六回目はどうしてもあごがバーの高さまで上がらないまま、運動会の三日前となった。さちはネットで、本番の三日前からは全力でのトレーニングを止めて、軽めにしておいた方が筋肉や神経の疲れが取れて上手くいきやすいという情報を知り、それを実践してみることにした。三日前と二日前は、あえて六回目にチャレンジせず、さらに前日は何もしないで身体を休めておく。ひかりさんからは「五回できれば優勝は間違いないから大丈夫」と言ってもらい、不安はなかった。それに、ぶら下がった状態で少し休む裏技を使えば六回目は確実にできる。

13

運動会当日は、ときおりひんやりとした風が吹いて、空は曇っていたけれど、天気予報によると夕方までの降水確率は二〇パーセント程度で、雨の心配はしなくてよさそうだった。お母さんは仕事に出勤するときに「さち、今日は学校の連中をあっと言わせてやってね」と片手のげんこつを出してきたので、グータッチをした。一緒に来てくれることになっているおじいちゃんは「帰りにどこかで昼飯を食おうか。学校の近くには洋食屋とかピザ屋とかあったよな」と言った。さちが「優勝しなくても？」と聞いてみると、おじいちゃんは「普通にやれば絶対に優勝だ。問題は男子の優勝者を上回るかどうかだ」と言った。

体操服は青のハーフパンツと、白地にえりとそで口だけが青の半袖シャツ。さちはその上に、冬用のジャージの体操服を着込んで、おじいちゃんと一緒に出発した。

学校に近づくにつれて、運動会の呼び出しなどをする放送が聞こえてきた。おじいちゃんが腕時計を見て、「けんすいの開始時刻まであと二十分だ」と言った。

校門を通り抜けるとすぐにグラウンドがある。町内ごとに分けられた保護者用のテントがたくさん並んでいる。グラウンドでは、大玉転がし競争が終わって、片付けをしているところだった。

おじいちゃんが「さち、クラスのテントには行かないよな。高鉄棒の近くで待機しとくか?」と聞いてきたので、「うん、そうする」とうなずいた。

校門を通ったときも今も、心臓の鼓動は速くなっていない。さちは、自分が落ち着いた気持ちでいることを実感して、「よし」と小さくガッツポーズをした。

並んでいるテントの裏側を通って高鉄棒がある方に向かった。グラウンドの一番奥の、いつも体育館の日陰になっている場所。他の遊具は校門の近くに集まっているのに、なぜか高鉄棒と砂場は離されている。

「重ノ木さん」と声をかけられて振り返ると、担任の先生が判りやすい愛想笑いを浮かべながら近づいて来た。四十代ぐらいのおじさんで、ポロシャツのおなかがぼっこり出ている。顔は覚えているけれど、名前が思い出せない。ま、いいか。

先生はおじいちゃんに「今日はわざわざありがとうございます」と頭を下げたけれど、おじいちゃんは「はいはい、どうも」と愛想のない返事をした。

「重ノ木さん、クラスのテントはあっちの方だから」

先生は校舎の左側を指さしたけれど、おじいちゃんは「クラスのテントには行きません。高鉄棒の近くに待機しています。そして終わったらすぐに帰らせていただきますので、よろしくお願いします」と言葉は丁寧だけれど冷たい口調で答え、「では失礼」と歩き出した。さちは先生の顔を見ないで、おじいちゃんの後に続いた。先生はそれ以上、何も言ってこなかった。何となく後ろ姿をじっと見られている気配があって、ちょっと気持ち悪かった。

「続いては、児童会の提案による新種目、五年生六年生混合の、三〇メートルケンケン走です。参加希望者は入場ゲート前に集合してください」という放送が耳に入り、さちは足を止めた。多分、あの子が出場するはずだ。さちは、校舎側にある入場ゲートの方に目を向けた。

おじいちゃんが振り返って「どうした？　あー、ケンケン走ね。見てくか？」と言い、さちは「うん」とうなずいた。

右側に視線を感じたので顔を向けると、イケてる女子グループのあの三人が歩きながらこちらを見て、にやにやしてひそひそ話をしていた。

ふん、あんな奴ら、今ではもう、何でもない。さちは一度、三人をきっと睨みつけてから、グラウンドの方に視線を戻した。

ケンケン走に出場するのは、八人だけだった。その中に、あの片足に問題を抱えている子がやっぱりいた。腕章をつけた運動会役員の子が誘導して、スタート地点に向かって歩いている。さちが知っている出場者はあと二人。一人はバレーボール部の子で、もう一人はサッカーが得意な子だ。ドリブルで男子を次々とかわす姿を見たことがある。

放送で「三〇メートルケンケン走に出場するのは五年生の女子四人と六年生の女子四人です。八人で競争をします。男子は参加希望者がいませんでした。さあ、女子のやる気を見せてやりましょう」と言っている。男子の声なのでちょっと変な感じだった。続いて、「けんすいの参加希望者は、高鉄棒の前に集合してください」という放送があった。さちは、あの子のケンケン走りを見届けないで行けるかと思った。

ピストル音と共に、八人がケンケン走を始めた。あの子は出遅れて、五番手だった。さちが「頑張れ」と口にすると、おじいちゃんから「仲のいい子が出てるのか?」と聞かれたので、「しゃべったことはないけど、勝手に私が応援したい子が一人いるの。今五番目のあの子」と答えた。

知らない六年生の子と、サッカーが上手い五年生の子が先頭を争っていた。他の子たちよりもだいぶ前に出ている。そんな中、あの子が徐々に追い上げて一人抜き、さらにもう一人抜いて、三番手になった。他の子たちはケンケンをする方の脚が疲れてきたようで、あの子以外は明らかにペースが落ちてきていた。さちは拍手をしながら「勝てる、勝てるよっ、追い抜けっ」と叫んだ。普段から片方の足に負担をかけて暮らしているだけに、あの子だけは疲れを見せない。先頭の二人に迫っていた。

放送で「途中で足を替えたら失格です。みんな、頑張ってください」と言っている。残り約一〇メートルというところで、先頭の二人はさらにペースが落ちた。あの子はついにサッカー女子を捉えて並んだ。さちは「行けーっ」とげんこつを突き上げた。思いが通じたのか、ついにあの子がサッカー女子よりも前に出て、さらには先頭の六年生も追い越せそうだった。けれど残念ながらゴールテープを最初に切ったのは、六年生女子の方だった。競技がもし四〇メートルだったら、絶対にあの子が優勝していただろう。本当の実力を見せる前に終わってしまった気がして、さちは「あーっ、くそっ」と口にした。

優勝した六年生の子があの子に歩み寄って握手を求め、二人は笑顔で何かを話していた。そこにサッカー女子も近づいて、あの子の背中に手をやった。声は聞こえないけれど、きっと、ケンケン走ってこんなにきついものだとは思わなかった、みたいな話をしているのだろう。サッカー女子が苦笑いをしながらしきりに片方の太ももをこぶしで叩いている。

おじいちゃんから「いよいよさちの出番だぞ、行こうか」と言われ、「よし」と自分に言い聞かせて歩き出した。

高鉄棒の前では、担任の先生が待っていた。おじいちゃんを見つけると近づいて来て「重ノ木さん、申し訳ないけれど、女子の参加希望者は他にいませんでした。男子なら五人いるんですが」と顔をしかめながら両手を合わせた。

「一人ずつ順番にやるんですかね」とおじいちゃんが尋ね、先生は「はい、最初に重ノ木さんにやってもらって、それから男子にしたいと思います。男子はじゃんけんで順番を選ばせることになってます」と答えた。おじいちゃんはため息をついたけれど、思い直したように「まあ、別にいいよな。やるのは一人ずつなんだし、かえってさちのすごさを見せつけられる」と言った。

さちはそんなことよりも、土壇場になって自分が急に緊張し始めていることに、焦りを覚えた。

すべり止め付きの軍手を忘れてしまった。最近はあれを装着してけんすいをしており、今日もそのつもりだったのに……。

心臓の鼓動はそれほど速くはなっていないけれど、手のひらが汗で湿っていた。少しだけの手汗だったらすべり止めになるかもしれないけれど、出過ぎたらかえってすべりやすくなって、握力が持たなくなるかもしれない。

手の汗よ、止まれ、と念じたけれど、気にすると余計にダメだった。ますます濡れてきていることが判る。体操服のジャージを脱いでおじいちゃんに持ってもらう前に、ジャージの生地で手の汗をぬぐった。

ぬぐったときは汗が取れたけれど、またじわっと濡れてきた。まずい。

放送で「ただいまより、けんすいを始めます。あごが鉄棒の高さになるまで上がり、下がったときにはひじが真っ直ぐか、ほんの少しだけ曲がっている状態でないとカウントされませんので、参加する人は注意してください。出場者は五年生と六年生混合で、女子が一人、男子が五人です。お昼休憩前の最後の種目です。みなさん、応援しましょう」と言っているけれど、周囲にはあまり人は集まっていなかった。既にお昼休憩モードに入っているようで、トイレに行くために校舎や体育館に入って行く子が目立った。

さちは大きく息を吸ってから吐いて、「先生、先に男子にやってもらえませんか」と頼んだ。その声が少しかすれてしまった。

「え？」先生はちょっと困った顔になった。「先に女子をやるようにって、大会本部から言われたんだけど……」

おじいちゃんが「順番が逆だと、何か問題でもあるんですか」と言った。「男子のけんすいがメインイベントで、女子はその前座だとお考えなんでしょうか」

「いえ、そういうことではなくて……」

「そもそも、けんすいという種目はこの子のために用意してくださったんでしょう。だったら順番ぐらい、本人の希望を聞いてもらえませんかね」

「それはまあ……」先生はさちの方に向き直って「重ノ木さん、後でやりたい理由は何？」と聞いた。

「ちょっと緊張してきて、おなかの具合が……」さちは顔をしかめて片手でおなかをさすった。「トイレに行きたいんです」

「えっ」先生があわてた様子を見せて「判った、判った。じゃあ、行っておいで。男子を先にさせておくから」とうなずいた。「できるだけ早く戻って来てもらえるかな」

「はい、急いで行って来ます」

さちが小走りで駆け出すと、おじいちゃんが後ろから「さち、大丈夫か？」と心配そうに声をかけてきたので、背中を向けたまま片手を振って応じた。

トイレの個室の中で、トイレットペーパーで何度も手を拭いた。心の中で、ウソをついてごめんなさい、と謝った。緊張して手汗が出るからという本当の理由を言ったら、緊張してるのは君だけじゃない、などと先生から返されて、時間稼ぎができなくなるかもしれないと思い、とっさにウソをついたのだ。

直前にもう一度手を拭くために、トイレットペーパーを折りたたんだものを二つ作って、ハーフパンツの両ポケットに入れた。

それにしても、こんなときに手汗だなんて……。やっぱり自分は緊張しているのだ。乗り込んだのは完全アウェーの場所だからかもしれない。実際には、昨日ぐらいから無意識のうちに、気が張っていたのかもしれない。そういえば、昨夜はなかなか寝つけなかった……。

最悪なのは、けんすいが六回できるのに、手汗のせいでバーを握っていられなくなって、実力を発揮できず三、四回で終わってしまうことだ。

やっぱりアスリートの人たちってすごい。何万人という人たちが観戦している場所でも、平常心で普段どおりのパフォーマンスができるのだから。人によっては、観客が多ければ多いほどわくわくして集中力を発揮できる、なんてすごいことを言う人だっている。なのに自分はたかが運動会で手汗をかいて焦っている……。

そのとき、ふと思い出した。体育のソフトボールでバットを持ったときに、すべり止め付きの軍手をはめた。ということは、体育用具室に行けばあるはず。

さちは校舎から飛び出した。体育倉庫は、中庭をはさんだプールの隣にある。

運動会の当日だけあって、プレハブ造りの体育倉庫はドアが開け放たれていて、ロール巻きにされた綱引き用の綱やハードルなどが中庭に出されていた。何人かの生徒が平均台を体育倉庫から運び出すところだったので、それをやり過ごしてから中に入った。ソフトボールの道具類は出入り口近くにあったが、グローブと金属バットが詰まっている金属かごの中にも、ボールが入っていたダンボール箱の中にも、すべり止め付きの軍手はなかった。

「何でないの……」

サッカー用具が置いてある場所など、他も見て回ったけれど、やっぱり見つからなかった。いったん外に出て見回してみる。やっぱり見つからない。

落ち着け、落ち着け。さちは一度唾を飲んで、軽く深呼吸した。

再び体育倉庫に入って、あらためて中を調べた。

奥の方にも、金属バットやベースが入っている金属かごがあった。あれは……ソフトボール用ではなくて、軟式野球のコーナーだ。さちはホームベースや走塁ベースの上に載っていたダンボール箱を開けてみた。

中は十数個の軟式ボールで、すべり止め付きの軍手はやっぱりなかった。でも、その代わりに、軟式ボールと一緒に入っていた二つの小箱を見て「あっ」と声を上げた。小箱には［すべり止め　ロジンバッグ］と印刷されていた。

野球のピッチャーが使っている、すべり止めの粉だ。ボールを投げる合間に、すべり止めの白い粉が入ったこの布袋をぽんぽんと手の上で弾ませるのだ。

そういえば、スポーツクライミングの選手も、すべり止めの白い粉が入った小さなポケットみたいなのを腰の後ろにぶら下げていて、ときどき手を突っ込んで粉を付けていたではないか。体操選手も鉄棒種目をする前には手に白い粉をたっぷりつけている。あいうのは全部、すべり止めの粉だ。

小箱を開けると、使いかけの粉まみれの白い布袋があった。それを両手ではさむようにしてから、ぽんぽんと左右交互にキャッチすると、たくさんの白い粉が舞い上がり、さちはむせて咳き込んでしまった。

白い粉にまみれた両手を見て、スポーツクライミングの飯田早希選手みたいだなと思った。ちょっと本格的な装備ができたことで、気持ちがすーっと落ち着いてくるのを感じる。指をこすったり、両手の指同士で引っ張り合いをしてみて、しっかりフックが効いていることを確認。よし、これなら大丈夫。

体育倉庫を出て高鉄棒の方に向かっていると、心配して様子を見に来たらしいおじいちゃんが近づきながら「さち、おなかは大丈夫なのか?」と言ってから、さちの両手を見て「おっ、すべり止めってわけか」と言ったので、笑顔を作って「まあね」とうなずいた。

放送で「男子のけんすい三番目の選手が記録を更新しました。五回です。みなさん、拍手をお願いします」と言っている。記録更新で五回か。さちはそれを知って、ますます落ち着きを取り戻した。

高鉄棒のところに戻ると、さっきよりもずいぶん見物している子たちが増えていた。知った顔の五年生女子たちもいる。その中に、あの女子三人組もいた。うち一人がさちに気づいて、横の二人の肩をつついたようだったけれど、さちは見ないようにした。もうすぐ、あいつらを驚かせてやる。

担任の先生が「重ノ木さん、大丈夫?」と、白い粉がついたさちの両手に視線を向けながら聞いてきた。「おなかの調子が悪いようだったら、無理して出なくても——」

「いえ、大丈夫です」さちは遮るように答えた。「心配しないでください」

担任の先生の後ろから、教頭先生と校長先生も姿を現したので、ぎょっとなった。

教頭先生が「重ノ木さん、頑張ってね」と馴れ馴れしく声をかけてきたので「はい」と機械的に応じた。何でこういうところで余計なプレッシャーをかけてくるのかな、この大人たちは。はげ頭の校長先生は口を開かなかったけれど、頑張りなさいよ、という感じで鷹揚《おうよう》にうなずいている。威厳のある大人を演じているように思えた。さちはうなずき返さず、そっぽを向いた。

担任の先生は微妙な空気を感じたようで、「じゃ、応援してるから」と、さちの背中を軽く叩いた。校長先生や教頭先生の前で、自分たちは親しい間柄なんですよアピールしようというわけか。舌打ちしたくなった。

おじいちゃんと目が合い、うなずき合った。

男子の四番目が高鉄棒にぶら下がって、笛の合図と共にけんすいを始めた。駆けっこもドッジボールもサッカーも得意な、五年を代表するスポーツマンの子だ。四年生のときにさちと同じクラスだったけれど、しゃべったことはない。

近くにいた女子たちの間から「オトナリ君、頑張ってー」と複数の声援が飛んだ。ははあ、女子にモテるんだ。それで見物人が増えたわけか。オトナリという名前が音成という漢字だったことを思い出した。

女子たちの中に、恵里香ちゃんの背中があった。以前は仲がよかったけれど、誕生日会に呼んでくれなくなった恵里香ちゃん。近くにいることは判っているだろうに、こちらを見ようともしない。目が合っても、互いに気まずいだけだろうけど。

音成君は運動神経抜群の子だけれど、体格がいい分、けんすいでは体重がハンデになってしまう。三回目までは調子よくけんすいができていたけれど、四回目で早くも筋肉が疲れてきたことが動き方や表情で判る。

五回目が何とか上がったけれど、あごはバーよりもちょっと低いところまでで終わった。おじいちゃんが「今のは回数に入らんだろう」と不満を口にしたけれど、大会役員の子は「五回」と大きな声でカウントし、誰もそれをとがめなかった。

音成君はもう限界だと悟ったようで、あきらめの表情でぶら下がっていた。今にも手を離して着地しそうに思えた。

さちは前に進み出て、「そのまま三秒ぐらい休憩すれば、もう一回できるよ」と声をかけた。それがかなり意外だったようで、一瞬、場が静まりかえった。

音成君は顔を紅潮させながら、「ふっ、ふっ」と呼吸を整え、一度目を閉じてから見開き、六回目にチャレンジした。両腕をぶるぶると震わせながら身体が持ち上がる。

あごがバーの少し手前で止まり、音成君はそのまま着地した。でも大会役員の子は「六回」と言い、どよめきと拍手が湧いた。まあ、ぎりOKってことでいいのだろう。

女子たちが「すごーい」「やっぱり音成君は力も一番ね」などと言っている。音成君は、ちょっと恥ずかしそうに片手を振って応じてから、思い直したのか、ガッツポーズを作って、あらためて拍手を受けた。校長先生が「あの子はサッカー部のフォワードだよね」と言い、担任の先生が「はい、五年生でただ一人のレギュラー選手で、先日の試合でも大活躍してくれました」と答えた。

音成君と一瞬目が合ったけれど、ちっ、という顔をされて目をそらされた。オメーごときが上からアドバイスしてくんじゃねえよ、という感じだった。もしかしたら、みんなの前で不登校の女子から励まされたことで、彼のプライドが傷ついてしまったのかもしれない。ちょっとまずいことをしたかも。

男子の最後に登場したのは顔も名前も知らない六年生の子だったけれど、長身で見るからに勉強もスポーツもできそうで、女子たちが再び声援を送った。

その子も記録は六回だった。最後の一回は音成君のときと同じように、ぶら下がった状態で少し休む裏技を使ったけれど、ちゃんとあごがバーに届いていた。おじいちゃんが「あれでタイ記録ってのは、ちょっと不公平だよな。今の子を優勝にしてやらんと」と言った。

大会役員の子が「続いて女子の部を始めます。出場する人、お願いします」

さちが出て行くと、どこからかクスクス笑いが聞こえてきた。「何回でも優勝なんだから、いいよなー」という男子の声も耳に届いた。ふん、見てろよ。

ポートボール用の台に乗って逆手で高鉄棒につかまり、大会役員の子から「外していいですか」と聞かれて「はい」と答える。台がなくなったところで笛が鳴った。

一回、二回、三回。うん、手汗は大丈夫。それどころかすべり止めのお陰で、いつもよりグリップが強くなっている。

四回目。五回目となったところで周囲がざわつきだした。「すげえ」「まじか」といった男子の声が耳に届いた。

そろそろ限界であることを感じはしたけれど、六回目もしっかりとできた。直前の三日間、けんすいのトレーニング量を抑えたことで、筋肉をフレッシュな状態にできたお陰だ。

よし、裏技だ。さちはぶら下がった状態で、呼吸を整えた。それを、もう限界になったと思ったのか、「頑張れ」「もう一回」という声と共に、ぱらぱらと拍手が起きた。

七回目をクリア。男子の記録を抜いたせいか、どよめきと拍手がさらに大きくなった。

そろそろ限界。もうやめてもいい。けれど、裏技を使えばもう一回できるかもしれない。すべり止めも効いている。

たっぷり五秒間、ぶら下がって休憩してから、バーを身体の方に引いた。背中の筋肉がぎゅっと真ん中に収縮し、二の腕と前腕もそれを補助して力が入る。

大会役員の子が「八回」とコールし、さちは手を離した。普段練習しているうんていのバーよりも高いので、着地する感覚が違って、ちょっとよろけた。

拍手がなかなか鳴り止まない。担任の先生がなぜか涙目になって、うなずきながら手を叩いている。校長先生も満足そうに、教頭先生に何か話しかけながら拍手をしていた。

おじいちゃんが「アネキー、男子の記録を抜いてのダントツ優勝だー」と叫んだ。

「しかも男子よりもフォームがちゃんとしてたぞ。あごがちゃんとバーまで上がってた」

男子の最後に出場した六年生の子が近づいて来て、「すごい、すごい」と拍手をしながら声をかけてくれた。さちは照れくさくなって、軽くうなずいて、そのまま顔を上げられなかった。

放送で「ただいまより、けんすいの表彰式を行います」とあったけれど、メダルをかけられたり景品がもらえるわけではなく、大会役員の子に言われるまま入賞者は高鉄棒の前に並び、「男子の部、三位、五年一組のヤマガミ君」などと読み上げられて、あらためて拍手を受けながらペコリと頭を下げただけだった。

一人だけ出場した女子が男子よりも記録が上だったせいで、男子の上位三人が読み上げられても拍手は小さく、さちのときだけその倍以上の拍手が起きた。そこへ校長先生がしゃしゃり出て来て、「さきほど、重ノ木さんのおじい様から伺いましたが、重ノ木さちさんは、家の近所にある鉄棒で、半年ぐらい前から毎日夕方、けんすいの練習をしていたそうです。最初は一回もできなかったのです。でも、こつこつ練習を続けた成果が、今日という日に実を結びました。すばらしいことです。みなさん、あらためて拍手を送りましょう」とわざとらしく持ち上げる演説をしたけれど、話の途中で周辺にいた子たちはぞろぞろと散り始めていたので、最後の拍手は、ぱらぱらと間の抜けた感じのものになってしまった。

おじいちゃんから「じゃあ、引き上げるとするか」と言われて「うん」とうなずき、おじいちゃんから渡されたジャージをその場で着込んだ。手をはたいて白い粉を落としたけれど、ジャージのあちこちについてしまった。

おじいちゃんが先生たちとあいさつを交わしてるとき、校長先生から「重ノ木さん、元気に登校してくれる日を待ってるからね」と言われて、あいまいにうなずいておいた。実のところ、そろそろ登校してみてもいいかな、と思い始めていたけれど、その気がみるみるうちに減退した。これから勉強しようと思っているときに「早く勉強しなさい」と言われてやる気をなくすパターンだ。

校舎手前にある手洗い場で手を洗っているときに、「あの」と声がかかり、振り返ると音成君が立っていた。ちょっと顔をしかめて「さっきはありがとう」と言われ、妙にどぎまぎしてしまって「あー、うん」としか答えられなかった。

「けんすい、すごいね」

「いや、まあ………」

居心地の悪い間ができ、音成君は「まあ、そういうことで」と片手を上げ、さちが「うん」と応じたときには彼はもう背を向けて走り出していた。

音成君なりに、さっきの態度はよくなかったと思って、リセットしに来たということのようだった。

おじいちゃんと校門の方に向かった。するとその途中で、「あっ、けんすいの子だ」と声がかかった。見ると、知らない顔の女子たちが近づいて来たので、一瞬身構えたけれど、先頭にいた女子から「けんすい、すごかったね」と笑顔でハイタッチを求められ、ほっとしながら「ありがとう」と応じた。胸のゼッケンで、六年生の子たちだと判った。他の女子たちからも「優勝おめでとう」「イェーイ」「カッコよかったよー」などと声をかけられながら、次々とハイタッチに応じた。すると、それを見た他の女子たちも、さちとハイタッチをしようと寄って来た。

何人目だったろうか。あの子とハイタッチをかわすことができた。さちはとっさに「ケンケン走、見てたよ。あと一〇メートル長かったら勝ってたよね」と言うと、その子からいきなり、がばっとハグされて「ありがとう。私、あなたのけんすいを見て、すっごい元気をもらった」と耳元で言われた。温かくて、柔らかくて、力強くて、ドキッとしたけれど、おなかの中がじわっと温かくなるハグだった。

近くにいた男子が女子同士のハグを「ヒューヒュー」と冷やかしてきたけれど、全然気にならなかった。

さらに何人かの女子とハイタッチをした。それは校門の手前まで、断続的に続いた。四年生のときに同じクラスだった女子が一人もいなかったのは、きっとあのイケてる三人組から睨まれたくないからだろう。その代わり、六年生の女子たちや、一部の五年生女子たちは素直に祝福してくれた。

少し離れて歩いていたおじいちゃんが近づいて来て「さちが今日のVIPだな、間違いない」と言った。さちが「MVPのこと?」と尋ねると、「あ、そうか」とバツが悪そうに人さし指でほおをかいた。

校門の手前で「さっちゃん」と声がかかったので立ち止まって振り返ると、恵里香ちゃんがいた。何を言ってくるのだろうかと思っていると、「さっちゃん、すごかったね。私、びっくりしちゃった。けんすいがあんなにできるなんて」と言ってきたので「ありがとう」と応じた。

「さっちゃん、誕生日会に呼ばなくてごめんね」恵里香ちゃんはいかにも申し訳なさそうな顔を作って頭を下げた。「お母さんから、呼ぶのはやめた方がいいって言われて。お母さんの言いなりになってしまったことを、ずっと後悔してたの。本当にごめん」

多分そうだろうとは思っていた。さちが肩を怪我をしたことについて、実は暴力団の関係者が家族か親戚にいたからではないか、みたいな噂が流れたときである。

「恵里香ちゃん、ありがとう。これで私の気持ちもすっきりしたよ」

「本当に？」

「うん。恵里香ちゃんは意地悪な子じゃないって判ってるから」

「ありがとう」

恵里香ちゃんは両手を出して何かをしようとしたようだったけれど、恥ずかしくなって中止したみたいだった。もしかしたらさっきのハグを見て、自分もと思ったけれど、そういうことをするキャラではないという自覚が邪魔をしたのかもしれない。

「さっちゃん、また学校に来る？」

「まだ判んないけど、気が向いたら行くかも。そのときはよろしくね」

「うん。さっちゃんの悪口を言う子を見つけたら私、注意するよ、絶対に。あと、さっちゃんはすごい子なんだって、みんなに言う」

別にそういう宣伝までは……でも、恵里香ちゃんの謝罪の気持ちは伝わったので、「ありがとう」と言っておいた。

「でも、さっちゃん、いつの間にそんなすごい子になったの？　顔つきも変わったよ。何かあったの？」

「まあね」

「まあねって？」

さちはいったん無視するような感じで行きかけてから振り返り、「魔法使いに出会ったの」と言った。

恵里香ちゃんは、ぽかんとしていた。

校門の外に出たところで、おじいちゃんから「魔法使いって、真崎ひかりさんのことか？」と聞かれ、「そうだよ」と答えると、おじいちゃんも「確かにそうだな」とうなずいた。

そのとき、後ろから「さっちゃん」と声がかかったので振り返ると、四角い風呂敷包みを抱えたひかりさんが、いつもの格好で近づいて来た。おじいちゃんが「あれれ、これはどうも」と会釈し、ひかりさんは「今日はお疲れ様でした」と笑ってうなずく。

「ひかりさん、もしかして、けんすいを見に来てたの？」

さちが尋ねると、ひかりさんは「後ろの方から応援させていただいたわ」と言った。「やる前に声をかけると、かえって緊張させてしまうかもしれないと思ったから。その代わり、力一杯、念を送らせてもらったわよ」

こういうところが、ひかりさんだ。校長先生たちとは全く違う。

おじいちゃんが「もっと早く声をかけてくださればいいのに」と言うと、ひかりさんは「そうするつもりだったけれど、他の女の子たちとのハイタッチが続いてたので、楽しく見物させていただいてたんですよ」と笑って応じた。

さちとおじいちゃんの視線に気づいたようで、ひかりさんは「これ、三人でお昼ご飯でもと思って」と、四角い風呂敷包みをちょっと持ち上げて見せた。

　帰宅するにはちょっと遠回りになるけれど、この付近で弁当が食べられる場所ということで、地双川《じそうがわ》の遊歩道に移動した。地双川は田富瀬川の支流で透明度が高く、遊歩道から覗き込むとしばしば小魚が泳いでいるのを見ることができる。流れが緩いので、場所によってはコイやカメもいる。三年生のときにはオタマジャクシのお化けみたいな魚を見つけてびっくりしたことがあったけれど、後ろを歩いていた上級生の男子から、あれはナマズだと教えてもらった。ナマズは基本的に濁っている場所にいるからあまり見かけないけれど、実は市内の水路に割といて、ルアーで釣れる、みたいな話もそのときに聞いた。

　遊歩道の途中には何か所か、屋根付きの小さな休憩所がある。公園でよく見かけるタイプの、コンクリート製のテーブルと椅子があるだけの簡素な作りだけれど、目の前を流れる川のせせらぎと、背後の紅葉した桜並木のお陰で、まあまあの憩《いこ》いの場所に昇格している。さちたち三人は、一番最初に見つけた休憩所に、さちとおじいちゃんが、ひかりさんと向かい合う形で腰を下ろした。幸い、テーブルも椅子も目立った汚れはなかった。

おじいちゃんが「持ちます」と申し出てここまで抱えて来ていた四角い風呂敷包みをテーブルに置き、ひかりさんがほどいた。重箱が二段あって、その上に寝かされた状態のステンレス水筒と、三段重ねのプラスチック製コップ、割り箸、紙製の取り皿、紙ナプキンなどが載っていた。おじいちゃんが「本当にいただいちゃっていいんですか」と恐縮した様子で言うと、ひかりさんは手を動かしながら「お気遣いいただくほどの中身ではありませんから」と笑って肩をすくめ、重箱を並べ、ふたを取った。

重箱の一段目にはおにぎりが入っていた。コンビニなどで売っているのは三角おにぎりが主流だけれど、重箱の中に並んでいたのは俵型のおにぎりだった。ごま塩のと、海苔を巻いたもの。形や大きさがそろっていて、ひかりさんが丁寧に仕事をする人であることが窺える。

二段目の重箱には、何種類かの総菜が仕切られて収まっていた。だし巻き卵、小エビと野菜のかき揚げ、魚の南蛮漬け、白ごまを振ったダイコンとニンジンのなます。その他、名前は判らないけれど、茶色くてどろっとしたものにまみれた小魚の料理と、茶色の漬け物らしきものもあった。

ひかりさんが水筒からコップにほうじ茶を注いでくれた。温かそうな湯気が上がる。

ひかりさんから「どうぞ遠慮なく召し上がってください。お口に合わないものは気にせず残してくださいね」と言われ、三人で「いただきます」と唱和した。おじいちゃんが「直箸でも？」と尋ね、ひかりさんは「お嫌でなければ」と笑ってうなずく。

おじいちゃんが「すみません、これはイワシの料理ですか」と、茶色くてどろっとした魚料理を覗き込んだ。そして片手で扇いで匂いを鼻の方に送り、「おっ、味噌煮かな。山椒《さんしょう》の匂いもする」と言った。

「イワシのぬかみそ炊きといって、私が前に住んでいた地域の郷土料理なんです」とひかりさんが答えた。「ちなみに今日ご用意させていただいたこのイワシも、南蛮漬けに使った小アジも、江口商店さんから譲っていただいたものなんです」

「へえ、江口さんのとこから。ではちょっとお味見を」

おじいちゃんはイワシのぬかみそ炊きを一つ取り皿に運び、割り箸で二つに切り分けてから口に運んだ。そして目を丸くして大きくうなずき、ごま塩おにぎりをかじった。

「これは何とも言えない美味さだ」おじいちゃんはそう言ってお茶をすすった。「新鮮なイワシとぬかみその相性がこんなにいいとは。みりんやしょうゆも入ってるのかな。何より山椒、ショウガ、唐辛子が利いてて、舌にピリッとくるのがまたたまらん。これは飯が進みますよ。さち、旨いぞ、これ」

見た目でちょっと遠慮したいと思っていたけれど、おじいちゃんの様子からするとお世辞ではないことは明らかだったので、さちも一つ取り分けて、口にしてみた。

おじいちゃんが言ったとおり、見た目とは違って口の中につばがどんどん湧いてくる美味しさだった。ピリッとくる刺激と、口の中でほろりと崩れる食感。さちにとってイワシは、ちょっと魚臭くてぱさついた魚だったけれど、これは全く違っていた。

さちが「本当だ。まじ美味しい」と漏らすと、おじいちゃんはまるで自分が作ったかのように「だろう」と自慢げにうなずいた。

ひかりさんは小さな紙包みを広げて、中にあった塩らしきものをぱらぱらと天ぷらに振りかけた。先に塩を振っておくと、せっかくからっと揚がった天ぷらが、じめっとなってくるからだろう。

「かき揚げも旨そうだ。さち、ほれ」と、頼んでもいないのにおじいちゃんが勝手にさちの取り皿に取り分けた。

一口かじって、「うーん」と目を閉じた。サクサクの食感と、エビの風味、スライスしたタマネギなど野菜のほのかな甘み。スーパーで売っているかき揚げとはレベルが違う。おじいちゃんもいい音をさせてかぶりつき、「これまた旨い。桜エビかな」と言った。

ひかりさんが「スジエビなんです」と言ったので、さちはおじいちゃんと同時に「えっ」と声を出し、顔を見合わせた。

「あのスジエビですか」おじいちゃんがちょっと固まった感じで言った。「うちのミニビオトープにもいる」

「ええ。ペットとして飼っているのと同じものを食べるのは、ちょっとよくなかったかしら」

ひかりさんはそう言って「うふふ」と、ちょっといたずらっぽい笑い方をしながら片手を口に当てた。ひかりさんはたまにこういう一面を見せる。白い馬に乗ったカウボーイを本当に出現させるミッションを提案したときも、こんな顔をした。

あのかわいいスジエビちゃんがこんな姿に……でも、食欲が失せることはなかった。料理になってしまえば、ありがたくいただくべきだし、エビはそもそも美味しい食材なのだ。さちは心の中で、スジエビさんありがとう、とお礼を言いながら、もう一つ、かき揚げを取り皿に移した。

スジエビのかき揚げのお陰で、食前に、いただきます、と手を合わせる意味がちょっと判ったような気がした。生き物をむやみに殺してはいけない。でも、人間は生き物を食べないと生きてはいけない。エビも魚も肉も卵も野菜も米も小麦もキノコも、みんな生き物。食べることは命をいただくこと。だから、食べる前に両手を合わせて感謝の気持ちを示す。あなたの命を、ありがたくいただきます。決して粗末にはしません。ひかりさんはだからこそ、心を込めて調理するのだ。美味しく作ることは、生き物を粗末にしないことにつながる。ひかりさんは、書道を通じて、丁寧にやること、心を込めることの大切さを学んだ。そしてそれを料理にも、掃除にも、人づき合いにも活かしている。

普段からいろんなことに心を込めているうちに、いつしか魔法も使えるようになったんだ、きっと。

小アジの南蛮漬けも、しっとりした食感とさわやかな酸味が調和していて、箸が進んだ。おじいちゃんも「これまた旨い」とうなるように言った。「真崎さん、どれもこれも店で出せば常連客がつきますよ。何だかもったいないなあ、家庭料理にしておくのは。食べた人はみんな、レシピを知りたがるんじゃないですか」

「息子夫婦が真崎商店というのをやってまして、実は何軒かの居酒屋さんに納めたり、真空パックにして販売したりしてるんです」

ひかりさんが静かに笑いながらそう言うと、おじいちゃんは「あちゃー」と片手でおでこをぺちんと叩いて「そりゃそうだわな。こんな旨いものを有効活用しない手はない」と納得顔でうなずいた。

だし巻き卵もなますも、上品で飽きない味だった。何よりも、茶色い漬け物にびっくりした。干しダイコンか何かを味噌で漬けたものだと見当をつけて口にしたのだけれど、ぴりっと舌がしびれる刺激は、全くの予想外だった。ひかりさんに尋ねると、ショウガの味噌漬けだという。そういえば、園部さんの奥さんが列挙した、ひかりさんの手料理の中に、そんな名前のものがあったような気がする。

おじいちゃんは「ショウガは血行を促進してくれるし、関節痛にも効く。でも毎日食べようと思っても使い道が限られてて、そんなには食べられないと思い込んでいたけど、そうか、こんな食べ方があったんだ」としきりに感心していた。さちは、これはお茶漬けにしてもいけそうだなと思った。

そして何よりも、おにぎりが美味しい。ひかりさんは、米の正しい研ぎ方、正しい炊き方を知っている。正しい握り方もきっと知っているのだ。強く握りすぎるとご飯粒が潰れて食感がよくないし、弱すぎると口に入れる前に崩れてしまう。ひかりさんが作ったおにぎりは、箸でちゃんと持つことができて、でも口の中に入ると握ってなかったかのようにご飯粒が気持ちよくばらけてくれる。

そしてほうじ茶の香りと、ちょうどいい熱さ。

気がつくと、重箱は空になっていた。

ひかりさんは、寄りたいところがあるからと言い、市道が三叉路《さんさろ》になっているところで別れることになった。おじいちゃんが持っていた風呂敷包みを返すときに、「いやあ、今日は美味しい料理を堪能《たんのう》致しました。本当にありがとうございます」と頭を下げ、「しかも孫娘が大活躍。今日は人生で一番の思い出深い日となりました」と笑った。以前はすぐにぷんぷん怒っていたあのおじいちゃんとは思えない、柔和《にゆうわ》な表情だった。

ひかりさんは「あんな田舎料理を喜んで食べてくださって、こちらこそありがとうございます。さっちゃんの活躍は、私にとっても本当に素敵な出来事でした。今日はうれしくてなかなか眠れないかも」と返して笑い、「では失礼します。さっちゃん、さよなら」と手を振ってくれた。

さちが「ひかりさん、ありがとう」と手を振り返すと、ひかりさんは笑顔で小さくうなずいて背を向け、歩き出した。ひかりさんが行く道は先がカーブになっていて、すぐに姿が消えた。その瞬間、さちは奇妙な不安にかられた。

ひかりさんはこれまで、別れ際に「さよなら」なんて言葉を口にしたことがなかった気がする。「またね」とか「ばいばい」とかはあったけれど、「さよなら」という言葉は初めてなのではないか。

もしかして、ひかりさんともう会えなくなるんじゃないか。

そのとき、曇り空の隙間から、太陽の光が射した。まぶしいぐらいの光線だった。その光は、すぐ先に見える神社のクスノキの向こう側に下りていた。ちょうど、ひかりさんが歩いているのがその辺りではないか。

雲の切れ目から漏れる光は確か、「天使のはしご」というのだ。天使が天空と地上を行き来するためのはしご。

ひかりさんが天空に行ってしまう。

さちはいても立ってもいられなくなり、駆け出した。後ろからおじいちゃんの声がいている。

「さち、どうした?」と追いかけて来た。

カーブを曲がった。遠くに、ひかりさんの後ろ姿があった。普段通り、すたすたと歩いている。

さちはため息をついて、しゃがみ込んだ。

そういえば、ひかりさんは天使じゃなくて、魔女だったのだ……。

数分後、国道沿いを歩いているときに、おじいちゃんが「今夜、何が食べたい? さちが活躍したお祝いに、何でも食べさせてやるぞ」と言った。さちが決めかねて「うーん」と考えていると、おじいちゃんはさらに「特上握りでも頼むか。それとも宅配ピザの一番いいやつにするか? そうだ、前に言っていた、イカの活け作りを食いに行くのはどうだ」と聞いてきた。さちは、「もうちょっと待ってくれる? 家に帰ってから決めるから」と答えた。ひかりさんの美味しい手料理を食べた後なので、今は別に食べたいものなんて何も浮かんでこなかった。

そのとき、国道の向かい側にあるマンションらしき建物の前に、お母さんの会社のタクシーが停まった。そこから降りて来たのは、やっぱりお母さんだった。さちが「おじいちゃん」と促すと、おじいちゃんも目をこらして「お、お客さんを迎えに来たのかな」と言った。

迎えに来たのではなくて、お客さんを降ろす手伝いをするために、お母さんも降りたのだった。腰の曲がったおばあさんを支えるように手を添えて、マンション前のスロープへと誘導している。おばあさんは足腰が弱っているのか、スロープの手すりを持っていても身体を支えるのが大変な様子だった。お母さんはそのおばあさんを横から抱きかかえるようにして、一緒にゆっくりとスロープを上って行く。

エントランスの自動ドアが開いて、白髪《しらが》交じりのおじさんが出て来た。お母さんに何か言いながら頭を下げ、スロープの途中でおばあさんを引き取った。あのおじさんはどうやら、おばあさんの息子さんのようだった。

お母さんはバトンタッチした後も、スロープの途中に立ち止まって、おばあさんとおじさんを見守っていた。自動ドアの前でおじさんが振り返り、頭を下げて笑顔で何かを言った。口の形が、ありがとうございました、だった。お母さんも頭を下げる。

おばあさんとおじさんが自動ドアの向こうに消えた後、お母さんはようやくタクシーに戻った。ちょっと距離があったけれど、お母さんは生き生きとした顔つきをしていることが判った。

タクシーが遠ざかるのを見ながら、おじいちゃんは「へえ、丁寧に仕事をしてるな。真崎ひかりさんのコネで営業成績が上がったけど、それで慢心することなく、誠実な接客を続ければ、さらに評判が広がり、またお客さんが増える。いいことだ」と言ってから、「そうだ、けんすいの結果をラインで教えてやらなきゃいけなかったんだ」とスマホを取り出した。

帰宅してダイニングでオレンジジュースを飲んでいると、玄関先から子どもたちの声が聞こえてきた。コップを洗ってから外に出てみると、近所のあのマンションに住む一年生のよっちゃんが、年下の女の子二人を連れて、ミニビオトープを見ていた。たがいに手を振って「こんにちは」とあいさつし、さちがメダカやスジエビについて小さい子たちに教えてあげようとしたけれど、その役目はよっちゃんに取られた。いつの間にかよっちゃんも知識を得ていて、メダカやスジエビたちの生態や飼い方を、丁寧に説明している。その口調がちょっと、おじいちゃんに似ていたので、噴き出しそうになってしまった。おじいちゃんは競り人をやっていただけあって、声がよく通り、落語家さんみたいな口調でしゃべる。その名調子を、一年生の女子が真似ている。おじいちゃんの小さな弟子だ。

さちは、何となく外を歩きたくなり、よっちゃんたちに「ごゆっくりー」と声をかけて、路地から通りに出た。

きれいな多肉植物が並ぶ古枝さんの家。よそのおばさん二人が見物に来ていて、金網の内側にいる古枝さんと談笑している。育て方などについて、質問に答えているようだった。さちがその前を通りながら「こんにちは」と声をかけると、古枝さんだけでなく、知らないおばさんたちも笑顔で「こんにちは」と返してくれた。そして古枝さんが、「さっちゃん、その先の美容院を見てって。私の親戚がやってるんだけど、この多肉植物に対抗して面白いことを始めたのよ」と言った。

美容院まで行く途中の家の玄関先に、いつの間にか犬小屋が置かれていた。近づくと、足の短いかわいい犬が出て来て、さちの前にちょこんと座って見上げてきた。確かコーギーという種類だ。犬小屋の背後の壁に「メリーです。よろしく。さわってもだいじょうぶだよ」と書かれた紙が貼ってある。さちがしゃがんで、両手で包むようにして首周りをなでてやると、メリーは尻尾を振ってくれた。この家の人も、ミニビオトープや多肉植物に感化されて、裏の庭にあった犬小屋をこっちに持って来たのかもしれない。

その先にも、いつの間にか家の周りの鉄柵に花のプランターをたくさんつり下げている家、窓際に数匹の猫たちが見える家があった。人さし指を窓に近づけると、猫の一匹が近づいて来て、ガラス越しに、さちの指を狙って猫パンチを繰り出してきた。

古枝さんが言っていた、古くて小さな美容院の前にたどり着いた。その窓に向かって、制服姿の女子高生二人が立っていて、「かわいいねー」「見てると何かいやされるよねー」などと言い合っていた。彼女たちが立ち去るのを待って近づいてみると、薄暗い窓の向こう側に水槽があり、丸っこくて小さなクラゲたちが泳いでいた。ポンプから送られる空気の流れに乗って、ゆったりと水槽の中を泳いでいる。

そのとき、さちは思いついた。近所のお楽しみ見どころマップを作ってみるのはどうだろうか。小さな古い美容院ではクラゲを眺めることができて、窓越しに猫が見られる家があって、プランターのお花をたくさん飾っている家があって、コーギーと触れあえる犬小屋もあって、多肉植物が並んでいるお家では住人のおばあさんが育て方を教えくれるんだよ。そしてその近くの路地からちょっと入ると、メダカやスジエビたちがいるミニビオトープがあって、住人のおじいさんが生態や飼い方を親切に話してくれるんだよ。

ご近所テーマパーク化計画だ。寂しくて元気がなかった通りが、徐々ににぎやかになってきて、知らない人同士があいさつをして、笑顔で立ち話をするようになる。何か嫌なことがあって、気分が落ち込んだ人たちがここに立ち寄って、ちょっとだけ元気を取り戻す。そんな場所になれば素敵なことだ。魔法は人にかけるだけじゃない。通りや町にもかけることができる。

さちは、ミツキさんの言葉を思い出した。

——おばあちゃんは多分、魔法使いの後継者を探してるんだよ。さっちゃんのことを、この子は見込みがあるって思ってるんだよ、きっと。

思い返せば、いろいろ納得できることがあった。ひかりさんがくすのきクラブにやって来たのも、もしかしたらそのときにはもう、重ノ木さちという女子のことを知っていて、ロックオンしていたんじゃないか。そしてひかりさんは、一緒に物語を作ってくれたり、けんすいのトレーニング法を授けてくれたり、効率的な勉強法や、子どもでもいろんな料理を作れることを教えてくれた。

心を込めて、教わったことを丁寧にこつこつ続けていけば、あなたもいつか魔法使いになれるのよ。ひかりさんはそれを伝えるために現れたんじゃないか。

やがて新たに魔法使いとなった女の子は、また誰かのためにその魔法を使って、笑顔の数を増やさなければならない。それが魔法使いの使命だ。

いつかスポーツクライミングも極めて、泣いている女の子のために高い木の枝に引っかかった風船を取ってあげる。あるいは、高い場所から下りられなくなった子猫を助けるために出動する。消防隊の人たちが集まっていて、はしごや網を使って助けようとするけれど、子猫はおびえてしまって上手くいかない。そこに重ノ木さちが現れて、私にお任せくださいと胸を叩き、壁をするすると登り、たちまち子猫を救出する。見物していた人たちが拍手喝采し、その中の子どもたちが、自分もあんな人になりたいなあとあこがれる。そして彼らも近所の公園などで、けんすいのトレーニングを始める。いつか、高いところから下りられなくなった子猫を助けるために。

何年も放置されていた空き店舗らしき建物が解体されて、砂利を敷いた更地になっていた。土地の真ん中に〔売り地〕の看板が立っている。

右側の、隣家のコンクリート塀の手前に、綿毛になったタンポポが一本だけ生えていた。ここに綿毛が撒かれても、いずれは工事が始まってタンポポは咲くことができない。

さちはしゃがんでその綿毛タンポポに向かって「お友達がいるところに連れてってあげるね」と声をかけ、茎をぷつんとちぎり取った。

さて、どこに行って綿毛を撒こうか。

田富瀬川沿いの土手がいいかな。それとも近所のお庭にちょっとずつ、こっそり撒いて、あらこんなところにタンポポが、なんて言ってもらうのもいいかもしれない。

さちはタンポポに「どうしよっか？」と語りかけながら歩き出した。

・この物語はフィクションです。
実在の人物、団体などには一切関係ありません。
・本書は双葉文庫のために書き下ろされました。

双葉文庫

や-26-08

ひかりの魔女《まじょ》

さっちゃんの巻《まき》

2020年10月18日　第1刷発行

【著者】

山本甲士《やまもとこうし》

【発行者】

箕浦克史

【発行所】

株式会社双葉社

〒162-8540 東京都新宿区東五軒町3番28号

［電話］03-5261-4818(営業)　03-5261-4833(編集)

www.futabasha.co.jp(双葉社の書籍・コミックが買えます)

【印刷所】

中央精版印刷株式会社

【製本所】

中央精版印刷株式会社

【フォーマット・デザイン】

日下潤一

ISBN978-4-575-52404-8 C0193

Printed in Japan

双葉文庫　好評既刊

ひかりの魔女

山本甲士

うちのおばあちゃんて一体何者? 浪人生の光一は目撃する。一緒に住み始めたばあちゃんの作るびっくりするほど美味しい料理や優しいうその力がもたらす信じがたい奇跡を。10万部突破の大人気スーパーおばあちゃん小説、第1弾!

本体667円+税

双葉文庫　好評既刊

はじめまして、お父さん。

山本甲士

地方在住の売れないフリーライター白銀力也のもとにインタビュー取材の依頼が舞い込んだ。その取材相手は、力也がこれまで一度も会ったことのない実の父親だった。温かくもショッパイ親子の四日間。（『再会キャッチボール』を改題）

本体611円＋税

双葉文庫　好評既刊

ひがた町の奇跡

山本甲士

ひがた町沿岸に突如現れた謎の大型海洋生物。メディアで取り上げられ、見物客が町に訪れるようになると、町長の大号令のもと、急遽、町おこし計画が立ち上がった。町中を巻き込んでの大騒動の顛末や如何に!?（『海獣ダンス』を改題）

本体611円＋税